José Vriens

Chinagirl

Uitgeverij Zomer & Keuning

Tweede druk, juli 2014

ISBN 978 94 0190 217 5
ISBN e-book 978 94 0190 218 2
ISBN Grote Letter 978 94 0190 234 2
NUR 340

© 2014 Uitgeverij Zomer & Keuning, Utrecht

Omslagontwerp: Julie Bergen, Riverside Studio
Omslagbeeld: Shutterstock.com/Blend Images/chungking

www.josevriens.nl
www.romanserie.nl

HOOFDSTUK 1

Nu Eva eenmaal in het vliegtuig zat, maakte het verdriet om hun vertrek plaats voor de gedachte dat het waarschijnlijk wel enkele maanden ging duren voor ze haar familie weer zou zien. Ze gingen niet, zoals gebruikelijk, voor een vakantie naar het buitenland. Dit keer vertrokken ze om zich in een ander land te vestigen. In China nota bene!

Voor Bart was een intercontinentale vlucht zoals deze heel normaal en het doorkruisen van tijdzones eveneens. Hij vloog voor zijn werk zowat de hele wereld over; naar Amerika, China, Australië. Laatst was hij zelfs in India geweest. Hij had al heel wat landen gezien.

Het bedrijf waarvoor hij werkte, had kantoren in tal van grote steden. Bart had ze allemaal weleens bezocht, maar nu moest hij zelf in een ervan gaan werken. En zij ging mee. Voor vier jaar nog wel!

Eva had kunnen protesteren, maar ze wist dat hij toch zou gaan. Dat hoorde nu eenmaal bij zijn functie, had hij gezegd, en dat had zij van tevoren geweten. Waarom deed ze dan nu zo moeilijk? was zijn verwijt geweest, omdat zij er duidelijk moeite mee had om weg te gaan uit Nederland en alles en iedereen achter te laten. Ze verdwenen niet voorgoed. Het was maar voor vier jaar, en bovendien kon ze makkelijk terugvliegen naar Nederland om vrienden en familie op te zoeken.

Met een diepe zucht liet ze haar hoofd tegen de stoel rusten.

'Moe?' vroeg Bart op zachte toon.

Ze sloeg haar ogen naar hem op en keek in zijn grijze ogen. Er lag een bezorgde blik in, zoals zo vaak gebeurde de laatste tijd. Natuurlijk was hij bezorgd om haar. Toch had die bezorgdheid er niet voor kunnen zorgen dat ze in hun eigen vertrouwde landje bleven.

'Het gaat wel,' mompelde ze en ze wendde haar hoofd af. Had ze een keuze? O ja, die had ze zeker. Bart had alleen kunnen gaan en zij had kunnen blijven. Maar ze waren niet getrouwd om de komende vier jaar gescheiden door te brengen. Juist nu niet.

Om hen heen werden kleine rolkoffers en tassen in de bagagevakken gestopt. Iets verderop maakten twee vrouwen ruzie omdat een van hen haar tas in het overvolle vak probeerde te duwen waar de tas van de ander al in zat, die daardoor geplet dreigde te worden. Een stewardess kwam de boel sussen.

Naast Eva zat een meisje van een jaar of negentien met een telefoon in haar hand. Ze was driftig aan het whatsappen. Nu mocht het nog, zometeen als ze opstegen moest die telefoon uitgeschakeld worden. Een paar stoelen verder zat een meisje dat steeds een zakdoekje tegen haar neus drukte en haar ogen depte. Ze snifte en zag eruit alsof ze al uren aan een stuk had gehuild. Een afscheid van een geliefde voor enkele weken of misschien wel maanden?

Eva sloot haar ogen in de hoop zich even af te kunnen sluiten van de herrie om haar heen. Ze was moe van een volle dag waarop ze de laatste dingen had geregeld voor hun definitieve vertrek. Alle emoties waarmee ze vandaag te maken had gekregen, waren bijzonder vermoeiend geweest. Het troosten van hun ouders. Hun verzekeren dat ze echt niet voorgoed vertrokken, maar geregeld terug zouden komen.

Onwillekeurig legde ze haar handen op haar buik, als om het leven dat in haar groeide te beschermen.

Ergens was ze ook wel blij dat ze nu eindelijk vertrokken naar dat verre China. Ze had er vreselijk tegen opgezien om het land waarin ze was opgegroeid achter zich te laten, maar ze wist dat het ook een zekere rust zou geven nu ze op weg waren.

Drie maanden geleden was Bart thuisgekomen met het bericht van de overplaatsing. Voor haar was dat nieuws volkomen onverwacht gekomen.

Het was een dag geweest zoals zo vele, met als enige verschil dat de zon scheen. Een heerlijk lentezonnetje deed zijn best om de herinnering aan de voorgaande weken, waarin het had geregend, gestormd en zelfs nog had gevroren en gesneeuwd, uit te wissen. Nu werd het dan toch eindelijk lente.

Eva fietste zonder enige haast van haar werk naar huis, met haar gezicht naar de zon gekeerd om zo veel mogelijk van die weldadige warmte op te vangen. Ook al stond de zon nu alweer een heel stuk lager, ze voelde de warmte nog wel. Een paar weken geleden was er al een vage belofte geweest dat de winter op z'n eind liep, maar die was door plotseling kelderende temperaturen alweer snel tenietgedaan.

Maar nu kwam de lente er eindelijk echt aan. De tijd van zomerkleren, losse jassen en 's avonds urenlang buiten zitten onder het genot van een wijntje, stond voor de deur. Nou ja, niet direct, maar lang zou het vast niet meer duren. Die winterjassen, laarzen, wanten, sjaals en dikke truien was ze meer dan beu.

Ze verlangde naar fleurige jurkjes en open schoentjes, naar het strand gaan en buiten op een terrasje zitten met een glas gekoelde rosé in de hand, barbecueën in de achtertuin met vrienden, en al die andere dingen die het voorjaar en de zomer zo speciaal maakten.

Opeens kreeg ze zin om alvast de zon op te zoeken, naar een lekker warm land te gaan en een voorschotje te nemen op de zomer. Bart was altijd wel in voor een korte vakantie.

Eva probeerde te bedenken wat een gunstig moment voor zo'n korte trip zou zijn. Niet dit weekend, dan was de verjaardag van Hans, Barts vader. Volgend weekend zou kunnen, dan hadden ze niets op de planning. Was Egypte te ver weg voor een weekend-trip? Hm, als ze thuis was, moest ze toch eens opzoeken wat de mogelijkheden waren.

Fietsend en plannen makend was ze ongemerkt bij hun huis aangekomen. Ze stapte af bij de stoep en duwde haar fiets naar de garage van hun riante vrijstaande huis.

Bart was er nog niet, anders had zijn auto al wel op de oprit gestaan. Het gebeurde niet zo vaak dat hij eerder thuis was dan Eva. Zo was het al jaren, ze wist haast niet beter.

Eva zette haar fiets in de garage en ging via een tussendeur het huis binnen. Eerst moest ze het alarm afzetten voordat ze verder kon lopen, anders begon dat ding zometeen nog te loeien.

Met een zwaai mikte ze haar handtas op de bank en ze liep door naar de hal om haar jas op te hangen en haar schoenen te verwisselen voor een paar gemakkelijk zittende slippers. Meteen daarna liep ze door naar boven om haar werkkleding te verwisselen voor een lekker zittende trui en een soepel vallende joggingbroek.

Voor haar werk – ze was verkoopster in een kledingzaak – moest ze er altijd tiptop uitzien. Ze verkochten leuke, vlotte kleding die beslist haar smaak was, maar ze liep in haar vrije tijd het liefst in deze ruime kleren.

Eva maakte de speld los die haar lange blonde haren op haar achterhoofd bijeenhield, zodat het als een gouden golf over haar schouders viel. In de badkamer kamde ze het even met haar vingers door, ze inspecteerde haar gezicht of haar make-up nog in orde was, en ging daarna weer terug naar beneden.

Ondertussen probeerde ze iets te bedenken voor het avondeten. Iets wat snel en gemakkelijk klaar te maken was, zodat ze tijd had om onder het koken op haar iPad naar een leuke vakantiebestemming te zoeken.

Snel pakte Eva gehakt en een zak voorgesneden groenten uit de koelkast en ze woog de juiste hoeveelheid macaroni af. Terwijl ze met haar ene hand het gehakt in de pan omroerde, zocht ze met haar andere hand een leuke weekendtrip uit op het internet. Mogelijkheden genoeg, zag ze wel.

Ze hoorde een auto stoppen op de oprit en drukte snel haar iPad uit. Bart vond het overdreven dat ze onder het koken met dat ding stond te 'spelen', zoals hij het noemde. Alsof ze net als hij de hele dag achter een computer zat! Toch klapte ze de hoes dicht en legde het apparaat op tafel.

'Hé, meisje. Wat ruikt het hier weer lekker.' Bart kwam naar haar toe en drukte een kus op haar mond. 'Hoe ging het op je werk?' Zijn standaardvraag als hij thuiskwam.

'Goed hoor. De nieuwe voorjaarscollectie begint nu pas echt te lopen.'

'O ja?' mompelde hij afwezig terwijl hij een envelop openritste.

'De meeste mensen hebben helemaal nog geen behoefte aan zomerkleren als het zo koud blijft, maar nu met dat zonnetje erbij lijkt het wel of iedereen opeens zin krijgt in nieuwe kleren.'

'Hmm.' Hij verfrommelde de brief en gooide hem in de papiermand.

'Wat was dat?' wilde Eva weten. De brief was aan Bart geadresseerd geweest, dus had zij hem niet geopend.

'Niets bijzonders, reclame.' Hij liep naar de koelkast en haalde er een fles witte wijn uit. 'Jij een wijntje?'

Eva aarzelde. Normaal dronken ze doordeweeks geen wijn, tenzij het een bijzondere gelegenheid was. En zij liet de alcohol de laatste tijd helemaal staan.

'Kom op, doe eens gek. Ik heb een leuk nieuwtje.' Zonder op haar antwoord te wachten opende hij de fles en pakte twee wijnglazen uit de kast. 'Eigenlijk is het geweldig nieuws, waar ik al een tijdje op zit te wachten.'

Hij keek haar zo glunderend aan dat ze moest lachen. 'O ja? Wat dan? Hebben ze je gevraagd om directeur te worden?'

'Dat nog net niet,' grijnsde Bart. Hij hield zijn glas omhoog en stak haar het andere toe. 'Proost.'

'Waarop?' wilde Eva weten.

'Op een nieuwe toekomst.' Weer dat geheimzinnige lachje.

Nieuwe toekomst? 'Ga je ergens anders werken?' bedacht ze opeens. 'Ik wist niet dat je bij een ander bedrijf gesolliciteerd had.'

'Dat heb ik ook niet, maar ik ga wel ergens anders werken. En jij ook.'

Eva liet het wijnglas zakken nog voordat ze een slok had genomen. 'Ik begrijp het niet, leg me dat eerst eens uit. Waarom ga ik ergens anders werken? Moeten we verhuizen?'

'Inderdaad, we moeten verhuizen.' Nog altijd twinkelden zijn ogen alsof hij een fantastische verrassing voor haar had. Het moest wel iets geweldigs zijn, als Bart zo blij was. 'Ik krijg een post in het buitenland.'

Het buitenland? Moesten ze naar het buitenland verhuizen? Eva draaide zich om zodat Bart niet de schok die dit bericht bij haar teweegbracht op haar gezicht zou lezen.

Ze roerde door het gehakt en deed de groenten erbij. Het water kookte inmiddels, zodat de macaroni in de pan kon.

Verhuizen. Naar het buitenland nog wel. Alles hier achterlaten. Het huis, haar baan, hun familie en vrienden. Ze nam een grote slok van de wijn.

Natuurlijk had ze geweten dat dit kon gebeuren. Bart zat nu eenmaal in een functie waarin hij overgeplaatst kon worden naar een vestiging in een ander land. Dat dit nog niet eerder gebeurd was, was te danken aan collega's die er specifiek om gevraagd hadden overgeplaatst te worden. En nu was het dan zijn beurt. Hij popelde al een paar jaar om in het buitenland te gaan werken, maar tot nu toe had hij genoegen moeten nemen met meerdaagse trips.

'Waar moet je naartoe?'

'China, Eefje. We gaan naar China.'

Ze kneep haar ogen een paar tellen dicht en probeerde te bevatten wat dat betekende. China. Een vreemd land met een taal die ze niet machtig was. Wie wel? En dan zo ver weg. Ze had nog even gehoopt op een land niet al te ver hiervandaan, maar helemaal naar China...

Dat betekende ook dat ze niet even op en neer konden reizen met de trein of auto om familie te bezoeken. China was een compleet ander land met een totaal andere cultuur dan ze gewend waren of kenden. Hoe moesten ze daar leven? Daar wennen? Hoe ging hun leven er daar uitzien? Ze kon zich er absoluut geen voorstelling van maken en dat wilde ze ook eigenlijk niet.

Bart sloeg zijn armen van achteren om haar heen en drukte een kus in haar hals. 'Heerlijk toch. Naar China. Het is echt geweldig om daar te wonen en te werken. Steven van Luijck zit er nu en van hem hoor ik de meest fantastische verhalen. Hij komt terug naar Nederland. Zijn tijd daar zit erop. Onze standplaats wordt Beijing.

Een stad die bijna net zo groot is als de helft van Nederland. Er wonen in die stad alleen al meer dan twintig miljoen mensen. Dat zijn er drie miljoen meer dan in ons hele land. Kun je je dat voorstellen?'

Nee, dat kon ze zich niet voorstellen. Ze wist niet eens of ze dat wel wilde. Het moest er krioelen van de mensen: twintig miljoen in de helft van Nederland.

'Eefje, je zegt helemaal niets,' zei Bart vlak bij haar oor.

'Ik ben nog aan het verwerken wat je zojuist gezegd hebt,' mompelde ze.

'Ben je niet blij? Vind je het niet geweldig? Eindelijk mogen wij naar een ander land. Ik wacht al zo lang op deze kans,' ging hij op bevlogen toon verder.

Hij wel. Zij was alleen maar blij geweest dat er steeds andere collega's voorgingen, zodat zij hier konden blijven wonen.

Naar Beijing. China. Een huivering ging door haar heen. Ze wilde niet zo ver weg gaan wonen, aan de andere kant van de wereld.

Hij liet haar weer los om hun wijnglazen nog eens vol te schenken. 'Het wordt vast geweldig daar, Eefje,' ging Bart verder. 'We krijgen een ruim appartement in een goede buurt. Er is zelfs een Nederlandse vereniging in Beijing die allerlei activiteiten organiseert. Je hoeft dus niet bang te zijn dat je daar geen Nederlands meer zult horen of dat je tijd hebt om je eenzaam te voelen.'

Een Nederlandse vereniging. Was dat zo'n club zoals je op tv altijd zag, waar ze met elkaar typisch Nederlandse feesten vierden, zoals Koninginnedag – of nee, tegenwoordig natuurlijk Koningsdag – en sinterklaas?

En wist Bart nu al waar ze zouden gaan wonen? Misschien kwamen ze wel in het appartement te zitten waarin die collega van hem nu woonde. Ging dat zo? Nam je het huis van je voorganger over?

Nog veel meer vragen kwamen in haar op. Wat voor taal spraken de mensen daar? Verstonden ze wel Engels of moest ze op Chinese les? En het eten? Kenden ze daar wel brood? Melk? Groenten en aardappelen? Het eten daar was vast niet te vergelijken met wat hier bij de chinees te krijgen was. Ze had geen idee wat ze zich voor moest stellen bij een leven in een land als China.

Net op tijd ontdekte ze dat het groente- en gehaktmengsel begon aan te branden en snel goot ze er wat water bij.

'Dek jij de tafel even? Het eten is zo klaar.' Ze draaide de pit onder de pan zachter en voegde er kruiden en tomatenpuree aan toe. De macaroni was ook bijna gaar. Alleen nog even wat kaas raspen en dan was het eten echt klaar.

Terwijl Bart de tafel dekte, nam Eva een slok van haar wijn. De schok was nog altijd niet weggeëbd. Ze wilde helemaal niet naar China. Maar hoe bracht ze dat Bart aan zijn verstand? Hij stond erop om te gaan, dat wist ze wel. Het was al zo lang zijn droom om naar een ander land te gaan, om elders te gaan wonen en werken. En nu kreeg hij die kans. Nee, Bart zou zeker niet bedanken voor de eer. Hij zou gaan. En zij moest met hem mee.

In voor- en tegenspoed. In ziekte en gezondheid. Zelfs naar verre landen werd zij geacht haar man te volgen. Moest dat ten koste van alles? Moest ze haar man onvoorwaardelijk volgen? Nee, natuurlijk niet in alles. Maar wel als zijn werkgever van hem eiste dat hij naar een ander land ging om daar te werken. Dan kon ze hem toch niet in de steek laten?

Het zou voor minimaal vier jaar zijn. Dat wist Eva uit eerdere gesprekken over een eventuele overplaatsing. Het kwam niet volkomen onverwacht uit de lucht vallen. Toch had ze hier niet echt rekening mee gehouden. Zij had het voor zich uit geschoven als iets wat voorlopig nog lang niet te gebeuren stond. En nu was het dan zover. Vier jaar lang in China wonen. Het was nogal wat.

Of vier jaar lang zonder Bart hier blijven wonen, dat was de andere mogelijkheid. Er waren vrouwen van collega's van hem die daar inderdaad voor kozen. Vrouwen die hun man niet volgden naar een vreemd en ver land. Maar dat waren dan meestal gezinnen met opgroeiende kinderen die hier een studie volgden. Met een gezin met oudere kinderen nam je die beslissing minder gemakkelijk dan wanneer je net als Bart en zij alleen waren.

'Eefje, denk je niet dat je nu genoeg kaas hebt?' haalde Bart haar uit haar overpeinzingen.

De berg geraspte kaas was inderdaad erg groot geworden. Ze mompelde iets en deed een deel van de kaasslierten in een apart bakje. Dat zouden ze een andere keer wel opeten.

Eva goot de macaroni af en deed het in de pan bij het groente- en gehaktmengsel. Ze proefde of het op smaak was en zette het daarna op tafel.

Daar ging haar plannetje om een korte vakantie te boeken. Daarmee hoefde ze nu niet eens meer aan te komen. Ze hadden wel iets anders aan hun hoofd.

Bart schepte zijn bord vol en nam genietend een hap. 'Lekker. Hoe vind je het?'

'Wat?'

'Om naar China te gaan. Het gaat nu eindelijk gebeuren, Eefje. Nu komen we ergens.' Barts opwinding was nog altijd niet afgenomen. 'Ik bel na het eten eerst naar mijn ouders. Pa zal niet weten wat hij hoort.'

'Dat denk ik ook niet,' mompelde Eva. Bart merkte niet eens dat ze zijn vraag niet had beantwoord. Ze nam kleine hapjes van haar macaroni, proefde er eigenlijk niet veel van. Haar eetlust was verdwenen.

Hans en Joke Meeuwissen, haar schoonouders, zouden een dubbel gevoel hebben, net als haar eigen ouders. Aan de ene kant zouden ze het geweldig vinden. Voor Bart was het een mooie kans, die hij zeker niet mocht laten schieten. Aan de andere kant vonden ze het vast niet leuk dat hun respectievelijke zoon en dochter zo ver weg gingen wonen. Daar kende Eva hen alle vier goed genoeg voor.

Bart praatte onverminderd enthousiast verder. 'Ze kunnen ons opzoeken in China. Het is maar tien uur vliegen.' Hij had zijn bord leeg en schepte nog een keer op. 'Hotels genoeg en anders kunnen ze ook bij ons in het appartement logeren. Er zijn drie slaapkamers, dus ruimte genoeg voor een paar logés.'

'Heb je het nu over het appartement van jouw collega?'

'Ja, dat klopt. Daar gaan we wonen. We kunnen het naar onze

eigen smaak inrichten, met onze eigen spullen. Het is niet zo dat we hun meubels over moeten nemen.'

Nee, dat moest er ook nog bij komen!

'Ik kan wel aan Steven vragen of hij wat foto's op wil sturen, dan krijg je een beeld van hoe het appartement eruitziet.'

'Dat zou ik wel prettig vinden,' mompelde ze weinig enthousiast.

'We krijgen drie maanden de tijd om hier alles in orde te maken. Dat moet genoeg zijn, toch? Jij hebt een opzegtermijn van een maand, neem ik aan. Als je dan deze maand opzegt, moet je werken tot eind april en kun je de hele maand mei besteden aan het inpakken van de spullen en het regelen van de verhuizing. We nemen onze eigen meubels mee. Het duurt alleen een maand of zo voordat alles in China is. Tot die tijd moeten we het dan doen met de spullen die Steven en zijn vrouw daar laten staan, of we gaan voor een paar weken in een hotel.'

De verhuizing? Haar baan opzeggen? Had ze hier nog iets over in te brengen? Of was alles al besloten? 'Praten we er niet eerst over?' opperde ze voorzichtig.

'Waarover moeten we praten, liefje?'

'Of we wel naar China willen gaan.'

Bart lachte vrolijk alsof ze zojuist een goede mop had verteld. 'Natuurlijk gaan we naar China, Eefje. Dat besluit is van hogerhand genomen. Ik kan er ook voor kiezen hier te blijven, maar dan kan ik enige promotie in de komende jaren ook wel vergeten. Sterker nog, dan word ik achteruitgezet. Het is normaal bij mijn functie om een aantal jaar in een vestiging in het buitenland te werken. Dat hoort er gewoon bij. Dat weet je toch?' Hij nam haar handen in de zijne. 'Het is een geweldige kans. Wanneer krijg je nu de mogelijkheid om in een ander land te gaan wonen? We hoeven er verder niets voor te doen. Alles wordt voor ons geregeld. Werk, woonruimte, visum, en er staat zelfs een auto tot mijn beschikking. Al denk ik niet dat je aan een auto in Beijing veel zult hebben. Het is er megadruk, waardoor het een hele toer is om er te rijden zonder brokken te maken. Ze hebben daar een iets andere mentaliteit in het verkeer.' Hij legde zijn hand op die van haar. 'Het is toch een geweldig avontuur om naar China te gaan, Eefje? Wij hoeven zelf nergens voor te zorgen, alleen maar in te pakken en te vertrekken.'

Het klonk wel erg simpel zoals Bart het voorstelde. We pakken onze spullen in en vertrekken naar China. Eva wist zeker dat het heus niet zo eenvoudig was als hij het deed voorkomen. 'Hoe moet dat dan met ons huis? Moeten we dat verkopen?'

'Nee, dat hoeft niet als we dat niet willen. We kunnen het laten verhuren door een makelaar voor de tijd dat we weg zijn. Als we weer terugkomen, kunnen we hier weer gaan wonen. Maar als je het huis liever niet verhuurt, kunnen we het natuurlijk ook te koop zetten.'

Verhuren, verkopen. Geen van die opties sprak haar aan. Vreemden in hun huis. En als zij terugkwamen, troffen ze dan een uitgeleefde woning aan? Met een hennepplantage op de zolder? Je hoorde zo vaak van die rare verhalen van woningen die particulier verhuurd werden.

Verkopen ging vast ook niet zo simpel. Het kon jaren duren voordat een huis verkocht werd. Zeker hun huis, uit de duurdere sector.

Waarom wilde hij in vredesnaam naar China?

HOOFDSTUK 2

Barts vader reageerde precies zoals Eva had verwacht. In plaats van te bellen, waren ze naar hen toe gereden om het nieuws van de aanstaande landverhuizing te vertellen.

'Geweldig, jongen, dat is nog eens een fantastische kans.' Hans sloeg zijn zoon op zijn schouder. 'Echt geweldig. Je gaat het daar vast enorm goed doen. Je zit helemaal op je plaats in zo'n veelbelovende functie. Ik gun het je echt, zo'n magnifieke buitenkans.' Nadat de superlatieven weggeëbd waren, kwam het grote máár. 'Aan de andere kant gaan we jullie natuurlijk wel ontzettend missen. We zullen elkaar dan ook niet zo heel vaak meer zien. Het is nogal een reis. Je kunt niet gaan wanneer je wilt en de vlucht is niet bepaald goedkoop. Hoelang is het eigenlijk vliegen?'

'Tien uur, als we een rechtstreekse vlucht nemen,' antwoordde Bart. 'De prijs is afhankelijk van het seizoen.'

'Dat geloof ik best. Het is wel een ontzettend eind weg,' was de reactie van zijn moeder. 'Helemaal naar China. Dan kunnen we niet meer even op de fiets langskomen om koffie te drinken. En met verjaardagen zullen jullie er niet bij zijn. Kerst en Pasen gaan ook zonder jullie voorbij. Hè, wat een nieuws. Voor jullie misschien leuk, maar voor ons wel even schrikken.' Joke keek haar zoon met vochtige ogen aan. 'Wanneer gaat dit allemaal gebeuren?'

'Over drie maanden pas, ma. We zijn echt niet overmorgen al weg.'

'Dat zal ook wel niet, maar het is een gekke gedachte, hoor. Jullie zo ver weg in den vreemde.'

Bart lachte haar bezwaren weg. 'Wat is nou tien uur vliegen? Als jullie naar Spanje rijden ben je langer onderweg, besef je dat wel? En we komen heus nog wel hierheen met vakanties. Of jullie komen naar ons toe. We hebben genoeg slaapkamers. Kost het jullie alleen de vlucht.'

'Nou ja, als jij het zegt.' Joke stond op, wreef langs haar ogen en ging naar de keuken.

Hans schudde zijn hoofd. 'Ze draait wel bij. Als ze eenmaal aan het idee gewend is, vindt ze het vast geweldig.'

Zijn vrouw kwam terug met een blad met kopjes en een koffiekan. Ze schonk koffie in en liet de koektrommel rondgaan. 'En hoe moet het dan moet jouw werk, Eva?'

'Daar stopt ze natuurlijk mee, dat kan toch niet anders?'

'Maar wat ga je dan doen in China?' vroeg Joke verder. 'Kun jij daar wel werk vinden? Je zit toch ook met de taal die je niet begrijpt. Jullie spreken toch geen Chinees?'

'Ze hoeft daar helemaal niet te werken, ma. Ik kan me wel een beetje redden in het Chinees, maar als we er gaan wonen zullen we de taal echt goed moeten leren spreken. Eva ook. We gaan gewoon samen op les. Hartstikke leuk. Bovendien is er een bloeiende vereniging voor de Nederlanders die er wonen. Er is vast genoeg voor haar te doen.' Bart keek triomfantelijk naar zijn ouders. 'Het zal ons daar best bevallen.'

Eva glimlachte geruststellend naar haar schoonmoeder. Ze wilde niet in het bijzijn van haar schoonouders commentaar op Barts besluiten geven, maar in haar hoofd raasde een storm.

Samen op Chinese les? Wanneer dan? Bart had nu al amper tijd om iets samen te doen. Hij had niet eens tijd om te sporten naast zijn werk, laat staan om een cursus te volgen! En had zij daar zelf niets meer over te zeggen? Bart besloot maar van alles alsof haar mening er helemaal niets toe deed.

Een Nederlandse vereniging. Ook zoiets. Waren dat allemaal van die omhooggevallen typetjes die zich zo geweldig voelden omdat manlief een belangrijke baan in China had? Daar zat ze echt niet op te wachten.

Wat moest ze een hele dag doen als ze niet kon werken? Hoe ging haar leven er dan uitzien? Het appartement was vast niet zo groot als het huis waar ze nu woonden. Daar was ze zo doorheen met schoonmaken. Boodschappen doen, winkelen. En verder? Geen tuin waar ze zich in kon uitleven. Niet eens vriendinnen naar wie ze toe kon gaan.

O, er waren vast wel vrouwen bij die vereniging met wie ze aansluiting zou vinden. Die haar wegwijs konden maken in dat vreemde land. In die immense stad. Daar twijfelde ze niet aan. Maar was dat ook wat zíj wilde?

'Stel dat jullie kinderen krijgen,' ging Joke nog een stapje verder, 'dan krijgen we onze kleinkinderen hooguit een paar keer per jaar te zien. Hoe moet dat dan?'

'We kunnen contact met elkaar houden via de computer. Met Skype. Dat doen we nu ook als ik een week in het buitenland zit,' hield Bart zijn moeder voor. 'Zo'n vaart zal het bovendien niet lopen. Voor zover ik weet hebben wij nog geen plannen voor gezinsuitbreiding.' Hij lachte vrolijk. 'Niet waar ik me van bewust ben, in ieder geval. Of is er iets wat je me vergeten bent te vertellen, Eefje?'

'Niet dat ik weet,' mompelde Eva. Ze knabbelde aan haar koek en concentreerde zich erop niet te kruimelen. Hadden zij geen plannen in die richting? Wel toch? Nog niet zo lang geleden hadden ze erover gesproken dat de tijd rijp was om aan een gezinnetje te beginnen. Bart was nu vierendertig, zij dertig. Ze was daarom ook gestopt met de pil. Dat leek haar een duidelijk plan om een gezin te stichten. Dat was hij toch nog niet vergeten?

Hoe moest het als ze zwanger werd? Moest ze dan in dat vreemde land een kind krijgen? Ze was er altijd van uitgegaan dat haar moeder bij de bevalling aanwezig zou zijn. Zij zou haar helpen, ze was immers kraamverzorgster van beroep. Maar als ze in China woonden, kon ze dat wel vergeten. Haar moeder zou echt niet helemaal naar Beijing reizen om te komen kramen. Je kon bovendien niet op stel en sprong in het vliegtuig stappen en daarheen gaan. Eerst moest er van alles aangevraagd en geregeld worden. Zover was ze daar wel van op de hoogte.

'Wat ben je stil, Eva?' vroeg Hans. 'Zie je het wel zitten om naar China te verhuizen?'

Het lukte haar een glimlach op haar gezicht te toveren. 'Ik heb nog drie maanden om eraan te wennen. Er komt nu ineens zo veel op ons af. Net als voor jullie is het ook voor mij nog een vreemd idee, dat nog een plaatsje moet krijgen.'

'Dat is ook zo. Wat vinden jouw ouders ervan?'

'Ze weten het nog niet.'

'Daar gaan we zo meteen naartoe. Ik wilde het nieuws eerst aan jullie vertellen,' antwoordde Bart.

'Heb je al toegestemd met die overplaatsing, of mag je er nog over nadenken?' bedacht Joke opeens.

'Wat denk je zelf, ma?' Bart lachte weer. 'Als ze met zo'n voorstel komen, hoef ik daar echt niet over na te denken. Dan zeg ik ja en ga ik!'

'Maar wat als Eva nu niet wil?'

'Natuurlijk wil ze dat wel. Hè, liefje? Jij vindt het toch ook fantastisch om daarheen te gaan?'

Eva knikte en glimlachte, naar ze hoopte geruststellend. Waarom praatte hij er niet met haar over? Dergelijke belangrijke zaken besloot je niet in je eentje. Zo ging dat toch niet in een huwelijk?

De reactie van haar ouders was zo'n beetje gelijk aan die van Barts vader en moeder. Een geweldige kans, maar wat was het ver weg en moesten ze daar echt vier jaar gaan wonen? Kwamen ze in die tijd dan niet naar Nederland?

Anders dan Joke Meeuwissen had haar moeder wel een paar ideeën voor Eva voor wat ze kon gaan doen in Beijing.

'Je zou daar vrijwilligerswerk kunnen gaan doen in een weeshuis of op een school. Misschien kun je wel kinderen of jongeren helpen met bijvoorbeeld Engelse les. Op die manier leer je de taal ook een heel stuk sneller,' meende Miranda Jacobs.

'Daar zeg je zoiets, ma. Wat een goed idee,' was Bart het met zijn schoonmoeder eens. 'Dat is echt iets voor jou, Eefje. Dan kun je alsnog iets gaan doen met je opleiding kinderopvang.'

Het idee van haar moeder was inderdaad zo gek nog niet. Ondanks het diploma dat Eva had om in de kinderopvang of op een basisschool te werken, had ze daar destijds geen baan in kunnen vinden. Wel als verkoopster in een modezaak, bij Maison Louise. Daar werkte ze nu alweer ruim tien jaar. Omdat ze het daar naar haar zin had, was ze nooit verder gaan zoeken naar een baan die bij haar opleiding paste, maar nu... Iets in de kinderopvang, een school of een weeshuis. Dat zou ze in China kunnen gaan doen.

Wie hield ze nu eigenlijk voor de gek, gaf ze zichzelf antwoord. Dat zou vast te hoog gegrepen zijn. Waarom zou een school een buitenlander aannemen die de taal niet eens machtig was?

Eenmaal weer thuis pakte Bart een biertje uit de koelkast. 'Wil jij ook iets? Wijn?'

'Doe maar, dat kan ik wel gebruiken.' Dat meende ze. Eva had het gevoel dat ze zich de hele avond in had moeten houden. Dat ze alle vragen en twijfels moest verbijten, en dat ze vooral niet aan hun ouders mocht laten merken dat ze het eigenlijk, net als zij, helemaal niet zo geweldig vond om te gaan.

Bart kwam terug met hun drankjes en ging naast haar op de bank zitten. 'Wat vond je van hun reacties?' Hij schonk zijn bier uit in een glas.

'Precies wat ik ervan verwacht had.'

'Ben je boos omdat ik er niet eerder met jou over heb gepraat? Dat gevoel kreeg ik namelijk wel.'

Dat had hij dus wel gemerkt. 'Het zou prettig zijn geweest als je er eerder met mij over had gepraat. Nu zet je me voor het blok. Mijn mening wordt niet eens gevraagd. Wat als ik echt niet mee wil?'

'Precies wat ik al eerder zei: dan blijven we hier, maar dan kan ik verdere promotie wel vergeten. Of ik ga alleen en jij komt een paar keer per jaar naar China.'

Een huwelijk op afstand. Zou hij dat werkelijk voor zijn droom overhebben? Ze wist niet of zij dat wel vol zou kunnen houden.

'Zou je dat echt doen als ik per se niet mee wil?' vroeg ze verbaasd. 'Zou je dan alleen weggaan?'

'Misschien wel,' gaf hij eerlijk toe. 'Ik vind dit een kans die ik niet wil laten schieten. Dat begrijp je toch wel?'

Eva knikte langzaam. Natuurlijk begreep ze dat. Een andere vraag brandde op haar tong. 'Je zei tegen jouw ouders dat wij geen kinderwens hebben.'

'Ach, liefje. Dat begrijp je toch wel? Had ik dan moeten zeggen dat we aan het proberen zijn om kinderen te krijgen? Dat gaat hun niet aan op dit moment. Als ik daar iets over had gezegd, hadden we vast nog veel meer commentaar gekregen op de verhuizing naar China. Ik vind het vroeg genoeg om het te vertellen als je eenmaal zwanger bent. En ja, dat zou best eens in China kunnen zijn. Dat is toch geen probleem? Ook daar worden kinderen geboren. Bovendien gaan we niet naar het platteland, maar naar een wereldstad. Het is heus niet zo dat ze daar niet bekwaam genoeg zijn. Ben je daar bang voor?' Hij keek haar verbaasd aan. 'Nee toch? In China wonen net zo goed kundige artsen. Op bepaalde gebieden zijn ze verder dan wij hier. Vergeet niet dat de Europeanen heel wat geleerd hebben van de Chinezen. Denk maar aan acupunctuur en homeopathische geneesmiddelen.'

Eva knikte gelaten. Alsof ze dat nodig had om een kind op de wereld te zetten.

'Of wil je het nu niet meer? Wil je niet het risico lopen zwanger te worden nu we naar China gaan?'

Opnieuw dat 'nu we naar China gáán'. Ze had nog steeds niet gezegd dat ze mee wilde. Bart ging daar gewoon maar van uit. Hij had er niet over gepraat de afgelopen tijd. Toch moest hij geweten hebben dat dit eraan zat te komen. Waarom had hij daar dan niet eerder met haar over gesproken? Dat zat haar dwars. In een huwelijk nam je dergelijk vergaande besluiten met z'n tweeen. Daar praatte je over voordat er iets besloten werd. Zo was het altijd gegaan. Waarom nu opeens niet meer?

Die vraag stelde ze dan ook aan hem. Ze ging iets rechter zitten zodat ze zijn gezicht kon zien als hij antwoord gaf.

'Tja, misschien heb ik wel niets gezegd omdat ik jouw reactie daarop eigenlijk al een beetje kende,' antwoordde Bart.

Wist hij dat? Hoe dan? Had ze zich in het verleden negatief uit-gelaten over een overplaatsing? Ze dacht van niet. Ze hadden er wel eerder over gepraat, maar dat was op momenten geweest dat het niet direct in de nabije toekomst lag. Het was tot nu toe altijd hypothetisch geweest en meer als er collega's van hem, die zij ook kende, voor een paar jaar vertrokken. Daar had ze weleens iets over gezegd. Had ze daar dan afwijzend over gedaan? Had ze op dergelijke momenten gezegd dat zij liever niet ging als het aan haar lag?

'Eefje, jij bent een beetje een huismus. Voor jou hoeft het buiten-land niet zo,' ging Bart verder.

O nee? Ze gingen ook naar het buitenland met vakantie. Het was niet zo dat zij altijd maar thuis wilde blijven en nergens heen wilde.

'Meestal kies ik de vakantiebestemmingen uit en jij gaat gewoon mee, maar je zegt er altijd bij dat het jou niet uitmaakt, dat je net zo lief thuis zou blijven.'

'Zo bedoel ik dat helemaal niet,' protesteerde ze. 'Van mij hoe-ven al die verre reizen ook niet per se. We kunnen ons thuis ook best vermaken met uitstapjes.'

'Dat weet ik, liefje. Het is ook geen verwijt aan jouw adres.'

'Zo voelt het wel. Ik had het prettiger gevonden als je er wel met mij over had gepraat. Dan werd ik nu niet voor een voldongen feit geplaatst. Hoelang weet je al dat die overplaatsing eraan zit te komen?'

'Nog niet zo heel lang. Een paar weken maar.'

Ze zat in de donkere woonkamer, had niet de moeite genomen licht aan te doen. Zo vond Bart haar dan ook toen hij thuiskwam.

'Eefje, waarom zit je zo ongezellig in het donker? Of ben je pas net thuis?' Hij deed het licht aan, maakte zijn stropdas los en hing zijn colbertje over een stoel.

In het licht van de lamp die boven de salontafel hing, kon ze niet verbergen dat ze gehuild had.

'Hé, wat is er met jou aan de hand? Waarom heb je gehuild? Is er iets met je ouders?' bedacht hij opeens geschrokken.

Eva schudde haar hoofd. Nee, met haar ouders was alles in orde. 'Ik ben zwanger.' Het klonk zo zacht dat Bart het vast niet verstaan had. Ze wilde het nog een keer zeggen bij het zien van zijn verwarde blik.

'Zwanger? Weet je het zeker? Eefje, wat geweldig! Waarom huil je dan? Kom hier, rare meid.' Hij ging naast haar zitten en nam haar in zijn armen.

Eva rook een vage geur van parfum aan zijn overhemd. Had hij nieuwe aftershave op?

Geweldig? Ja, het zou geweldig geweest zijn als ze niet naar China hadden gehoeven. Alle twijfels die ze de afgelopen weken had overwonnen, waren een paar uur geleden, op het moment dat het staafje duidelijk bewees dat er een klein mensje in haar groeide, in volle hevigheid teruggekomen. Hoe moest ze een kind krijgen in een vreemd en ver land? Moest ze dan naar een Chinese arts die niet begreep wat zij zei? En als er iets mis was met het kindje, was een Chinees ziekenhuis dan wel op de hoogte van de nieuwste ontwikkelingen op het gebied van baby's? Of moest ze alsnog halsoverkop terug naar Nederland?

En haar moeder: zo ver van huis kon zij er vast niet bij zijn op het moment dat haar dochter bevallen moest. Iets waar Eva naar had uitgekeken vanaf het moment dat ze stopte met de pil. Ze wilde niet naar China, dat wist ze opeens heel erg zeker. 'Kunnen we niet thuisblijven?'

'Thuisblijven? Waar heb je het over, Eef?'

'China. Ik wil niet naar China. Wat moet ik daar?'

Bart begon zacht te lachen. 'Maak jij je daar nog steeds zorgen over? Dat is nergens voor nodig. Daar hebben we het toch allang over gehad? Ik vind het heerlijk nieuws dat je zwanger bent. Hoever ben je al? Hoe wist je het eigenlijk? Je bent toch niet ziek of zo? Misselijk?'

Ze schudde ongeduldig haar hoofd. 'Ik weet niet hoever ik ben. Mijn menstruaties verlopen niet echt volgens een vast patroon, maar acht weken vond ik wel erg lang. Daarom heb ik een test gekocht.' De spanning die ze deze middag had gevoeld, was dubbel geweest. Eva verlangde naar een baby, ze was er helemaal klaar voor, alleen... niet nu. Niet nu ze op het punt stonden om naar China te vertrekken. Daarom had ze de test gedaan terwijl Bart naar zijn werk was. Bovendien kwam hij vaak pas laat thuis. Om al die uren in spanning op hem te moeten wachten, had ze niet zien zitten.

'Eefje, het duurt nog wel een tijdje voordat we echt weg zijn. Zal ik met je meegaan naar de dokter? Hij kan je vast wel geruststellen over een zwangerschap en een bevalling in China.'

'Eef, je moet je gordel vastmaken.' Bart stootte haar zacht aan. 'We gaan vertrekken.'

Gehoorzaam klikte ze de gordel vast en ze keek automatisch naar het kleine raam aan de rechterkant. Ze zaten in het midden-pad, dus veel zou ze niet kunnen zien van hun vertrek. Het uitzicht werd ook nog eens belemmerd door de vleugel van het vliegtuig. Bart zat aan de buitenkant, zodat hij wat meer ruimte had voor zijn lange benen.

Een stewardess liep door het gangpad, duwde hier en daar een bagageklep dicht en zette een enkele stoel in de rechte stand. Ze hielp een oudere vrouw met het vastmaken van de gordel en ging daarna zelf op een stoel zitten.

Eenmaal in de lucht werd het kleine scherm ingeschakeld in de stoel voor haar, waarop ze films kon kijken. De stewardess deelde koptelefoontjes uit en Bart zocht direct een film op die hij graag wilde zien.

Eva drukte op een paar knoppen, maar zag weinig van wat er op haar scherm gebeurde. Haar gedachten dwaalden voor de zoveel-ste keer af naar het moment van hun vertrek. Hun beider ouders waren er, en Eva's zus Carolien. Van haar broer en de broer van Bart en hun partners hadden ze gisteravond al afscheid genomen. Zij konden niet aanwezig zijn bij het vertrek. Nou ja, veel hadden ze er eigenlijk ook niet aan. Het was toch weer een tranendal geworden, net als gisteravond.

Carolien was met haar ouders meegereden, terwijl Bart en Eva bij Barts ouders in de auto hadden gezeten. Ieder met een grote koffer vol kleren en spullen die ze absoluut nodig hadden als ze aankwamen in China. De rest van hun bagage was een paar dagen geleden opgehaald door een internationaal verhuisbedrijf, samen met de meubels die in het appartement kwamen te staan. De dingen die ze niet meenamen, werden opgeslagen in een gehuurde opslagruimte. Het zou een paar weken duren voordat hun meubels in Beijing waren. De tijd die hun restte tot het vertrek hadden ze bij Barts ouders doorgebracht.

Hun huis werd voor de tijd dat ze in het buitenland zaten, verhuurd door een makelaar. Bij verkoop zouden ze er op dit moment een hoop geld op verliezen, dus hadden ze voor deze optie gekozen. Barts vader zou er toezicht op houden dat alles omtrent die verhuur netjes verliep.

Eva zag weer het gezicht van haar vier jaar jongere zusje voor zich. Carolien was het niet eens geweest met de manier waarop Eva – in haar ogen – min of meer gedwongen werd om haar man naar het buitenland te volgen. Ze hadden er de afgelopen maanden vaak genoeg over gepraat. En hoewel Eva haar zus al verschillende keren had verzekerd dat ze echt zelf wilde gaan, leek ze dat nog altijd niet te geloven.

'Het is echt mijn eigen keuze, Caro,' had Eva haar gisteren in de beslotenheid van de keuken nog een keer geprobeerd aan het verstand te brengen.

'Dat zeg je nu wel, maar daar geloof ik niets van. Bart heeft dit nooit met jou overlegd,' bleef Carolien volhouden. 'Jij wilt helemaal niet naar China.'

'Inmiddels wel. Ik vind het een uitdaging om daarheen te gaan en daar een leven op te bouwen.'

'Dat kan ik nog altijd niet geloven. Ik weet hoe moeilijk je het ermee had in het begin. Natuurlijk begrijp ik dat je Bart niet in de steek wilt laten, maar de manier waarop hij dit alles geregeld heeft, getuigt van een ontzettend egoïstische man. Sorry dat ik het zo zeg, maar hij houdt totaal geen rekening met wat jij wilt!'

Bijna was Eva er kwaad om geworden. Hoe goed kende Carolien Bart nu helemaal? Haar zusje had vanaf het begin al bedenkingen gehad tegen de partnerkeuze van Eva. Waarom ze hem niet mocht, was voor Eva nog altijd een raadsel. Soms dacht ze dat Carolien jaloers was en dat ze daarom zo op Bart afgaf. Haar zusje had niet zo veel geluk met haar relaties.

Bart was helemaal niet egoïstisch, maar juist heel erg betrokken bij haar. 'Er is veel veranderd tussen een paar maanden geleden en nu, Caro.'

'Dat klopt helemaal. Je bent in verwachting van jullie eerste kindje, maar je gaat nog steeds niet juichend weg.'

'Op dit moment sta ik niet te trappelen om te gaan, maar dat is toch niet zo vreemd? Ik ga naar een voor mij volkomen onbekend land. We laten al onze familie en vrienden achter en beginnen daar opnieuw. Wie weet hoelang het duurt voordat we elkaar weer in levenden lijve zien? Onze spulletjes zijn er nog niet eens. Maar ik vind het wel enorm spannend om te gaan. Ik kijk uit naar onze aankomst en wat ons daar allemaal te wachten staat. Mijn plaats is naast mijn man. Juist nu ik ons eerste kind verwacht.'

'Dat snap ik wel, maar je hebt me er nog altijd niet van overtuigd dat je ook gelukkig bent met deze beslissing,' hield Carolien aan.

Eva had gezucht en haar hoofd geschud. Natuurlijk voelde ze nog die tweestrijd of ze wel een juiste beslissing had genomen, maar ze had nu eenmaal die keuze gemaakt. En hoe meer ze gewend raakte aan de gedachte dat ze in Beijing gingen wonen, hoe meer ze zich erop verheugde om te gaan.

Het was ook een geweldige kans die ze kregen. Dat had ze na een poosje wel ingezien. Bovendien was het maar voor vier jaar. Dat leek misschien lang, maar de tijd zou beslist snel gaan. Zeker met het vooruitzicht dat ze over zes maanden moeder werd. Dan hoefde ze er niet eens meer over na te denken hoe ze die vier jaar door zou komen. En tegen de tijd dat hun kindje naar school moest, waren ze weer terug in Nederland. Beter had ze het zelf niet kunnen plannen.

Maar er was heel wat aan voorafgegaan voordat ze zich bij Barts beslissing neer had kunnen leggen, daarin had Carolien gelijk. De eerste week na Barts bericht hadden ze nauwelijks twee woorden met elkaar gesproken. Het was echt een koude oorlog geweest tussen hen. Eva was behoorlijk kwaad op hem geweest omdat hij haar niet eerder had laten weten wat er speelde. Later was ze bijgedraaid en Bart ook. Ze hield toch van hem? Wat kon ze anders doen dan hem volgen?

En toen kwam ze erachter dat ze zwanger was. Die wetenschap had weer een heel ander licht op de aanstaande gebeurtenissen geworpen. Het had hen ook weer dichter bij elkaar gebracht en de beslissing voor Eva eenvoudiger gemaakt. Ze kon Bart niet alleen naar China laten gaan, niet nu hun eerste kindje in haar groeide. Deze bijzondere tijd wilde ze samen met hem doormaken, in China, als het dan toch moest.

Ondertussen was ze begonnen met een taalcursus en zocht ze van alles op over de stad die voor vier jaar haar woonplaats zou zijn.

'Het is maar voor vier jaar, Caro. En het is niet het einde van de wereld waar we komen te zitten. Beijing is een moderne stad.'

'Ik kom je opzoeken, Eef. Zodra ik vrij mag nemen van mijn werk kom ik naar jullie toe.' Carolien had net een nieuwe baan en moest wachten tot ze voldoende vakantiedagen had opgespaard om minstens twee weken naar Beijing te kunnen komen.

Carolien had haar daarstraks in de vertrekhal laten beloven dat ze geregeld contact met elkaar zouden hebben, al was het alleen maar een sms'je dat alles goed met haar ging. En ze wilde alles weten over de controles en hoe het met de baby ging.

Eva glimlachte. Zo veel ruzie ze vroeger had gemaakt met haar jongere zusje, zulke goede vriendinnen waren ze sinds ze beiden het huis uit waren gegaan.

HOOFDSTUK 3

Omdat hun appartement nog niet was ingericht, verbleven Bart en Eva de eerste tijd in een hotel. Uiteindelijk hadden Steven en zijn vrouw alle meubels meegenomen uit het appartement, zodat er niets meer in stond. Ze waren er al een keer gaan kijken om een indruk te krijgen van hun nieuwe woning.

Leeg leek het een stuk kleiner dan op de foto's die Steven hun had gestuurd.

'Nu lijkt het klein omdat het leeg is, maar je zult zien dat we ruimte genoeg hebben als onze meubels er eenmaal zijn,' verzekerde Bart haar. 'In de tussentijd wil ik de muren laten schilderen. De keuken ziet er een beetje uitgeleefd uit. Wat vind jij? Zullen we een nieuwe keuken laten plaatsen?'

'Mag dat in een huurappartement? Voor mij hoeft het niet, hoor. Het duurt vast maanden om iets te bestellen. Weet je nog dat wij bijna twee maanden moesten wachten tot onze nieuwe keuken eindelijk geleverd kon worden?'

Bart lachte. 'Hier gaat dat een stuk sneller.'

Eva bekeek de ruimte die ze tot haar beschikking had. Het was kleiner dan in hun eigen huis. Nee, niet zo denken, gaf ze zichzelf een standje. Niet steeds alles vergelijken met thuis. We leven nu in een heel ander land.

Dat het er hier heel anders aan toeging dan in Nederland, had Eva bij aankomst al wel gemerkt. De straten waren overvol met auto's. Iedereen toeterde hier om het hardst. Zelfs de vele elektrische brommers en fietsen deden daaraan mee.

Dat toeteren had een belangrijke functie, had Bart haar uitgelegd. Als je toeterde en iemand aanreed, was je niet schuldig. Je had immers gewaarschuwd. Een vreemde, maar misschien wel logische benadering van de schuldvraag bij een aanrijding.

De straten waren schoner dan in Nederland. Er liepen ook overal mensen met een bezem rond, maar het vele gerochel en gespuug op straat was dan weer het andere uiterste. Ook dat hoorde hier bij de cultuur.

De wolkenkrabber waarin ze kwamen te wonen, was een modern en vrij nieuw gebouw. Met drie slaapkamers was het appartement beslist ruim te noemen. Er hoorde zelfs een eigen park bij, dat alleen toegankelijk was voor de bewoners van de flats die hier bij elkaar stonden.

Wolkenkrabbers van dertig verdiepingen of hoger waren hier geen uitzondering. Het straatbeeld werd beheerst door deze giganten. Lage huizen zag je nauwelijks, buiten de echt dure villa's in enkele delen van de stad, en de *hutongs* – dat waren de traditionele ommuurde oude straatjes in het stadscentrum. Soms waren deze straatjes nauwelijks breder dan een meter. In de aaneenschakeling van gebouwtjes die in de *hutongs* tegen elkaar leunden, huisden gezinnen in vaak niet meer dan een of twee kamers onder armoedige omstandigheden.

De meeste bewoners verruilden hun schamele bewoning zonder sanitair maar al te graag voor een moderne flat. Een aantal *hutongs* werd bewust opgeknapt en gemoderniseerd om niet alles verloren te laten gaan. Ze hoorden nu eenmaal bij de historie van de stad en waren een gewilde bezienswaardigheid bij veel toeristen.

Nog een positief punt van hun appartementencomplex was dat er ook een speeltuin voor de kinderen bij was. En er was een fitnessruimte in het gebouw waar je als bewoner gebruik van mocht maken.

Het uitzicht vanuit hun appartement was geweldig. Je kon in de verte zelfs de bergen zien liggen die Beijing omringden, als er tenminste niet te veel smog in de lucht hing. Dat uitzicht was heel bijzonder, vertelde Bart haar. Woonde je op een veel lagere verdieping, dan keek je tegen de andere flats aan. 'Het is nu een vrij heldere dag omdat er veel wind staat, maar als het minder hard waait, zie je niets door de smog die dan boven de stad blijft hangen. Dat is dan weer een nadeel van zo hoog wonen.'

Oké, daarover had ze ook iets gelezen. Smog, door het vele auto-verkeer.

'Zeg het maar,' haalde Bart haar uit haar gedachten. 'Wil je een nieuwe keuken?'

'Dat hoeft voor mij niet, hoor. Deze ziet er nog prima uit. Met een goede schoonmaakbeurt komen we een heel eind. De muren kunnen inderdaad wel een likje verf gebruiken. Wat dacht je van zachtgeel?' Dat was een kleur waarbij hun meubels mooi uitkwamen.

'En die vloerbedekking, wil je die houden? Ik stel voor dat we door de hele flat laminaat laten leggen.'

Eva vond het best en liep door de kamers heen. In gedachten was ze de babykamer al aan het inrichten. Roze of blauw? Of een totaal andere kleur, zodat het niet uitmaakte of het voor een meisje of voor een jongetje was.

'Wat vind je ervan?' wilde Bart weten.

'Het is wel een mooi appartement. Hebben we een keuze dan?'

'Als je het echt niet ziet zitten om hier te wonen, kunnen we op zoek gaan naar iets anders. Dat kan wel lang duren. Er is genoeg te huur, maar niet alles is wat wij willen. We kunnen zelfs in een compound gaan wonen, tussen de Europeanen en Amerikanen die hier wonen en werken.'

'Laten we dit appartement maar nemen,' besloot Eva. 'Het ligt ook gunstig voor jouw werk. En er is een winkelcentrum in de buurt. De metro is toch op loopafstand?'

'Als je twintig minuten loopafstand vindt, is dat inderdaad zo,' grijnsde Bart. Hij sloeg zijn armen om haar heen en keek met een ernstige blik op haar neer. 'Geen spijt dat je de stap hebt gezet?'

'Dat vertel ik je over een paar maanden wel. We wonen hier nog niet echt. Ik heb nu nog het gevoel dat ik op bezoek ben.'

'Daar heb je gelijk in. Ik ben wel blij dat je bij me bent, Eefje, dat je mee bent gegaan. Heb ik dat al gezegd?'

'Vandaag nog niet.' Ze grinnikte. Bart vertelde om de paar dagen wel een keer dat hij blij was dat ze met hem mee was gegaan.

Zijn mond sloot zich zacht om de hare en ze gaf zich over aan een heerlijke kus.

Bij het verlaten van het appartement ging net de deur van de overburen open. Een jonge Chinese vrouw kwam naar buiten. Ze keek op en glimlachte vriendelijk naar hen. '*Nǐ hǎo*,' groette ze met een hoofdknik.

Bart groette terug en Eva mompelde eveneens de Chinese groet die zoveel betekende als: hoe gaat het, hallo.

'*You are new tenant?*' vroeg de jonge vrouw.

Bart knikte, stelde zich voor en legde uit dat ze nog op hun meubels moesten wachten voordat ze in het appartement konden gaan wonen.

Eva luisterde toe en bedacht dat ze vanaf nu alleen nog met Bart Nederlands zou kunnen praten. Hier was ze volledig aangewezen op het Engels of het Chinees, een taal die ze nog lang niet voldoende machtig was om zich ermee te kunnen redden in het dagelijks leven.

Volgens Bart spraken veel mensen Engels, maar daar had ze haar twijfels over. De taxichauffeur had Barts uitleg in het Engels in ieder geval niet begrepen. De conciërge van het hotel had het adres van hun appartement op een briefje moeten schrijven voordat de chauffeur wist waar hij naartoe moest rijden.

Eva stelde zich ook voor aan de vrouw, die een klinkende naam noemde Eva die direct weer vergat. Ze was in ieder geval vriendelijk en ze sprak redelijk goed Engels.

'Hoe heette ze nou?' vroeg Eva nadat ze in de lift waren gestapt.

'Liu Jiāng, maar ze stelde zich voor op de Chinese manier: eerst de achternaam, dan de voornaam. Je moet er niet van staan te kijken als ze je straks aanspreekt met Meeuwissen.'

Liu, dat was niet moeilijk om te onthouden. 'Ze lijkt me wel aardig.' Dat was een meevaller, een aardige overbuurvrouw die ook Engels sprak.

Omdat Bart aan het werk moest, was Eva overdag meestal op zichzelf aangewezen. Soms ging ze naar het appartement om te kijken hoe de schilders vorderden met het verven van de muren. Dat karweitje had ze liever zelf gedaan, dan had ze iets omhanden. Bart had daar niets van willen weten. 'Je gaat niet de hele dag in de verfdampen staan als je in verwachting bent. Dat kan niet goed zijn voor de baby.'

Ze mocht er wel gaan kijken om te laten zien dat ze er belangstelling voor had, zodat de schilders niet zouden denken dat ze het werk niet serieus hoefden te nemen. Niet dat ze daar bang voor hoefden te zijn. De mannen werkten snel en nauwgezet. In minder dan een week was de hele flat keurig geschilderd en lag er overal laminaat.

Nu de mannen vertrokken waren, kon Eva er vrijelijk rondlopen en in gedachten de kamers alvast inrichten. Wat kleine aankopen had ze al naar de flat gebracht. Ze kon niet wachten tot hun meubels eindelijk arriveerden en hun echte leven hier zou beginnen.

Op andere dagen trok ze eropuit om telkens een gedeelte van de stad te verkennen. Met een stad die bijna half zo groot was als Nederland viel dat nog niet mee, maar nu bewees het uitgebreide metronetwerk zijn doel. Hier kon Nederland nog een voorbeeld aan nemen: iedere paar minuten verscheen er een trein, naar welke bestemming dan ook; het vervoer was spotgoedkoop en het reed altijd en stipt.

Eva ontdekte al snel dat het in de ochtend na tien uur een stuk rustiger werd in de smalle metrowagons. Voor die tijd was het een gedrang vanjewelste en een kunst om bij het juiste station weer op tijd uit te stappen. Nu begreep ze ook waarom dit vervoermiddel voor Bart geen optie was om 's ochtends mee naar zijn werk te reizen. Ook tijdens de avondspits tussen vier en acht uur kon ze de metro beter mijden.

Op deze manier kon ze de stad op een goedkope en relatief snelle manier doorkruisen, en ze vond het een stuk prettiger reizen dan in de taxi's die met ware doodsverachting door het verkeer raasden. Een ander bijkomend voordeel was de airco in de metro. Nu het kwik vaak boven de dertig graden uitsteeg, was de metro een weldaad vergeleken met de hete straten en de bedompte lucht door de altijd aanwezige smog. De airconditioning in de meeste taxi's bestond uit opengedraaide ramen.

Waar Eva wel aan moest wennen, was het gestaar van de mensen in de metro en op straat. Ze was met haar één meter zeventig langer dan de gemiddelde Chinees, en met haar lange blonde haren viel ze nogal op.

Het gebeurde geregeld dat er mensen op straat naar haar toe kwamen – toeristen van het platteland, had Bart haar uitgelegd – die met haar op de foto wilden. Eerst had ze niet in de gaten gehad wat de bedoeling was, maar al snel herkende ze het Chinese woord voor foto: *zhàopiàn*.

Bart had al gekscherend voorgesteld dat ze beter haar haren in een knotje kon draaien en een petje op kon zetten als ze de straat op ging, dan werd ze vast een heel stuk minder lastiggevallen. Dat deed ze niet. Ze vond het wel aandoenlijk dat er zo op haar westerse uiterlijk gereageerd werd, en begreep dat mensen van het platteland nog niet vaak westerlingen hadden gezien.

Tijdens die tochten verkende Eva ook het winkelcentrum bij hun flat in de buurt en leerde ze al snel de weg in de supermarkt kennen. Een beleving op zich. Er was een kleine markt binnen de supermarkt waar de slager, de visboer en de groenteboer zijn of haar waren om het hardst stonden aan te prijzen. Toch rekende je bij een centrale kassa je boodschappen af.

Ze vond een boekwinkel die ook Engelse boeken verkocht, en ze schafte meteen een reisgidsje aan met daarin de belangrijkste bezienswaardigheden in de stad en de directe omgeving. Hierin zat tevens een duidelijke plattegrond waarop de straatnamen zowel in Chinese karakters als in het *pinyin* – Chinees in voor haar leesbare letters – waren vermeld.

Eva had een bijzonder leuk theeservies gekocht en wilde dat alvast in het appartement zetten. Ze stond te morrelen met de sleutel van de voordeur op het moment dat hun overbuurvrouw met een peuter in een buggy naar buiten kwam.

'*Hello*,' begroette Liu haar meteen, '*your furniture are arrived?*'

'O nee, nog niet. We verwachten ze eind van de week.' Eva wees op het kleine meisje. 'Je dochtertje?'

'Ze heet Mu-Lan,' knikte Liu.

'Wat een mooie naam. Hoe oud is ze?'

'Drie jaar.'

Drie jaar al? Was het meisje dan niet aan de kleine kant? Eva had niet zo heel veel ervaring met kleine kinderen, maar dit meisje leek haar niet veel ouder dan een jaar. Misschien had ze een ziekte en was ze niet helemaal in orde.

Kennelijk merkte Liu dat Eva haar antwoord niet helemaal begreep en legde het uit. 'Volgens de Chinese telling is Mu-Lan drie jaar oud. Volgens jouw telling zou ze nog maar een jaar zijn. Bij ons wordt het jaar van de zwangerschap meegeteld. Een kind is dus al een jaar oud als het geboren wordt. Het jaar dat loopt wordt ook meegeteld. Mu-Lan is vorig jaar in april geboren, maar met het nieuwe jaar krijgt ze er een jaar bij. Eén jaar als ze geboren is, één jaar van het nieuwe jaar, dus nu is ze drie jaar oud.'

Een ingewikkeld systeem, vond Eva. Maar het meisje was inderdaad nog maar een jaar. Zo gek ver had ze er niet naast gezeten.

'Jij krijgt een kind?' gokte Liu.

Hoe zag ze dat? Verbaasd keek Eva haar overbuurvrouw aan.

'Je hand gaat vaak naar je buik,' verklaarde Liu met een brede glimlach.

Eva lachte wat verlegen terug, dat deed ze inderdaad steeds onbewust.

'Wanneer verwacht je de baby?'

'In december.'

'Je eerste kindje?'

'Ja. Mu-Lan ook?'

Liu knikte.

Eva was hier nog altijd niet bij een arts geweest voor een zwangerschapscontrole. De laatste had ze in Nederland gehad. Misschien kon Liu haar raad geven naar welke arts ze het best kon gaan. Of was dat te direct? Ze had wel gelezen dat familie en kinderen prima gespreksonderwerpen waren, maar was het bespreken van een zwangerschap niet te intiem? Ze kenden elkaar nauwelijks.

Liu loste dit probleem voor haar op. 'Heb je al een goede dokter gevonden? Voor de bevalling?'

'Nog niet. We willen eerst het appartement inrichten en ons dan verder op de zwangerschap oriënteren.'

Liu zocht in haar tas, diepte een kaartje op en liet dat aan Eva zien. Er stonden een hoop Chinese karakters op zodat Eva geen idee had wat er stond.

'Ik zal het adres in het pinyin opschrijven. Dit is een goede arts die je kan helpen tijdens de zwangerschap. Hij spreekt Engels.' Liu begon meteen te schrijven, al ging haar dat duidelijk niet zo gemakkelijk af.

Eva wist inmiddels dat lang niet alle Chinezen pinyin konden lezen of schrijven. De voor haar leesbare letters waren voor Liu net zo moeilijk om te schrijven als de Chinese karakters voor Eva.

Het zou helemaal geweldig zijn als ze een arts vond wiens Engels goed genoeg was om haar te begrijpen. Vaak was het handen- en voetenwerk om uitgelegd te krijgen wat ze wilde. Eva was driftig aan het studeren op haar Chinees, maar zich echt verstaanbaar maken tegenover de vaak veel te snel pratende Chinezen, lukte nog niet al te best. Al probeerde ze het wel in de winkels. Het lezen van de ingewikkelde karakters was nog veel moeilijker.

Liu gaf haar het kaartje, waarop nu in duidelijk leesbare taal het adres en de naam van de arts stond.

'Dit is geweldig. Dank je wel.'

'*You're welcome*,' knikte Liu haar toe. 'Ik hielp de vrouw van Steven ook weleens. Nu moet ik echt gaan.'

'O ja, natuurlijk. Ik houd je maar op. Bedankt voor je adviezen en tot ziens.' Eva opende haar eigen voordeur en ging naar binnen. Wat een opluchting dat ze zo'n behulpzame buur had getroffen. Dat maakte het allemaal een stukje eenvoudiger, zeker omdat Bart er lang niet altijd was om haar te helpen. Sterker nog, hij werkte nu vaak al het klokje rond. Ze zaten meestal niet voor acht uur aan het diner in het restaurant van het hotel. Een enkele keer, als hij nog fut genoeg had en niet meer hoefde te werken, gingen ze weleens ergens anders eten.

Eva had gehoopt dat Bart in het begin van hun verblijf wat meer thuis zou zijn, juist omdat ze nog altijd in een hotel woonden, maar dat was hier niet de gewoonte. Chinezen werkten hard en veel. Bart wilde niet onderdoen voor zijn Chinese collega's. Hij had beloofd een paar dagen vrij te nemen om het appartement in te richten als de meubels er eenmaal waren. Tot die tijd was Eva grotendeels op zichzelf aangewezen.

Het appartement was voor de rest klaar, alleen de meubels nog. Veel meer dan wandelen en winkelen kon ze niet doen, voor zover het weer zich daarvoor leende. Als het zo warm was, was het niet echt een pretje om buiten te zijn.

Vanwege het tijdsverschil met Nederland – rekening houdend met de zomertijd was het hier zes uur later – kon ze lang niet altijd met haar zus of hun familie skypen. Een mail sturen ging natuurlijk wel. Dat deed ze dan ook veelvuldig. Vooral naar Carolien stuurde ze om de paar dagen een mailtje met daarin haar belevenissen. Carolien hield dan de rest van de familie op de hoogte. Eén keer in de week stuurde Eva een soortgelijk verslag naar Barts ouders, als hij tenminste niet zelf contact met hen had opgenomen, iets wat hij nog weleens in het weekend deed.

Eva's relatie met haar schoonfamilie was niet zodanig dat zij zich verplicht voelde vaker dan die ene keer per week naar hen te mailen.

Een enkele keer zag Carolien kans om op haar werk tijdens de lunchpauze met haar zus te skypen. Dan was het hier een uur of zes 's avonds. Bart was er dan meestal nog niet, zodat Eva deze tijd benutte om met Carolien of haar ouders te praten. Zo ook deze avond.

'Hoi Eef.' Het vertrouwde gezicht van haar zusje verscheen in beeld op haar iPad. 'Hoe gaat het bij jullie? Het is daar zeker beter weer dan hier bij ons?'

'Het was vandaag rond de vijfendertig graden. Om te puffen dus, zo warm. Ik ben het grootste deel van de tijd binnen gebleven.'

'Kun je niet een beetje zon naar hier sturen? Bij ons regent het nog steeds en het is veel te koud voor de tijd van het jaar,' klaagde Carolien.

'Ik zou het graag doen. Al is het met die smog erbij echt niet te harden buiten. Net of er een smerige, vochtige deken over de stad ligt. Het is wel balen dat het zulk slecht weer is bij jullie. Hoe gaat het op je werk?'

'Prima.' Carolien boog zich iets dichter naar het scherm toe zodat haar neus op een bizarre manier uitvergroot werd. 'Ik heb een nieuwe collega. Olaf.'

'Wat is dat nou weer voor een kaknaam? Wie noemt er zijn kind nou Olaf?'

Carolien keek direct beledigd. 'Het is helemaal geen kaknaam. Juist een stoere naam.'

'Oei, ligt dat soms gevoelig?'

'Helemaal niet. Het is gewoon een leuke man, geen kakker of zo.'

Eva begreep dat die collega nogal wat indruk op haar zusje had gemaakt, anders zou ze hem vast niet zo fel verdedigen. 'Vertel dan maar eens wat meer over hem.'

'Wat moet ik vertellen?'

'Doe niet zo flauw, Caro. Hoe leuk is die collega?'

Op het scherm was duidelijk te zien dat Carolien rood kleurde. Haar ogen schoten schielijk heen en weer.

'Ben je niet alleen? Zit hij soms bij je in de buurt?' Onwillekeurig ging Eva zachter praten.

'Zoiets. Hoe gaat het met jullie appartement?' ging Carolien op tamelijk luide toon verder.

Eva wist meteen dat ze goed had gegokt: die leuke collega die naar de naam Olaf luisterde, zat op dit moment vast bij haar zusje in de buurt. 'Het appartement is helemaal klaar. Ik heb ook al schoongemaakt. Vrijdag worden de meubels hier gebracht, als alles goed gaat. Ik kan niet wachten tot alles er eindelijk is. Die hotelkamer begin ik goed beu te worden, dat heb ik nu wel gehad, hoe luxe het ook is om zelf niets te hoeven doen. Ik kan geen hotel meer zien.'

'Dat kan ik me voorstellen. En hoe is het met mijn neefje?'

'Huh?'

'De baby. Mijn neefje, of nichtje,' verduidelijkte Carolien.

'Goed hoor. Ik heb van onze overbuurvrouw het adres van een goede arts gekregen. Volgende week maak ik een afspraak.'

'Dan pas? Moet je niet allang een controle hebben gehad?'

'Geen idee. Ik ben voor ons vertrek in Nederland nog bij een vroedvrouw geweest. Ik voel me verder prima.'

'Heb je de baby al voelen bewegen?'

'Niet waar ik me bewust van ben. Ik weet niet wat ik moet voelen. Wel heb ik een heel leuk pakje gekocht. Zo schattig. Wacht, ik pak het even, dan kun je het zien.'

'Blijf maar zitten,' hield Carolien haar tegen. 'Ik zie het een andere keer wel en anders moet je er maar een foto van maken en die mailen. Ik moet weer aan het werk. Groetjes aan Bart en tot de volgende keer.'

'Oké, groetjes aan pap en mam en Marnix en iedereen daar. We mailen nog wel.' En in die mail zou Eva vragen hoe het nu precies zat met Olaf.

HOOFDSTUK 4

Tevreden keek Eva het appartement rond. Na twee dagen dozen uitpakken en meubels heen en weer schuiven, stonden nu alle spulletjes op een plek die naar haar zin was. Ook al waren het hun eigen meubels uit Nederland, het leek hier in niets op de oude situatie. De woonkamer was kleiner, maar hetgeen ze over hadden laten komen, paste hier prima. Bart had een goede kijk gehad op de afmetingen van het appartement en wat er wel en niet in zou kunnen staan.

'Tevreden?' Bart legde zijn arm om haar schouders en bleef naast haar staan.

'Helemaal. Het past allemaal perfect, hoewel ik daar mijn twijfels over had.'

'Uiteraard past alles, laat dat maar aan mij over,' grijnsde hij zonder enige vorm van bescheidenheid.

Eva prikte met een vinger in zijn buik. 'Opschepper! Maar het is wel zo. Je hebt het goed uitgekiend.' Ze maakte zich los uit zijn armen en liet zich op de bank zakken. 'Eindelijk in ons eigen huis.' Vier weken hadden ze in het hotel gewoond, wel in een suite met een aparte slaapkamer, maar dan nog.

'Nu moet je wel zelf gaan koken,' hield Bart haar voor.

'Ik kan niet wachten om te beginnen. Zo meteen gaan we eerst boodschappen doen. De kasten moeten gevuld worden en de koelkast ook.'

'Moet ik echt mee?' Bart kreunde en trok een zielig gezicht.

'Natuurlijk moet jij mee. Hoe moet ik anders die boodschappen hier krijgen? Je laat je arme zwangere vrouw toch niet in haar eentje met die zware tassen sjouwen?'

'Er is een bezorgdienst die de boodschappen zo bij je thuisbrengt.'

'Dat ga ik echt niet doen, hoor. Je gaat maar gewoon met me mee. Je hebt niet voor niks een auto in de parkeergarage staan. Dan gebruik je die ook eens een keer.' Bart maakte voor zijn werk gebruik van de taxi, sneller en efficiënter vanwege de drukte op de wegen iedere ochtend en avond. De tijd dat hij stilstond in de file, gebruikte hij om te werken. 'Als de eerste voorraad eenmaal binnen is, kan ik het verder wel te voet af, maar nu moet je echt mee,' hield ze hem voor.

'Dan gaan we dat meteen maar doen,' stelde Bart voor.

'Wil je niet eerst een kopje thee? Dat heb ik wel in huis.'

'Nee, we gaan eerst boodschappen doen. Ik moet straks de internetverbinding nog testen.'

'Voor je werk zeker?' begreep Eva meteen. Ze trok een lelijk gezicht naar hem. 'Je zou een paar dagen vrij nemen. Dat betekent ook dat je thuis niet werkt. Hè Bart, we kunnen er toch een paar leuke dagen van maken? Ik zie je amper als je werkt. We zijn nog niet eens naar het Zomerpaleis geweest.'

'Daar wil je ook echt heen met die regen.'

Daar had hij wel gelijk in. Juli en augustus waren net de maanden dat er de meeste regen viel in dit deel van China. Een voordeel van die regen was wel dat de smog erdoor weggevaagd werd.

'Er is binnen ook genoeg te bezichtigen, en anders gaan we naar een ander museum.'

'We zien wel, oké?' Bart stond op en stak zijn handen naar haar uit. Hij trok haar omhoog van de bank en bleef even met zijn armen om haar heen staan. 'Blij?'

'Zeker weten. Nu gaat ons leven hier voor mij daadwerkelijk beginnen. Nu heb ik pas het gevoel dat we hier ook echt gaan wonen.'

'Nog altijd geen spijt dat je mee bent gegaan?'

'Waarom vraag je dat steeds?'

'Omdat je in het begin helemaal niet mee wilde.'

'Nou ja, je overviel me ermee. En als je de stad niet te veel vergelijkt met wat wij hadden: heldere, frisse lucht, groene weilanden en bomen, de zee, duinen, wijken met normale huizen en relatief smalle straten, fietspaden overal en verkeer dat zich aan de regels houdt. Ach, wie heeft daar nou behoefte aan als je in Beijing woont. Als ik er niet te veel over nadenk, heb ik het hier best naar mijn zin.'

'Dat klinkt niet echt enthousiast,' meende Bart.

'Ik denk er niet te veel over na, zeg ik toch. We moeten er maar het beste van maken. We zitten hier vier jaar. Als ik dat met de pest in mijn lijf moet doen, is de lol er snel af.'

'Oké, je hebt me overtuigd. Dus jij wilt iets leuks gaan doen vandaag. Ná de boodschappen. Waar wil je graag heen? De Verboden Stad? Daar kun je in ieder geval op veel plekken ergens naar binnen als de regen te gortig wordt.'

'Ben je daar soms al geweest?'

'Tijdens een van mijn vorige bezoeken aan Beijing,' gaf Bart toe.

'Ik wist niet dat je tijdens je zakenreizen tijd had om leuke dingen te doen.'

'Dat zal ik dan vergeten zijn te vertellen. Het is soms ook zo hectisch op zulke dagen. Werk en cultuur zijn prima met elkaar te combineren. Je bereikt tijdens een ontspannen wandeling vaak meer dan met urenlange gesprekken op een duf kantoor. Maar ik heb nog lang niet alles gezien van de Verboden Stad. Bovendien wil ik daar graag met jou heen.' Hij drukte een kus op haar neus. 'Wordt het de Verboden Stad?'

'Mij best. Ik heb alleen de parken nog maar gezien.' Eva had expres de andere bezienswaardigheden overgeslagen om die samen met Bart te gaan bezichtigen. Als ze had geweten dat hij al een deel had gezien, was ze wel anders te werk gegaan. Blijkbaar vertelde hij haar dus niet alles over zijn zakenreisjes. Wat was hij nog meer 'vergeten' te vertellen?

Na de boodschappen en het urenlang rondslenteren in de Verboden Stad – met de regen was het gelukkig meegevallen – zaten ze nu ontspannen op de bank. Eva had niet meer gekookt, daarvoor was ze te moe geweest na een dag lang dozen uitpakken en lopen. Bart had iets laten bezorgen. De restanten van hun pizza's stonden op de eettafel.

'Als ik een afspraak maak voor een controle bij die arts die Liu me heeft aanbevolen, ga je dan mee?'

'Natuurlijk. Als ik kan. Wordt er dan ook een echo gemaakt?'

'Ik heb geen idee hoe dat hier allemaal gaat,' moest Eva toegeven. 'Dat zal ik eens aan Liu vragen. Morgenvroeg doe ik dat wel.'

'Liu werkt op maandag.'

'Hoe weet jij dat? Heb je haar gezien?'

Bart knikte. 'Ik sprak haar in de lift. Ze werkt bij een groot hotel hier in de buurt en heeft een pittige baan voor zo'n jonge vrouw: manager *Food and Beverage*.'

'Wat moet ik me daarbij voorstellen?' De benaming zei haar niet veel. Het had vast iets met eten te maken, maar verder kwam ze niet.

'Ze zorgt ervoor dat alles in de restaurants van het hotel goed verloopt. Ze is de contactpersoon voor de leveranciers en is verantwoordelijk voor de productiviteit en kwaliteit van de diverse afdelingen. Een verantwoordelijke baan.'

Dat ze daar tijd voor had met een baby. 'Hoe oud is Liu?' Eva schatte haar halverwege de twintig, maar met zo'n baan en ook nog eens een kind van een jaar oud, kon ze zich haast niet voorstellen dat ze dat ook werkelijk was. Hoe kon je carrière maken met een baby? In Nederland hoorde ze niet anders dan dat dat echt niet ging. Daarom werkten de meeste vrouwen eerst aan hun carrière en dachten daarna pas aan kinderen. Ging dat hier anders dan bij hen?

'Liu is tweeëndertig.'

'Zo oud al? Ze ziet eruit als begin twintig.'

Bart lachte. 'Chinezen zien er vaak jonger uit dan ze zijn. Zeker als ze klein en tenger zijn, zoals Liu.'

Opeens voelde Eva zich groot en plomp. Niet dat ze er iets aan kon doen omdat ze door de zwangerschap nu eenmaal uitdijde, maar ze was ook nog eens twee jaar jonger dan haar overbuurvrouw. Hoe kreeg die vrouw het voor elkaar om zo'n goede baan te hebben met een baby van een jaar oud?

Bart had kennelijk in de gaten waarmee ze worstelde. 'Het is hier de gewoonte dat de vrouw bij de man gaat inwonen. Zo kunnen ze meteen voor de ouders zorgen, en de ouders zorgen op hun beurt weer voor hun kleinkinderen. De ouders van Liu's man wonen dus bij hen. Liu werkt op onregelmatige tijden, dat kan ze alleen omdat haar schoonouders voor hun kleinkind zorgen.'

'Handig,' mompelde Eva. Al moest zij er niet aan denken dat de ouders van Bart bij hen zouden wonen. Over niet al te lange tijd kwamen Hans en Joke Meeuwissen hierheen. Dan logeerden ze uiteraard bij hen, dat hadden ze immers aangeboden. Twee weken zouden lang genoeg duren met zijn ouders over de vloer.

'Jij hoeft je geen zorgen te maken over je carrière.' Bart legde een hand op haar been.

Wrijf het er nog maar een keer in dat ik geen werk heb, ging het door Eva heen. En het werk dat ze gedaan had, stelde ook al niet veel voor. Verkoopster in een modezaak. Dat haalde het niet bij manager *Food and Beverage* van een luxueus hotel.

'Liu en haar man moeten wel allebei werken. Heb je enig idee wat dit appartement kost?' ging Bart verder.

'Nee, dat heb ik niet. We wonen er net twee dagen. Bovendien betaalt jouw bedrijf de huur.'

'Precies. Maar even voor jouw begrip; dit appartement kost vijftienduizend yuan per maand. Dat is tegen de huidige koers omgerekend een slordige achttienhonderd euro per maand.'

Eva keek hem ontzet aan. 'Zo veel? Dat is toch niet normaal! Daar heb je in Nederland een kast van een huis voor!'

Bart begon te lachen. 'Dat zeg je goed. Nu is de rest hier gelukkig een stuk goedkoper. Het eten kost maar een fractie van wat wij in Nederland betalen, evenals de meeste spullen en kleding.'

'Dan nog. Hoe kunnen Liu en haar man zo'n appartement in vredesnaam betalen? Ik had er geen idee van dat het hier zo duur wonen is.'

'Dat kan alleen door beiden een goede baan te hebben. Een heel goede baan. Haar man is een hoge pief in de ICT-branche. Maar het is waarschijnlijker dat Liu en haar man hun appartement hebben gekocht, terwijl wij huren.'

Bart had kennelijk al heel wat gesprekken met Liu in de lift gevoerd in die paar dagen die ze hier nu woonden. Hij was zo goed op de hoogte. Even stak er iets bij Eva. Snel drukte ze dat gevoel weg.

Later in bed dacht ze er weer aan terwijl Bart naast haar zacht lag te snurken. Hij maakte al jaren zakenreizen. De standaardgrap op feestjes was vaak welke secretaresse hij dit keer had meegenomen. Eva lachte er altijd maar een beetje om. Bart zou haar nooit bedriegen. Ze hielden toch van elkaar? Zij vertrouwde hem volkomen en hij droeg haar op handen. Voor zover hij daar tijd voor had, voegde ze er grimmig aan toe.

De afgelopen drie dagen hadden ze samen doorgebracht zonder dat hij had gewerkt. Dat mocht wel in de krant. Het weekend was hier niet bepaald heilig. Als er een belangrijke deal op het spel stond, ging die voor alles.

Natuurlijk begreep ze dat wel, zijn werk was belangrijk, maar ze vond het niet helemaal eerlijk. Zij had haar werk op moeten geven zodat Bart een droom waar kon maken. Wat bleef er dan voor haar over om te dromen?

Haar handen gleden over haar buik waarin ze op dat moment een vreemde beweging gewaar werd. Was dit... Bewoog de baby? Vier maanden was ze nu zwanger, dan zou het niet raar zijn als ze de baby inderdaad voelde bewegen. Eva bleef doodstil liggen, in zichzelf gekeerd naar het leven dat in haar buik groeide. *Toe, laat nog eens iets van je horen, kleintje. Laat nog eens merken dat je er bent.*

Dit was háár droom, háár toekomst, wist ze op dat moment. In ieder geval voor de komende vier jaar. Ze had niet op een beter tijdstip zwanger kunnen worden. Wilde de baby haar dat laten weten door op dit moment te bewegen?

Opnieuw voelde ze een fladdering alsof er een visje door haar buik zwom. Ontroerd bleef ze liggen, met een stille glimlach rond haar mond.

'Ik heb de baby voelen bewegen,' vertelde ze de volgende ochtend.

Bart stond zich te scheren in de badkamer.

Nu ze in hun eigen huis woonden, stond ze tegelijk met hem op. In het hotel had dat niet veel zin gehad. Ze ging alvast koffie voor hem maken terwijl Bart zich verder aankleedde in de slaapkamer.

Hij kwam terug, keurig in het pak, en ging bij het aanrecht staan om een paar boterhammen te besmeren. 'Wat zei je daarnet nou?'

'Ik heb de baby gevoeld. Heel even maar, toch weet ik haast zeker dat het de baby was.'

Bart kwam naar haar toe en legde zijn hand op haar opbollende buik. 'Nu ook? Beweegt hij nu? Waarom heb je me niet wakker gemaakt?'

'Hij beweegt niet op commando, hoor.' Ze lachte even. 'Dan had je de hele nacht moeten liggen wachten. Bovendien voel ik het alleen nog maar aan de binnenkant, niet echt vanbuiten. Daar moet de baby nog wat groter voor zijn, denk ik. Ik besef nu wel dat ik dit al eerder heb gevoeld. Die beweging hield ik alleen voor gerommel in mijn darmen.'

Hij bleef staan, zijn hand nog altijd op haar buik, en keek haar verwonderd aan. 'Hoe bijzonder. Jij hebt nu al contact met onze zoon of dochter. Weet je wel hoe jaloers ik op jou ben?'

'Dat gaat wel over als ik aan het bevallen ben,' antwoordde ze nuchter.

'Maak alsjeblieft een afspraak bij die arts. Zo snel mogelijk. Ik ga met je mee.'

Nu was het haar beurt om hem verwonderd aan te kijken. Bart was mee geweest bij de negenwekencontrole en had ook de echo gezien die toen gemaakt werd van hun kindje. Daarna leek het nieuws voor hem er een beetje af te zijn. Of had hij het gewoon te druk gehad?

Bij de laatste controle in Nederland, net voor hun vertrek, had hij geen tijd gehad om mee te gaan. Jammer, want juist bij die controle had Eva het hartje van de baby voor het eerst gehoord.

Nu was ze ruim achttien weken, bijna op de helft. 'Oké, ik maak zo snel mogelijk een afspraak,' beloofde ze hem.

Bart werkte zijn brood naar binnen, dronk koffie en was even later vertrokken. Uitzwaaien hoefde ze niet te doen. Dat zag hij toch niet, daarvoor zaten ze hier veel te hoog.

Wel ging ze even op het balkon zitten met een kop thee in haar handen. Het was nog altijd warm, maar de regen van vannacht had de smog verdreven. Niet dat ze veel uitzicht had, daarvoor hingen de nieuwe regenwolken te laag.

Beneden op straat kwam het leven van alledag alweer behoorlijk op gang, al drong het getoeter van de auto's maar heel vaag tot hier door. Nog een voordeel van zo hoog wonen. Straks zou Eva haar vaste rondje naar de supermarkt gaan maken. En daarna de dokter bellen voor een afspraak.

Misschien kon ze alvast een mailtje sturen naar Carolien. Daar was ze nog niet aan toegekomen de afgelopen dagen. Eva wilde alles weten over Olaf. Ze wilde vertellen over hun nieuwe appartement en over de baby die ze had voelen bewegen.

Ruim vier weken waren ze nu hier. Eva merkte dat ze haar zus begon te missen. Ze wilde haar echt zien, haar aan kunnen raken en even omhelzen. Opeens merkte ze dat haar wangen nat werden. Huilde ze nu? Ze was het toch gewend?

Bart was zo vaak een paar weken achtereen weggeweest voor zijn werk. Hoewel haar zus dan altijd in de buurt was geweest om Eva's gedachten te verzetten. Het zou wel door de zwangerschap komen dat ze zoveel emotioneler was.

Over een paar weken kwamen de ouders van Bart hierheen. Haar eigen ouders kwamen eind november, een week voordat ze was uitgerekend. Haar vader nam dan de hele maand vakantie zodat ze hopelijk bij de geboorte aanwezig konden zijn en haar moeder kon helpen kramen.

Carolien kwam tussendoor een keer, afhankelijk van wanneer ze vrij kon krijgen. Haar broer Marnix en zijn vriendin kwamen vast ook nog wel een keer. Ergens in het nieuwe jaar, had hij gezegd.

De broer van Bart, Janiek, zag het niet zitten om met zijn vrouw en drie kinderen in de leeftijd van twee tot zes jaar helemaal naar China te vliegen. Bovendien was het voor hen een behoorlijk kostbare onderneming.

Op die manier waren de bezoeken mooi verdeeld en hadden ze steeds iets om naar uit te kijken. Wanneer zij zelf een keer terug naar Nederland zouden gaan, wist ze nu nog niet. Eerst de geboorte van de baby maar eens afwachten.

Eva veegde haar wangen droog en ging naar binnen. Ze zette haar iPad aan en zag dat Carolien haar een bericht had gestuurd. Nieuwsgierig klikte ze het open.

Hoi zus,

Je vroeg je vast af waarom ik zo raar deed, een paar dagen geleden. Ik kon ook haast niet wachten om het je te schrijven, maar ik wilde eerst zekerheid hebben. Die heb ik nu. Olaf – ja, die collega met die kaknaam – en ik hebben een relatie. Nog heel pril, pas drie dagen, maar toch wil ik je dit nieuws niet onthouden. Normaal gesproken zou ik al naar je toe gefietst zijn om je alles te vertellen. Dat kan nu helaas niet. Jij hebt vast nog geen internet in het appartement. Ik zie je tenminste al een paar dagen niet online staan op Skype, dus doe ik het maar zo. Ik kan het niet langer voor me houden!

Olaf dus. Ik zal je nog een keer een foto sturen zodat je kunt zien hoe mijn vriend – o, wat klinkt dat geweldig – eruitziet. Hij is echt knap, een regelrechte hunk. Zelfs jij zult dat toe moeten geven. En lief. Hij is zó lief, Eef. Zo'n lieve man heb ik nog niet eerder ontmoet. Olaf is alles wat je je kunt wensen in een man. Knap, uiteraard! Donker haar, donkere ogen, een licht gebruinde huid. Hij is lang en gespierd. Een goddelijk lichaam heeft die man. Nee, we zijn nog niet de koffer in gedoken, maar dat zal vast niet lang meer duren.

Hoe heb ik hem leren kennen? Op de zaak, dat had je al begrepen natuurlijk. Hij is hier pas komen werken, na mij, dus ik ben nu niet meer de nieuwkomer in het bedrijf. Het was echt love at first sight. *Ik zag hem en ik was meteen verloren. Onherroepelijk verloren. Hij kwam, hij keek en overwon. Of zoiets. Dit heb ik nooit eerder meegemaakt. En het was wederzijds. Absoluut! Gelukkig werken we niet op dezelfde afdeling, anders zou ik zeker weten geen fatsoenlijk woord meer op mijn scherm kunnen krijgen.*

Het duurde nog wel een hele week voordat een van ons de eerste stap durfde te zetten. Dat was zo spannend!!! Olaf wachtte aan het einde van de dag op mij in de parkeergarage. Hij wist welke auto van mij was en stond ernaast, wachtend op mij. Ik durfde bijna niet te kijken.

O Eef, was is het heerlijk om verliefd te zijn. Vergeet al die keren maar dat ik zei dat liefde waardeloos is. Toen had ik de ware liefde nog niet leren kennen. Ja, echt. Dit is WARE LIEFDE.

Eva las het hele epistel met een brede grijns op haar gezicht. Zie je wel, ze had het goed gezien. Ware liefde, daar sprak die gekke zus van haar nu al over. Terwijl ze die man amper een week kende. Ach wat, als Carolien maar gelukkig met hem was. Het was haar gegund. Ze zou vast nog wel meer over hem te horen krijgen.

Rond één uur, als het in Nederland zeven uur in de ochtend was, zou ze zorgen dat ze achter haar iPad zat. Internet was inderdaad niet haar voornaamste zorg geweest de afgelopen dagen, maar nu had ze daar weer tijd voor.

HOOFDSTUK 5

De arts keek zorgelijk. Bij de eerste controle die Eva bij hem had gehad, was alles in orde geweest, maar nu was ze gaan vloeien. Twintig weken zwanger was ze nu, en ze was wakker geworden van een pijnlijke kramp in haar buik.

Dokter Lóng was gelukkig bereikbaar geweest op het moment dat Bart naar het ziekenhuis had gebeld. Ze waren met hun eigen auto naar de kliniek gereden, omdat een ambulance hier niet echt een voorrangspositie had in het verkeer. Zelfs niet met een sirene aan.

Bart omklemde Eva's hand. Ze voelde zijn angst. Wat ging er mis met hun kindje? Waarom verloor ze bloed? Gisteren en vandaag had ze geen beweging gevoeld. Werd haar kindje geboren? Een mogelijkheid waaraan ze nauwelijks durfde te denken. Dat kon niet! Het mocht niet! De baby was nog veel te klein, het was veel te vroeg.

Weer trok er een pijnlijke kramp door haar lichaam. Ze kromde haar rug om hem op te vangen en probeerde tegelijkertijd haar ademhaling onder controle te krijgen.

Dokter Lóng zei iets in het gebrekkige Engels dat hij sprak. Bart stelde een vraag, deels in het Chinees, deels in het Engels.

'Wat zegt hij, Bart?' hijgde Eva tussen twee pijnscheuten door. 'Zijn het weeën? Waarom kan ik geen weeënremmers krijgen? De baby is nog te klein, hij mag nog niet geboren worden. Ze moeten het tegenhouden. Laat dit ophouden!'

Bart maakte een sussend geluid, streelde haar bezwete voorhoofd en omklemde haar beide handen. Hij keek haar recht aan, zijn gezicht ernstig en bezorgd. 'Probeer rustig te blijven, Eef. Dokter Lóng kan de hartslag van de baby niet meer vinden. Hij wil de...'

Geen hartslag? Dat was niet goed, helemaal niet goed. Ze hoorde niet eens meer wat Bart nog meer zei. Ze kon nog maar aan één ding denken: haar baby leefde niet meer. Haar kindje was dood!

Uren later werd de baby geboren. Levenloos. De verpleegster legde het kindje stil op een doek op Eva's buik en glimlachte medelevend naar haar. Ze sprak een paar woorden in het Chinees en gebaarde dat Eva het kindje mocht vasthouden.

Uitgeput tilde Eva haar hoofd op en ze keek in het wondermooie gezichtje van de baby. Een meisje, hun baby was een meisje. Zo klein, zo mooi, maar wat lag ze akelig stil. Met gesloten oogjes lag ze op Eva's buik. Eva stak haar handen naar het bundeltje uit en hield het vast terwijl haar lichaam verder zwoegde om de nageboorte naar buiten te werken.

Eva liet het over zich heen komen, haar ogen onafgebroken op haar dochtertje gericht. Bart was er ook, maar hij leek niet naar hun kindje te willen kijken. 'Kijk dan, Bart,' wilde ze zeggen, 'kijk hoe mooi ze is.' Maar zijn afstandelijke blik zorgde ervoor dat ze die woorden binnenhield.

Vaag merkte ze dat iemand foto's maakte, dat ze verzorgd werd en naar een andere kamer werd gereden. Al die tijd lag het kindje op haar buik en hield ze het vast.

Een verpleegster kwam weer binnen en praatte tegen haar in het Chinees. Eva verstond er niet veel van. Wel begreep ze het woord *bǎobǎo*, dat baby betekende. De verpleegster ging weer weg en liet Eva alleen.

Waar was Bart gebleven? Wilde hij er niet bij zijn? Dit waren misschien de laatste momenten dat ze hun baby bij zich hadden. Vond hij dat dan niet belangrijk?

Eva streelde zacht het stille gezichtje, een gezichtje dat ze nooit zou vergeten. Zo klein en zo sereen. Bijna een engeltje. Lindy, dat was de naam die ze zou dragen als ze geboren werd. Dus nu ook.

Tranen drupten langs Eva's ooghoeken, over haar wangen, op het kussen. Ze nam niet de moeite ze weg te vegen, ze wilde alleen maar dit kleine wezentje vasthouden, bij zich houden.

Eva had geen idee van de tijd en schrok op toen de deur van de kamer openging. Bart kwam binnen, zijn gezicht bleek en ernstig.

'Bart, moet je kijken hoe mooi ze is. Is Lindy niet het mooiste kindje dat je ooit gezien hebt?'

Hij humde wat, maar vermeed het naar de baby op haar buik te kijken. 'Ze komen haar zo halen, Eef.'

'Waar gaat ze naartoe dan? Wordt ze begraven?'

'Nee, dat niet. Ze was twintig weken, niet levensvatbaar.' Hij wendde zijn gezicht af. Eva zag dat zijn kaken strak stonden. Zijn handen had hij diep in zijn zakken gestoken, gebald tot vuisten.

Bart had net zo goed verdriet. Natuurlijk had hij verdriet, hij had ook zijn kind verloren, maar waarom wilde hij Lindy dan niet zien?

'Ik wil haar begraven.' Eva's stem klonk krachtiger dan ze zich voelde. 'Ik wil niet dat ze... Ze moet worden begraven.'

'Eef,' Bart zuchtte vermoeid, 'dat gaat niet zomaar. Daar zijn regels voor.'

Ze schudde haar hoofd maar bedacht dat Lindy nog altijd op haar buik lag. Ze streelde het kleine meisje en voelde dat ze kalmer werd. 'Voor een foetus die overlijdt voordat ze vierentwintig weken oud is, gelden geen regels. Je mag haar begraven, cremeren, zelfs mee naar huis nemen en in je eigen tuin begraven.'

'Eef,' onderbrak hij haar, 'dat is in Nederland. We zijn nu in China. Hier gelden andere regels en wetten. Bovendien hebben we niet eens een tuin. En in het park mag zoiets zeker niet.'

'Ik wil niet dat ze naamloos verdwijnt.' Ze durfde niet hardop te zeggen dat haar baby als afval behandeld zou worden als zij daar niets tegen deed. 'Ze heeft bestaan. Ze heeft geleefd in mij. Ik heb haar gevoeld. Jij hebt haar toch ook gezien op de echo en haar hartje zien kloppen? Ze heeft geleefd, Bart, en wij hebben haar een naam gegeven.'

Hij streek over zijn gezicht. 'Weet je zeker dat je dat wilt? Dat je haar wilt begraven of cremeren?'

'Heel zeker. Kijk nou naar onze dochter, Bart. Ze is zo mooi.'

Bart wierp een vluchtige blik op het kindje, draaide zich direct daarna weer om en ging naar buiten.

Eva was nog nooit zo blij geweest haar zus te zien en vast te kunnen houden.

'Ik vind het zo vreselijk voor jullie,' bleef Carolien maar herhalen. Ze was in het eerste het beste vliegtuig gestapt dat ze had kunnen krijgen nadat ze haar visum had geregeld. Hun ouders zouden later die week aankomen, evenals de ouders van Bart.

'Er was iets mis met haar hartje,' wist Eva inmiddels. Bart had laten onderzoeken waaraan hun baby overleden was. Dat had hij willen weten, en Eva ook.

'Is ze... Ik bedoel... Is ze ergens begraven of...'

'We hebben haar laten cremeren. Zonder ceremonie of iets. Alleen Bart en ik, en verder niemand erbij. Het was zo onwerkelijk.'

'Wilde je geen dienst?'

'We zitten hier niet in Nederland, Caro. Bovendien was Lindy officieel niet levensvatbaar. Ze heeft niet bestaan volgens de wet. Het was al moeilijk genoeg om die crematie voor elkaar te krijgen.' Bart had niet van een begrafenis willen weten. Op dat punt had hij voet bij stuk gehouden, maar cremeren had hij gelukkig wel goedgevonden. Hoewel hij het bizar vond dat Eva de as van hun dochtertje bij zich wilde houden in een afgesloten pot, had hij ook daar niet tegen geprotesteerd. Eva had een schitterend bewerkte vaas gevonden waarin de kleine pot met de as van hun dochtertje precies paste. Deze stond nu, in afwachting van de as, op de kast in de woonkamer. Ze liet hem zien aan haar zus.

'Mooi, heel mooi. Wat ga je met de as doen?'

'Dat weet ik nog niet. Haar verstrooien in Beijing wil ik eigenlijk niet, dan is ze weg en kan ik over vier jaar niet meer naar die plek toe. Ik wil haar eigenlijk mee terug naar Nederland nemen en haar daar een mooi plekje geven in de tuin.'

'Mag dat?'

'Geen idee. Ik doe het gewoon.'

'Hoe is Bart eronder? Hij was zo stil en stug toen hij me ophaalde bij het vliegveld.'

Eva schudde haar hoofd. 'Ik krijg geen hoogte van hem. Hij is zo gesloten, alsof hij niet wil weten wat er gebeurd is. We praten nauwelijks met elkaar. Hij zegt niet meer dan het hoognodige. Een dag nadat ik thuis ben gekomen uit het ziekenhuis is hij ook alweer aan het werk gegaan.'

'Dat meen je niet! En jij dan? Jij had toch ook verzorging nodig?'

Eva haalde haar schouders op. Hoewel ze geen kind mee naar huis had genomen, was ze wel gewoon bevallen, met alle lichamelijke ongemakken die daarbij hoorden. Ze had zich weten te redden. Liu was een van de eerste dagen bij haar geweest en had aangeboden dat haar schoonmoeder een paar keer per dag kwam kijken en voor hen kookte tot Eva weer voldoende was opgeknapt. Dat aanbod had ze met beide handen aangegrepen. Ook kwam er die eerste dagen een verpleegster langs om te controleren of alles goed ging met haar.

Lichamelijk wel, maar geestelijk voelde ze zich op dat moment allesbehalve goed.

Inmiddels voelde Eva zich weer sterk genoeg om het huishouden zelf aan te kunnen. De zorgen van Liu's schoonmoeder waren lief en fijn, toch was ze blij dat de oudere vrouw nu niet meer kwam. Er was een taalbarrière tussen hen, en Mu-Lan, het dochtertje van Liu, herinnerde haar voortdurend aan wat ze zelf niet had.

Met Carolien kon ze praten over de dingen die haar dwarszaten. Bart leek zich volkomen af te sluiten, stortte zich op zijn werk en liep verder als een zombie door het huis in de spaarzame uren die hij thuis was.

'Het was de vreselijkste ervaring die ik tot nu toe heb meegemaakt, Caro. Je weet dat het kind geboren moet worden, maar dat wil je eigenlijk niet. Alsof het nog zal veranderen als het in je blijft. Lindy was al twee dagen dood. In mijn buik, en ik wist het niet eens. Kun je je dat voorstellen?'

Opnieuw gleden de tranen over de wangen van Carolien en huilend nam ze haar zus in haar armen. 'Ik vind het zo erg, Eef.

Vooral dat ik er niet voor je kon zijn. Dat ik er niet was om je te steunen. Je bent een week lang zowat alleen geweest, begrijp ik nu. Waarom heb je dat niet eerder gezegd?'

Omdat Eva ook haar trots had, bovendien had ze gehoopt dat Barts gedrag nog zou veranderen als ze eenmaal thuis waren. Dat hij er zou zijn voor haar, net zoals zij er voor hem wilde zijn. Ze had niet verwacht dat dit heel anders zou verlopen.

'Ssst, het is goed, lieverd,' troostte Eva haar zus. 'Ik vind het geweldig dat je nu al hier bent. Dat doet me heel erg goed.' De beide zusjes bleven met de armen om elkaar heen zitten en deelden hun verdriet, tot Eva zich voorzichtig uit de omhelzing losmaakte en haar wangen droogde. 'Tijd voor koffie.'

Carolien sprong direct op. 'Die maak ik wel. Blijf jij maar zitten.'

'Lief van je, maar ik kan het best zelf. Ik ben kraamvrouw af nu. Bovendien weet je niet hoe onze koffiemachine werkt.' Eva ging naar de keuken en zette het nieuwe koffiezetapparaat aan. 'Hoe is het je eigenlijk gelukt om zo snel vrij te krijgen en een vlucht hierheen te vinden?'

Carolien trok veelbetekenend haar wenkbrauwen op. 'Mijn charmes, en iemand die heel goed met mijn baas uit de voeten kan. Een plaats in het vliegtuig was puur geluk omdat iemand op het laatste moment zijn vlucht had geannuleerd. Vandaar dat pap en mam volgende week pas kunnen komen.'

'Jouw charmes, daar kan ik me wel iets bij voorstellen. En wie is die persoon die jouw baas heeft omgepraat? Je blijft twee weken hier, zo lang kon je toch helemaal nog geen vrij krijgen?'

'Eerst niet, maar Olaf kan geweldig praten. Hij wist mijn baas ervan te overtuigen dat mijn plaats nu bij jou is. Dat er waarschijnlijk niets uit mijn handen kwam als hij me op de zaak wilde houden.'

'Slimme zet van Olaf. Is hij echt zo leuk als je mij wilt laten geloven?'

'Nog veel leuker. Hij is geweldig. Heb ik je al een foto van hem laten zien?'

'Al zeker honderd keer,' grinnikte Eva. Het deed haar goed zo met haar zus over heel andere dingen te kunnen kletsen, even te kunnen lachen om niets. Het voelde nu niet meer zo als verraad omdat zij plezier had en Lindy er niet meer was.

Als Bart in de buurt was, durfde ze al helemaal niet te lachen of vrolijk te zijn. Niet dat ze daar de afgelopen dagen behoefte aan had gehad, maar ze voelde instinctief aan dat hij het niet zou kunnen verdragen. Carolien kreeg het wel voor elkaar bij haar een glimlach op haar gezicht te brengen.

Het voelde nog heel onwerkelijk, een lege buik en geen baby in een wiegje zoals het had moeten gaan als ze de negen maanden vol had mogen maken. Haar handen gingen nog geregeld naar haar buik, en telkens opnieuw herinnerde die platte plek haar eraan wat er was gebeurd. Dan overviel het verdriet haar weer als een zware mantel.

'Eef, denk je dat een volgend kindje wel levensvatbaar zal zijn?' Caroliens vraag bracht haar weer terug in de rauwe werkelijkheid.

Eva knipperde met haar ogen en knikte langzaam. 'Van wat ik begrepen heb van dokter Lóng is er geen reden waarom het een volgende keer niet goed zou gaan. Bart en ik hebben geen erfelijke afwijkingen. Die komen ook niet in de familie voor. Het was gewoon... een foutje.' Ze knipperde de opkomende tranen weg en zette twee kopjes onder de uitloop van het koffiezetapparaat. Na een druk op de knop werden de kopjes gevuld. 'Hier, je koffie zoals je hem nog nooit geproefd hebt.'

'Lekker.'

Ze gingen aan de eettafel zitten. Eva warmde haar handen aan het kopje hoewel het buiten beslist niet koud was.

'Wat ga je nu doen?' Carolien nam een voorzichtig slokje en knikte. 'Heerlijk. Echt lekker.'

'Dat zei ik toch al. Ik heb geen idee. Eerst alles maar eens laten bezinken. Het is nog zo onwerkelijk allemaal. Het kamertje van Lindy was al bijna klaar. Ik had al verschillende spulletjes voor haar gekocht. Kleertjes, speciale badcapes, een badje. We hadden een leuk ledikantje op het oog met een bijpassende commode. En een schommelstoel om haar te kunnen voeden. Die hebben we al, net als een kledingkast, de rest moesten we nog bestellen.'

Met het vooruitzicht dat binnenkort de ouders van Bart en die van haarzelf hierheen kwamen, moesten ze eigenlijk nog een slaapplek voor hun gasten realiseren. Maar Eva kon het niet over haar hart verkrijgen om het vrijwel lege babykamertje te veranderen in een logeerkamer. Dat was Lindy's kamer en dat moest hij blijven tot zij en Bart eraan toe waren hem een andere bestemming te geven.

Carolien sliep nu in de ene logeerkamer. Die kon ze best delen met hun ouders als het per se moest. Maar waar liet ze dan Barts ouders? Als iedereen tegelijk kwam, moest er echt iemand naar een hotel.

'Waarom is Bart eigenlijk niet thuis bij jou? Beseft hij dan niet dat je steun nodig hebt?'

'Laat hem nou maar, Caro. Bart verwerkt het op zijn eigen manier. Dat moet ik respecteren.' Wat die manier precies was, wist ze echter niet. Dit was de eerste keer dat hun zoiets vreselijks overkwam. Bart had zich nooit eerder zo afstandelijk gedragen.

'Praat hij er wel met jou over?'

'Nog niet. Dat komt vast nog wel. Hij heeft tijd nodig.' Hoewel ze het niet zo liet blijken, maakte Eva zich er zorgen over dat haar man met geen woord over het overlijden van hun dochtertje sprak. Bijna alsof er niets gebeurd was. Hij kon het toch niet zomaar doodzwijgen? Als hij er niet met haar over praatte, met wie deed hij dat dan wel? Of sprak hij er helemaal niet over? Met niemand?

Op de zaak bij Bart wisten ze van de zwangerschap en de doodgeboorte van hun kindje. Ze hadden zelfs een kaart gestuurd om hun sterkte toe te wensen. Daar werd er ongetwijfeld ook over gepraat. Of hield hij ook die belangstelling op een afstand met zijn stugge houding?

'Vertel eens wat meer over Olaf en jou. Is het al echt dik aan? Hebben jullie een echte relatie? Wat vinden pap en mam ervan? Hebben zij hem al wel gezien?' Een hoop wist ze nog niet, omdat Carolien sinds ze Olaf kende niet zo vaak meer op Skype te vinden was.

'Haha, wat een vragen. Ja, we hebben een echte relatie. Het is geen onenightstand maar een volwassen relatie, zo je wilt. Olaf is vierendertig jaar, en schrik niet: hij is getrouwd geweest en heeft een kind. Een jongen van vier, Meindert.'

Ook weer zo'n kaknaam, was het eerste wat Eva dacht toen ze dat hoorde. Het volgende was: toe maar, heeft ze wel enig idee waar ze aan begint? Een gescheiden man met een kind. 'Dat is niet niks. En is zijn zoontje bij hem of bij zijn ex-vrouw?'

'Het grootste deel van de tijd is Meindert bij zijn moeder, maar eens in de veertien dagen komt hij in het weekend naar Olaf. Hij heeft hem ook de helft van de vakanties. Zijn ex is een redelijk mens. Ze kunnen in ieder geval goed met elkaar opschieten. Zij heeft inmiddels een nieuwe man en is in verwachting van nummer twee.' Carolien keek haar zus opgelucht aan. 'Wat ben ik blij dat jij het niet meteen afkeurt.'

'Deden pap en mam dat dan wel?'

'Wat denk je zelf? Ze gingen tekeer alsof ik persoonlijk verantwoordelijk was geweest voor die scheiding. Nou, mooi niet dus. Olaf is al twee jaar geleden gescheiden van zijn vrouw.'

'Dat is mooi, dan is het ergste leed al geleden. Hoop ik.'

'Wat bedoel je daarmee?'

'Je weet toch dat ze zeggen dat na een scheiding de volgende relatie tot mislukken gedoemd is, omdat het onverwerkte leed en de woede er dan nog niet uit is?'

'Is dat zo? Wat een onzin. Olaf en Denise zijn in goed overleg uit elkaar gegaan. De koek was gewoon op.'

Niemand ging in goed overleg uit elkaar. De koek was op? Wat wilde dat zeggen? Dat ze niet meer van elkaar hielden? Te snel getrouwd?

'Ze trouwden omdat Denise in verwachting van Meindert was,' ging Carolien verder. 'Dat kwam voort uit een korte relatie die eigenlijk alweer voorbij was. Omdat Denise in verwachting bleek te zijn, besloten ze het te proberen.'

'Zoiets doms heb ik nog nooit gehoord,' flapte Eva eruit. 'Dat doe je toch niet? Die relatie liep niet voor niks stuk.'

'Ik wist dat je dat zou zeggen. Ik dacht eigenlijk precies hetzelfde toen Olaf me dat vertelde.' Carolien schudde haar hoofd. 'Hij weet nu ook wel dat dat niet de slimste zet was.'

'Dat is dan nog zacht uitgedrukt. Wat zeiden pap en mam ervan?'

'Dat ik hartstikke gek was om me met een man met een kind in te laten. Wat als dat kind mij niet mag? Of als ik me juist heel erg aan dat jochie ga hechten en het loopt fout tussen ons? Dat soort dingen. En dat hij misbruik van mij maakt omdat ik al een keer op Meindert heb gepast toen Olaf weg moest.'

'Echt? Hadden jullie op dat moment al iets met elkaar?' Dat klonk inderdaad als misbruik maken, maar Carolien zou het vast anders zien.

Carolien knikte. 'Dat zal heus nog wel vaker voorkomen, hoor. Olaf zaalvoetbalt en heeft op zaterdag weleens een wedstrijd, ook als Meindert er is. Dat kind kan natuurlijk niet altijd mee.'

'Hoe heeft hij dat dan voor jouw komst gedaan? Oppas geregeld?'

'Vanzelfsprekend. Je sleept zo'n klein kind niet mee naar een wedstrijd die tot een uur of tien 's avonds duurt. De wedstrijd is natuurlijk al eerder afgelopen, maar die mannen blijven meestal nog even in de kantine hangen.'

Eva kon haar ouders geen ongelijk geven dat ze de nieuwe vriend van hun dochter niet zo geweldig vonden. Zij besloot hem echter het voordeel van de twijfel te geven. Carolien leek echt gelukkig met hem, en misschien was Olaf inderdaad wel de ware voor haar.

HOOFDSTUK 6

Bart bleef stug en stil. Hij zei niet meer dan het hoognodige. Pas toen zijn eigen ouders kwamen, leek hij iets te ontdooien.

Dat stak enorm bij Eva. Waarom praatte hij wel met hen maar niet met haar? Zij was toch zijn vrouw? Moesten ze niet samen door dit verdriet heen?

Zelfs in de beslotenheid van hun eigen slaapkamer lukte het haar niet om tot hem door te dringen. Hij draaide zich direct op zijn zij met zijn rug naar haar toe en reageerde stilzwijgend op haar aanrakingen. Eva kreeg het vervelende gevoel dat hij haar iets verweet. Het voelde alsof Bart haar de schuld gaf van het overlijden van Lindy. Dat veroorzaakte bij haar nog meer verdriet.

Haar ouders en Carolien waren naar een hotel gegaan, zodat Hans en Joke in hun appartement konden logeren. Bart had er in ieder geval niet op aangedrongen dat ze de kamer van Lindy als logeerkamer in orde maakte.

Hij leek het wel prettig te vinden dat Carolien nu niet meer bij hen logeerde. Dat merkte Eva aan de meer ontspannen houding van zijn schouders en aan het feit dat hij haar al een keer had gekust toen hij wegging – of deed hij dat om zijn ouders te laten zien dat alles goed tussen hen was? Nu had hij overigens wel een paar dagen vrij genomen van zijn werk. Alsof zijn ouders belangrijker waren dan zij...

Het deed Eva goed met haar moeder over het gebeurde te kunnen praten. Als kraamverzorgster wist zij als geen ander hoe het was als iemand een baby verloor.

Ze wandelden door het park toen het even droog was tussen de buien door. Bovendien wilde Eva even ontsnappen aan de drukkende atmosfeer in het appartement. En dat had weinig met het weer te maken.

'Wat attent van die kliniek dat ze foto's van Lindy hebben gemaakt. Op die manier heb je een aandenken aan haar,' vond ook haar moeder.

'Ik ben er ook heel erg blij mee. Wij hadden er geen van beiden aan gedacht om een camera mee te nemen. Begrijpelijk toch? Het was immers geen vrolijke gebeurtenis die je vast wilt leggen voor later.'

'Toch worden die foto's een kostbaar bezit. Lindy zal altijd een deel van jullie leven uitmaken.'

'Ik blijf me afvragen of die vroeggeboorte kwam door iets wat ik heb gedaan, of nagelaten. Die arts zei dan wel dat het om een aangeboren hartafwijking ging, maar zoiets komt bij ons in de familie helemaal niet voor. Komt het misschien door de slechte lucht hier in Beijing?' Die vraag speelde geregeld door Eva's hoofd. Ze zocht naar antwoorden, naar het waarom van het overlijden van Lindy. Tot nu toe had niemand haar antwoord op die vraag kunnen geven.

'Niet overal is een duidelijk aanwijsbare oorzaak voor. Waarom worden er kinderen met een open ruggetje geboren? Of met een klompvoetje, of een kindje met downsyndroom? Dat gebeurt nu eenmaal, vaak zonder dat daar direct een verklaring voor is. Het heeft in ieder geval geen zin je af te vragen of het anders zou zijn gelopen als je in Nederland was gebleven. Dat is niet reëel en je zult er nooit een antwoord op krijgen. Je overbuurvrouw heeft ook een volkomen gezond kindje. Zij woont haar hele leven al in die vieze smog.'

'Dat weet ik wel. Maar ik kan het niet laten te denken dat het kwam door iets wat ik heb gedaan. Misschien kwam het wel omdat ik aan de wijn heb gezeten toen ik nog niet wist dat ik zwanger was. Zo stom, bedenk ik me achteraf. Ik had helemaal niet meer moeten drinken vanaf het moment dat wij probeerden kinderen te krijgen.'

'Je dronk minimaal, Eva, dat weet je zelf ook wel. Hooguit een glas als we bij elkaar waren.'

'Toch is het niet goed voor de ongeboren baby, hoe weinig het ook is.'

Haar moeder keek Eva met een meelevende blik aan. Eva draai-

60

de haar hoofd weg. Ze wilde het medelijden van haar moeder niet zien.

'Hoe gaat het met Bart?' wilde Miranda weten.

'Geen idee.'

'Eva, wat vertel je me nou? Je weet toch wel hoe het met je eigen man gaat?' reageerde Miranda geschokt.

'Dat weet ik dus niet. Hij praat nauwelijks met me.'

'Hebben jullie woorden gehad? Verwijt hij je iets?'

'Hij deelt zijn verdriet niet met mij. Hij verwerkt het alleen, in stilte. We praten amper met elkaar. Zeggen elkaar goedemorgen en goedenavond. Soms een loze opmerking over het weer, en dat is het dan wel. Nu zijn ouders er zijn, lijkt hij iets te ontdooien.'

'Hoe deed hij dan toen Carolien hier was?'

'Zij logeerde hier en Bart kwam haast helemaal niet meer thuis. Ja, om te slapen en te ontbijten. Verder zagen we hem niet. Wat dat is met die twee weet ik echt niet. Caro mag Bart niet, en dat lijkt wederzijds te zijn.'

'Dat is onzin. Natuurlijk mag Carolien hem wel. Hij is haar zwager,' wierp Miranda tegen.

'Dat is geen reden om elkaar aardig te moeten vinden.'

'Heb je hier met Carolien over gesproken?'

'Natuurlijk niet. Bovendien weet ik allang dat zij Bart niet mag. Dat heeft ze me voor ons trouwen vaak genoeg gezegd.'

'Nou zeg. Hier kijk ik echt van op. Dit hoor ik voor het eerst.' Miranda keek haar dochter geschrokken aan. 'Heb je er met Bart over gepraat?'

'Waarom? Ze hoeven elkaar niet aardig te vinden. Ik weet dat het zo is. Erover praten verandert er echt niets aan.' Dat had ook geen zin. Hij zou het toch ontkennen. Een aantal jaar geleden, net voor hun trouwen, had ze het weleens ter sprake gebracht. Bart had het weggelachen, bovendien trouwde hij met haar en niet met haar zus, had hij eraan toegevoegd. Je familie kon je niet kiezen, die had je maar te nemen zoals die kwam.

'Marnix en Gijsje vinden het vervelend dat ze niet kunnen komen, maar ze hopen dat je het begrijpt,' stapte Miranda op een ander onderwerp over. 'Het is voor hen te duur om hierheen te vliegen en een hotel te nemen. Dan heb je ook nog de bijkomende kosten zoals een paspoort en een visum. En eigenlijk moet je je ook nog laten inenten tegen allerlei ziekten.'

'Dat is niet direct noodzakelijk, hoor. Als je in de stad blijft en niets bij de stalletjes op straat eet, krijg je echt niks,' weerlegde Eva, maar ze begreep haar broer wel. Hij en zijn vriendin hadden het niet zo breed. De vliegreis alleen al was behoorlijk prijzig in deze tijd van het jaar. 'We spreken elkaar geregeld via Skype. Barts broer komt om dezelfde reden niet hierheen. Met drie kleine kinderen kost het helemaal kapitalen.'

'Is het niet te druk voor je? Al dat bezoek om je heen. We overvallen jullie natuurlijk nu ook een beetje.'

'Ach, dat valt wel mee. Ik vind het fijn dat iedereen zo met ons meeleeft en hierheen komt. Helemaal van Caro. Ze zit wat moeilijker omdat ze pas een nieuwe baan heeft.'

'Die vriend van haar heeft er anders voor gezorgd dat ze wel vrij kreeg.'

Eva las het ongenoegen van het gezicht van haar moeder. Ze mocht Olaf echt niet.

'Heeft ze je verteld dat Olaf een kind heeft? Hij gebruikt haar gewoon als oppas, als je het mij vraagt,' mopperde Miranda.

'Dat zal wel meevallen. Zijn zoontje komt toch maar eens in de veertien dagen een weekend?'

'Heeft ze dat gezegd? Hij krijgt zijn zoontje ook weleens door de week als het zo uitkomt bij zijn ex. Dat lijkt mij een gemakkelijke tante die haar kind om de haverklap bij haar ex dumpt. Ze wonen ook vlak bij elkaar. Lekker makkelijk, maar Carolien kan straks voor dat kind gaan zorgen. Ik heb haar al gewaarschuwd, maar naar mij wil ze natuurlijk niet luisteren.'

Het was maar goed dat Carolien even de stad in was gegaan met hun vader. Als ze dit hoorde, werd ze vast en zeker woest.

'Geef hem een kans, mam. Ze is stapelverliefd op hem. Bovendien weet je zelf ook wel dat het niet werkt om af te geven op iemand van wie je liever hebt dat ze er niet mee omgaat. Dat werkt averechts. Dan zal Carolien alleen maar meer haar best doen om te bewijzen dat je het helemaal fout hebt.'

'Misschien heb je wel gelijk. Zullen we teruggaan? Ik snak naar een glas koud water.'

'Bart, slaap je al?' vroeg Eva op fluistertoon.

'Hm,' was het antwoord.

'Ik wil even met je praten.'

'Moet dat nu?'

'Ja, dat moet nu,' hield Eva aan.

'Wat is er dan?' Hij draaide zich niet eens naar haar om, maar bleef stug met zijn rug naar haar toe liggen.

'Wat is er met jou aan de hand? Ik kan geen hoogte meer van je krijgen. Waarom praten we niet meer met elkaar?'

'Dat doen we wel.'

'Als je goedemorgen en welterusten zeggen praten noemt... Ik heb het over andere dingen. Over Lindy, over wat er gebeurd is. Waarom sluit jij je voor mij af?'

'Dat doe ik niet.'

'Dat doe je wel, en het doet mij verschrikkelijk veel pijn.' Tranen verstikten haar stem en ze moest een paar keer slikken en diep ademhalen voordat ze weer wat kalmer werd. Niet huilen nu. Eva wilde met Bart praten zonder te gaan huilen, ook zonder boos op hem te worden. Hoewel ze dat wel was. Het was niet niks om door je man haast te worden genegeerd en hem wel te zien praten met zijn ouders.

'Waar heb je het over?'

'Je praat wel met je ouders. Praat je met hen over Lindy? Over wat er is gebeurd?'

'Natuurlijk. Daarom zijn ze ook hier.'

'Waarom praat je daar dan niet met mij over? Ik ben haar moeder. Ik heb haar twintig weken lang bij me gedragen.'

Er kwam geen antwoord.

'Het voelt alsof je boos bent op mij. Ben je dat ook? Geef je mij de schuld van de miskraam?'

'Natuurlijk niet, doe niet zo dom. Daar kon jij niets aan doen.'

'Bart, wil je je alsjeblieft omdraaien en me aankijken? Ik heb je nodig. Ik kan het niet alleen.'

'Je hoeft niets te doen!'

'Precies, ik hoef niets te doen. Me alleen maar bezig te houden met onze visite, terwijl jij je afzondert met je ouders.'

'Wat zeg je nou weer voor rare dingen? Dat doe ik echt niet. We zijn toch vaak genoeg samen? Is het zo vreemd dat we een paar keer met z'n drieën weg zijn geweest? Jij gaat ook naar jouw ouders.'

Eva zuchtte weer en begreep dat ze hiermee niet verder kwam. Hij snapte niet wat zij bedoelde, of zij legde het verkeerd uit. Ze had geen idee wat ze moest doen om hem te kunnen bereiken. Om hem haar gevoelens duidelijk te maken.

Haar schoonouders leken van dit alles niets te merken. Joke was lief en vriendelijk tegen Eva.

Op een middag was ze even alleen met haar schoonmoeder en probeerde ze te praten over hetgeen haar dwarszat. 'Praat Bart met jullie over Lindy?'

'Natuurlijk doet hij dat! Hij heeft er zo'n verdriet van. Dat uitgerekend jullie eerste kindje moet overlijden nu jullie in het buitenland zitten. Denk je dat het door de slechte lucht hier in Beijing kan komen? Kan ze daardoor een hartafwijking hebben gekregen en zijn overleden?'

'Nee, dat lijkt me sterk. Daarover heeft dokter Lóng niets gezegd.'

'Dat kun je niet weten,' wierp Joke tegen. 'De ontwikkeling van een baby is een gevoelig proces. Die smog kan best een oorzaak geweest zijn.'

'Zo heeft de arts het niet uitgelegd.'

'Natuurlijk niet, maar ik vlak het niet uit als mogelijkheid. Het is toch ook zo met roken dat een foetus allerlei afwijkingen kan ontwikkelen omdat hij in feite met de moeder meerookt.'

Eva hield een zucht binnen. 'Wat zegt Bart erover?'

'Hij houdt het op domme pech en zegt dat het iedereen had kunnen overkomen.'

Eva aarzelde met haar reactie. Joke zou vast niet begrijpen wat haar mankeerde als ze zei dat ze liever de smog als oorzaak zag.

'Wat ga je nu doen? Je leven komt er zo heel anders uit te zien nu je niet naar de geboorte van Lindy kunt uitzien,' ging Joke verder.

'Ik weet het nog niet, daar heb ik eerlijk gezegd nog niet zo over nagedacht. Thuisblijven, denk ik. Zorgen voor het huishouden. Ik wil verdergaan met Chinese les. Misschien kan ik daar iets mee doen.' Ze was nog helemaal niet bezig met de toekomst. Het gebeuren met Lindy was nog zo vers. Eva moest er niet aan denken dat ze weer 'normaal' verder zou gaan leven.

Wat was normaal? Het was niet normaal dat je een baby na een zwangerschap van twintig weken verloor. Hoe moest je dat een plaatsje geven in je leven? Zou ze ooit weer gewoon over straat kunnen lopen zonder niet voortdurend aan haar kindje te denken? Bij iedere kinderwagen die ze zag, dacht ze aan Lindy. Iedere moeder met een baby of een peuter herinnerde haar aan haar eigen verlies. Zou dat ooit overgaan? Slijten? Minder worden?

'Ik vond het vanaf het begin al gekkenwerk dat jullie het doorzetten om naar Beijing te gaan toen je eenmaal wist dat je zwanger was. Dat had je nooit moeten doen. Jij had gewoon thuis moeten blijven.'

Eva keek haar schoonmoeder verbluft aan. 'Dat kun je niet menen! Had ik Bart dan alleen moeten laten gaan? Had hij zonder mij moeten vertrekken? Nee! Dat zou hij niet gewild hebben en ik ook niet. Mijn plaats is naast mijn man, juist toen ik zwanger was.'

'Je had aan het kind moeten denken, dan was er nu misschien niets aan de hand geweest.'

Eva wendde haar hoofd af. Ze wilde niet dat Joke zag hoeveel pijn deze opmerking haar deed. Heftig knipperend met haar ogen probeerde ze de tranen terug te dringen. Niet gaan huilen. Niet om die domme opmerking van Joke. Ook zij had verdriet om het verlies van een kleindochter. Als Joke er beter over zou nadenken, zou ze beseffen dat ze te ver was gegaan.

Die avond zat de hele familie bij elkaar in het appartement van Bart en Eva. Eva en Carolien hadden voor het eten gezorgd. Ondanks de reden dat ze hier bij elkaar waren, hadden ze toch geprobeerd het een gezellig tintje te geven.

Lindy mocht dan overleden zijn, Eva geloofde dat hun kindje op een betere plek was waar ze geen pijn en verdriet kende. Dat gaf een beetje troost. Ooit zou ze haar kleine meisje weer zien, zouden ze weer samen zijn. Die wetenschap hield haar nu op de been, zorgde ervoor dat ze niet volledig instortte en ten onder ging aan haar verdriet.

'Wij zijn blij dat jullie allemaal hierheen gekomen zijn,' begon Bart. Hij hief zijn wijnglas. 'Dat doet Eva en mij ontzettend veel goed. Het steunt ons in deze moeilijke dagen.'

Eva sloeg haar ogen neer en vermeed het naar Carolien te kijken. Ze vond het fijn dat Bart dit zei, maar erover gepraat hadden ze niet.

'Er is helaas niet veel wat we voor jullie kunnen doen. Wat is jullie volgende stap? Blijven jullie wel in Beijing wonen?' wilde Eva's vader weten.

'Natuurlijk. Er is geen sprake van dat we nu teruggaan. Heeft Eva dat soms gezegd?' Bart keek haar zo fel aan dat ze het schaamrood naar haar wangen voelde stijgen.

'Dat heb ik helemaal niet gezegd. Het is gewoon een vraag van mijn vader. Nee, pap, we gaan niet terug. Ons leven is hier. In ieder geval de komende vier jaar,' antwoordde Eva.

'Jullie wonen hier heerlijk ook. Het is echt een mooi en ruim appartement. Daar heb je mee geboft. En de omgeving is ook fantastisch,' begon Carolien. 'Met een mooi park voor de deur. Ik had het me heel anders voorgesteld. Er staan wel veel wolkenkrabbers hier, maar het overweldigt me niet. Waarschijnlijk komt het doordat de straten hier zo heerlijk breed zijn. En de mensen zijn ook zo vriendelijk. Ik heb al een paar keer meegemaakt dat er iemand naar me toe kwam om me de weg te wijzen als ik met een kaart stond te hannesen. Spontaan, zonder dat ik iets had gevraagd. Dat zul je bij ons in de stad niet snel meemaken. Daar loopt iedereen door zonder zich met je te bemoeien.'

Bart schonk haar een halve glimlach en richtte vervolgens zijn aandacht op het eten.

'Overmorgen ga ik weer terug naar huis,' kondigde Carolien niet veel later aan.

Eva keek haar geschrokken aan. Nu al? Waren die twee weken nu echt al voorbij? 'Je hebt nog haast niets van de stad gezien.'

'Ik was hier ook niet om te sightseeën. We komen heus nog wel een keer terug, Olaf en ik. Dan gaan we op de toeristische toer. Afgesproken?'

'Daar houd ik je aan,' antwoordde Eva. 'Het weer is nu ook niet zo geweldig om veel te gaan doen. Veel te warm en veel te veel regen. In de wintermaanden schijnt het niet zo druk te zijn met toeristen en dan is de prijs van een ticket ook lager.'

'Ik beloof niets. Eerst moet ik bijkomen van deze financiële aderlating en weer wat vakantiedagen bij elkaar zien te sparen.'

Dan werd het volgend jaar pas, wist Eva. Carolien had dit jaar maar recht op de helft van het normale aantal vrije dagen omdat ze pas in mei begonnen was bij deze baas. Die helft had ze nu grotendeels opgenomen voor deze reis. Er zou niet veel overschieten als ze ook nog iets samen met Olaf wilde ondernemen.

'Ken ik die Olaf?' wilde Bart weten.

'Ik heb je toch over hem verteld?' herinnerde Eva hem.

'Best mogelijk, dat zal ik dan wel vergeten zijn. Wat doet hij voor werk?'

'Hoofd inkoop bij het bedrijf waar ik werk.'

'En jij zit bij hem op de afdeling? Dat kan nooit goed gaan.'

'Ik werk op de administratie. Dat is een heel andere afdeling. En waarom zou dat niet goed kunnen gaan? Voor ons werk hebben we niet veel met elkaar te maken. We zien elkaar soms in de gang, maar meer ook niet.'

'En wat als het fout gaat tussen jullie? Neem jij dan ontslag?' ging Bart verder.

Carolien bleef de glimlach op haar gezicht houden. Aan een

trekkend spiertje bij haar mond zag Eva dat het haar moeite kostte om zo rustig te blijven. 'Waarom zou ik dan ontslag nemen? Is mijn werk minder waard dan dat van hem? En waarom gaat iedereen er altijd van uit dat het fout zal gaan? Is het niet veel beter om positief naar een relatie te kijken en ervan uit te gaan dat het goed gaat? Olaf en ik houden van elkaar en zijn beslist van plan om er een succes van te maken.'

'Van mij mag je, hoor. Ik houd je alleen maar een spiegel voor.'

'Dank je voor je bezorgdheid, maar dat is niet nodig.'

'Ze krijgt er meteen een kind bij,' vond Miranda het nodig om eraan toe te voegen.

Nu gingen de wenkbrauwen van Bart vragend de hoogte in. 'O? Dat is niet niks. Je hebt dus gelijk een compleet gezin. Hoe oud is dat kind?'

'Meindert is vier jaar en hij woont bij zijn moeder, dus van een gezin is geen sprake.'

'Gaan jullie op termijn dan niet samenwonen of trouwen? In dat geval krijg je vanzelf met dat jochie te maken.'

'Dan nog word ik niet zijn moeder. Ik blijf de vriendin van zijn vader,' hield Carolien vol.

'Wil er iemand nog iets eten? Anders hebben Caro en ik nog een heerlijke vruchtenvlaai in de aanbieding,' kwam Eva tussenbeide.

'Je kunt zeggen van die Chinezen wat je wilt, maar aan fruit heb je hier beslist geen gebrek,' antwoordde John. Hij vond kennelijk ook dat het gesprek tussen zijn jongste dochter en zijn schoonzoon de verkeerde kant op ging.

'Het is genieten met zo veel fruit. Chinezen zijn ook echte fruiteters. Help je even mee, Caro?' Eva begon de borden op te stapelen om naar de keuken te brengen.

In de beslotenheid van de keuken hield ze haar zus staande. 'Wat is dat toch altijd tussen jullie?'

'Wat bedoel je?'

'Jij en Bart. Waar ging dit over?'

'Dat moet je aan hem vragen,' mompelde Carolien ontwijkend. Ze begon de borden af te spoelen en in de vaatwasser te zetten.

HOOFDSTUK 7

Eindelijk keerde de rust weer wat terug. Eva's ouders en die van Bart waren naar huis vertrokken, en nu pas had Eva het gevoel dat ze aan de verwerking van haar verdriet kon beginnen. In die eerste paar dagen net na de bevalling was ze nog te zeer verdoofd geweest, daarna was Carolien gekomen en nog wat later haar ouders en schoonouders. Vaak genoeg had ze hen moeten troosten en had ze hen bijgestaan in hun verdriet.

Bart was nu naar zijn werk. Buiten viel nog altijd gestaag de regen, binnen deed de airco zijn best om de temperatuur op een aanvaardbaar niveau te houden.

Met de foto van Lindy in een mooi lijstje voor zich op de tafel, liet Eva de gebeurtenissen van de afgelopen weken nog eens de revue passeren. Het was nu vier weken geleden dat de bevalling was begonnen en dat haar meisje was geboren. Een dezer dagen zou ze zelfs de as van Lindy al mogen gaan halen. Weer een stukje om af te sluiten.

Deze weken waren zo snel voorbijgegaan dat Eva het gevoel had dat alles buiten haar om was gebeurd. Misschien was het ook wel te veel geweest, hun beider ouders die twee weken lang bij hen waren. Het was lief en goedbedoeld, maar doordat ze er vrijwel constant waren, kwam ze niet echt aan zichzelf toe. Dat gevoel had Eva in ieder geval.

Bart leek het prettig te hebben gevonden dat zijn ouders er waren. Hij was in die weken wat opener geweest en had in ieder geval met zijn ouders gepraat. Hopelijk had hem dat goedgedaan. Tegen haar zei hij nog altijd niet veel meer dan het hoogstnoodzakelijke.

Misschien had ze zich ook wel groter gehouden dan ze zich voelde toen de familie er was, maar wat was ze nu moe. Eva voelde zich alsof ze vier weken keihard had moeten werken. Ze had nauwelijks de fut om het appartement aan kant te maken. Toch zou ze iets moeten doen. Haar schoonmoeder had het logeerbed dan wel afgehaald, de rest zou Eva zelf moeten doen. Stofzuigen, boodschappen doen, de was wegwerken. Bart verwachtte vanavond als hij thuiskwam een schoongemaakte woning en een fatsoenlijke maaltijd op tafel.

Maar nu ging ze echt even terug naar bed. Ze was zo moe dat het haar zelfs te veel energie kostte om een kop koffie voor zichzelf te maken.

Met de foto van Lindy tegen haar borst gedrukt, ging ze naar de slaapkamer en ze rolde het bed in.

Een paar keer werd ze wakker van iets. Telefoon? Geluid van buiten drong nauwelijks tot hier door en van de buren hoorden ze nooit iets, die werkten overdag allemaal. Eva besteedde er geen aandacht aan en trok het laken verder over haar hoofd. Ze was er niet, wilde niemand te woord staan. Zelfs Bart niet.

'Waarom lig jij in bed?'

Eva schoot overeind en keek versuft om zich heen. Bart? Was hij nu al thuis? Had ze zo lang geslapen? 'Moe,' mompelde ze en ze liet zich terugvallen in de kussens.

Bart keek met een minachtende blik op haar neer. 'Moe? Waarvan kun jij nou moe zijn? Je hebt niks gedaan vandaag. Zelfs de ontbijttrommel staat nog op het aanrecht. Hoelang lig je hier al?'

'Weet ik niet.' Het uitzicht op de wekker werd geblokkeerd door de foto van Lindy die ze op haar nachtkastje had gezet.

'Nou, vooruit, je bed uit. Er is zeker ook niks te eten? Nee, zeg maar niks. Je zult de hele dag wel op bed hebben gelegen. Lekker is dat! Ik werk me kapot en dan kan ik ook nog eens zelf voor het eten zorgen. Kom eruit, dan bestel ik wel iets.' Zonder haar antwoord af te wachten, verliet Bart de slaapkamer.

Eva wreef over haar gezicht. Had ze echt zo lang geslapen? Ze herinnerde zich wel dat ze een paar keer wakker was geworden, maar niet de fut had gehad om uit bed te komen.

Bart was boos. Hij had natuurlijk verwacht dat ze het eten klaar had staan. Jammer dan. Het kon niet altijd gaan zoals hij wilde.

Haar oog viel opnieuw op de foto van Lindy. *Meisjelief, waarom kon je niet bij ons blijven?* Een stille traan drupte op het kussen.

'Eef? Schiet eens op. Het eten kan ieder moment bezorgd worden,' klonk de stem van Bart vanuit de woonkamer.

Ze werkte zich omhoog, maar vrijwel direct voelde ze zich duizelig worden. Ze bleef stilzitten tot die duizeligheid wegtrok, meer kon ze niet doen. Toch moest ze opstaan. Ze wilde Bart niet nog bozer maken.

Voorzichtig kwam ze uit bed. Die duizeligheid kwam vast doordat ze de hele dag niets had gegeten en gedronken. Niet dat ze honger of dorst had, maar ze moest iets binnen krijgen.

Bart had pizza's besteld, zag ze even later, nadat ze eerst naar de badkamer was gegaan om zich iets op te frissen. Hij zat al aan tafel en scheurde een stuk van zijn pizza af. Zonder op haar te wachten begon hij te eten.

Eva ging schuchter aan tafel zitten en opende de kleinere doos die voor haar bestemd was. Hij had in ieder geval iets besteld wat ze lekker vond. Zonder veel eetlust begon ook zij te eten.

Om de stilte die tussen hen hing te verbreken, begon ze te praten. 'Hoe was het op je werk?'

'Goed.'

'Nog iets bijzonders gebeurd terwijl je weg was?'

'Ik heb vorige week toch gewerkt. Ben je dat soms vergeten?'

Eva voelde haar wangen warm worden. 'Niet de hele week,' mompelde ze. Hij had vrij genomen om hun ouders naar het vliegveld te brengen en de dag daarvoor was hij ook thuisgebleven.

Bart antwoordde niet en at stug door, zijn ogen gericht op de krant die voor hem op tafel lag.

Eva voelde tranen branden achter haar ogen. Waarom deed hij nu zo rot en stug? Waarom praatte hij niet met haar?

'Ik wil weer naar Chinese les gaan.'

'Dat zal tijd worden. Je bent vier weken niet geweest.'

'Daar had ik een heel goede reden voor,' protesteerde ze.

'Ik ben wel geweest.'

'Jij bent ook gewoon naar je werk gegaan.' Ze aarzelde even voordat ze verderging. 'Bart, waarom kunnen we niet meer normaal met elkaar praten?'

'We praten nu toch?'

'Je klinkt anders niet echt vriendelijk. Het is meer snauwen wat je doet.'

Hij smeet het stuk pizza dat hij in zijn hand hield terug in de doos en keek haar woest aan. 'Wat verwacht je nou eigenlijk van mij? Ik kom na een dag hard werken thuis en jij ligt in bed. Daar zul je de hele dag wel hebben gelegen. Je hebt niet opgeruimd, niet eens gekookt. Verwacht je dan echt van mij dat ik vriendelijk en lief tegen je doe? Sorry hoor, maar dat kan ik nu even niet meer opbrengen. Dit hele gedoe begint me danig de keel uit te hangen.' Hij schoof zijn stoel wild naar achteren en stond op. Zonder iets te zeggen liep hij naar de hal. Aan het geluid van de voordeur hoorde ze dat hij hun appartement had verlaten.

Ging hij zomaar weg? Waarom dan? Omdat zij hem iets gevraagd had? Omdat ze te moe was geweest om vandaag iets te doen? Waar was de lieve en begripvolle man gebleven met wie ze getrouwd was? Was dit wat verdriet met hem deed? Ze wilde hem wel begrijpen, als hij er maar over praatte, maar zelfs datgene wat hem bezighield, wilde hij niet met haar delen.

De tranen liepen nu vrijelijk over haar wangen. Ze nam niet de moeite ze weg te vegen.

De pizza's werden koud in hun dozen. Langzaam stond Eva op, ze sloot de dozen en zette ze in de koelkast. Misschien dat ze die pizza's later op de avond nog op zouden eten. Op dit moment had ze daar echt geen zin in.

Nu ze in de keuken was, werkte ze de rommel weg die er nog stond van die ochtend.

Bart had gelijk. Wat bezielde haar om op bed te gaan liggen en niets te doen? Hij werkte ook door, deed wat hij moest doen. Het was niet meer dan normaal dat zij dat ook deed. Ook al had ze verdriet om het verlies van hun kindje, het leven ging door en zij moest verder. Ze moest zich herpakken en niet in bed gaan liggen treuren. Daar had niemand iets aan en ze schoot er zelf ook niets mee op.

De volgende ochtend ging Eva boodschappen doen. Het was gelukkig gestopt met regenen en het beloofde een heldere, zonnige dag te worden. Misschien dat de zon de kou kon verdrijven die zich in haar botten leek te hebben genesteld.

Bart was de vorige avond pas laat weer thuisgekomen. Hij was zwijgend naar bed gegaan en had haar zelfs geen blik waardig gegund. Eva had niet meer kunnen doen dan hem te volgen. Toch hoopte ze dat hij bij zou draaien.

De bewaker bij de ingang van de supermarkt – in vrijwel elke winkel of supermarkt stond er wel een – knikte haar vriendelijk toe, iets wat hij niet deed bij de Chinese bezoekers van de winkel.

In de supermarkt heerste de normale bedrijvigheid. De vrouw bij de vis prijsde haar waren luidkeels aan. De man bij de groenten deed zijn best haar te overstemmen.

Eva kon nog altijd niet verstaan wat ze zeiden. Ze begreep maar een klein beetje van het klankvolle taaltje. Door te wijzen naar het vlees en de vis die ze wilde hebben, kwam ze er ook. Langzaam vulde haar boodschappenkarretje zich.

Bij de kassa rekende ze af en deed ze haar boodschappen in de trolley die ze voor dat doel had meegenomen.

'Eva,' hoorde ze een bekende stem roepen en ze draaide zich om. Liu stond bij de buitendeur met Mu-Lan in de buggy en zwaaide naar haar.

'Hoe gaat het met je?' wilde Liu weten.

'Het gaat.' Eva vermeed het naar de peuter te kijken.

'Je ouders zijn naar huis?'

Ze knikte. In de tijd dat hun ouders er waren geweest, had ze Liu nauwelijks gesproken.

'Hoe gaat het met je man?'

Waarom vroeg Liu dat? Had zij soms weer met Bart gepraat?

Vertelde hij zelfs hun overbuurvrouw meer dan zijn eigen vrouw?
'Goed.'

Liu glimlachte triest. 'Hij heeft veel verdriet.'

'Heeft hij dat aan jou verteld?'

'Nee, dat zie ik aan hem.'

'Heb je tijd om samen thee te drinken?' vroeg Eva impulsief. Dat Liu hier liep met haar dochtertje betekende vast dat ze niet hoefde te werken.

'Graag. Zullen we naar het Teahouse gaan?'

'Best.'

Het Teahouse was donker maar kleurrijk ingericht, zoals Eva dat van een Chinees theehuis verwachtte. Rode lampionnen boven de deur, draken naast de ingang. De gastvrouwen liepen ondanks de warmte in lange, zwarte rokken met daarboven een felgekleurd jakje.

Liu bestelde thee voor hen beiden. Eva had wel vaker een thee-ceremonie meegemaakt, maar genoot er toch weer van.

Een jong meisje – veel ouder dan een jaar of vijftien leek ze niet – bracht twee prachtig versierde, kleine, oorloze kopjes en een bijpassende theepot. Deze stonden op een verhoogd houten dienblad met pootjes – het leek eerder een klein tafeltje – dat op tafel kwam te staan. In de pot werd heet water geschonken op de theebladeren die in een bijpassende porseleinen zeef zaten. Slechts een paar tellen kreeg de thee de kans om te trekken, waarna de zeef uit de pot werd gehaald en in een speciaal daarvoor gemaakte houder werd geplaatst.

Zo werd de thee nog een keer of vier opgeschonken, wist Eva, net zolang tot je aangaf genoeg te hebben gedronken. Helaas kenden de Chinezen niet de traditie om iets lekkers bij de thee te nemen. Ook was het bijna een zonde om suiker of melk in de thee te doen. Dat kon hier echt niet.

Nadat het meisje hun kopjes vol had geschonken en ze de eerste slok hadden genomen, begon Liu te praten. Liu sprak redelijk goed Engels en was in tegenstelling tot veel Chinezen duidelijk verstaanbaar. Dat zou voor haar baan ook nodig zijn, vermoedde Eva.

'Je gezicht staat niet gelukkig. Dat begrijp ik ook wel, maar het leven is belangrijker dan de dood.'

Eva knikte met een glimlach. 'Dat is een waar woord. En nee, mijn gezicht staat niet gelukkig. Dat van Bart ook niet. Ik krijg bijna geen hoogte van hem, Liu.'

'Praat met hem over wat je dwarszit. Dit is niet het einde van je leven. Jullie krijgen vast nog meer kinderen.'

'Jij praat weleens met hem, toch? In de lift, als jullie elkaar tegenkomen.'

'Dat klopt, we hebben elkaar een paar keer gezien. Hij is een goede man, Eva. Hij weet alleen niet goed raad met zichzelf.'

'Is dat het? Het lukt mij niet met hem te praten. Gisteren was hij zo boos op mij dat hij wegging.'

'Waarom was hij boos?'

Beschaamd haalde Eva haar schouders op en ze schonk hun kopjes nog eens vol voordat ze antwoord gaf. 'Ik was zo ontzettend moe dat ik niets anders wilde dan alleen maar slapen. Dat heb ik ook gedaan. De hele dag. Tot Bart thuiskwam.'

'Arme Eva. Heb je hulp nodig? Zal ik Kuens moeder vragen je te helpen?'

'Nee, heel lief van je, maar dat is echt niet nodig. Ik was gewoon moe en verdrietig. We hebben drie weken lang mensen te logeren gehad. Dat is best vermoeiend.'

'Familie is goed. Je moet genieten van familie.'

Eva glimlachte triest om die woorden. Familie in China was waardevol, had ze al wel geleerd. Die moest je koesteren. Maar als je in Nederland was opgegroeid, was je het niet gewend dagelijks zo dicht op elkaar te zitten, zoals Liu met haar gezin en haar schoonouders.

Liu was dat gewend, zij wist niet beter dan dat volwassen kinderen met hun gezin bij de ouders woonden, of in ieder geval samen met de ouders in één huis woonden. Dat iedereen zorgde voor elkaar en dat de ouders vaak ook nog een beslissende stem hadden.

Eva was daarentegen de vrijheid gewend om zelf beslissingen te nemen. Te doen wat ze zelf wilde. Haar moeder was meer haar gelijke die haar weliswaar raad gaf, maar die haar nooit de wet zou voorschrijven.

'Misschien heeft Bart meer tijd nodig. Mannen zijn niet zoals vrouwen. Wij praten makkelijker over onze gevoelens,' opperde Eva.

'Het komt vast goed, daarop moet je vertrouwen.'

'Dat zal ik dan maar doen, en ondertussen zal ik hem verwennen zo veel ik kan.'

Liu knikte glimlachend. Verwennen, in de watten leggen. Misschien was dat wel de manier om weer tot hem door te dringen. Om haar eigen Bart weer terug te krijgen. De man die nu bij haar woonde, was soms een volstrekte vreemde voor haar.

Eva deed haar best geduldig te zijn, er verzorgd uit te zien en lief tegen Bart te doen. Ze gaf hem geen redenen om te klagen of boos te worden. Ook al toonde hij haar de eerste paar dagen na het vertrek van zijn ouders geen blik waardig, langzaam leek hij in te zien dat ze het samen moesten doen. Niet allebei in hun eentje.

'Lekker, Eef,' gaf hij haar de derde dag na het toetje een compliment voor het eten.

'Dank je. Het is een recept van Liu.'

'Het smaakt prima. Ik heb in tijden niet zo heerlijk gegeten. Je mag haar wat mij betreft best vaker om recepten vragen.'

Eva glimlachte. Ze had er al een heleboel van haar gekregen. De liefde van de man ging nog altijd door de maag. Als zij op deze manier haar man weer voor zich terug kon winnen, zou ze dat zeker doen.

Die avond ging Bart niet direct weer aan het werk, maar bleef hij bij Eva in de woonkamer zitten. Ze spraken niet veel met elkaar, gaven hooguit wat commentaar op het programma dat ze bekeken, maar voor Eva voelde dit als een begin. De spanning die er tussen hen had gehangen, leek minder te worden.

Bij het naar bed gaan gaf hij haar zelfs een nachtzoen, iets wat in geen weken was gebeurd.

'Eefje, slaap je al?' vroeg Bart na een poos.

Eva opende verbaasd haar ogen en draaide zich naar hem toe. 'Nog niet.'

'Heb je nog iets van de as van Lindy gehoord? Dat zou toch deze week gebeuren?'

'Morgen mag ik het op gaan halen,' wist ze.

'Zullen we dat samen doen?'

Eva wist niet wat ze hoorde. Ontroerd staarde ze in het donker.

'Eef, is alles in orde?' klonk Barts stem nu bezorgd.

'Ja hoor. Ik zou het heel fijn vinden als we samen de as van Lindy gaan halen.'

'Huil je?'

'Een beetje.'

'Waarom dan?'

'Omdat ik denk dat ik nu mijn eigen Bart eindelijk weer terugkrijg.' Ze hoorde hoe hij ging verliggen, en even later knipte hij het lampje op zijn nachtkastje aan. Eva knipperde met haar ogen tegen het plotselinge licht.

'Wil je erover praten? Ik denk dat ik niet altijd even gemakkelijk ben geweest voor jou. Kun je me vergeven?'

'Natuurlijk kan ik dat. Weet je ook waarom je dat deed?'

Hij maakte een vaag gebaar met zijn hand. 'Onzekerheid, verdriet. Ik gaf mezelf de schuld van het overlijden van Lindy. De slechte lucht hier. De spanning vooraf, de lange vliegreis, de warmte misschien ook wel. Ik had jou niet mee hiernaartoe mogen nemen. We hadden in Nederland moeten blijven en moeten wachten tot na de geboorte van Lindy. Dan was het misschien wel anders gelopen. Ik weet wel dat het koffiedik kijken is, maar toch... Ik kan dat denken niet tegenhouden.'

'O Bart. Waarom heb je dat niet eerder tegen mij gezegd? Waarom ben je er zo lang mee blijven lopen? We hadden er samen toch over kunnen praten? Dat deden we altijd. Opeens kon ik jou niet meer bereiken, sloot je je af voor mij. Ik heb jou geen moment de schuld gegeven. Dat is ook niet reëel. Dit had ons in Nederland ook kunnen overkomen.' Opnieuw liepen de tranen over haar wangen, nu om Bart, omdat hij al die weken zo slecht over zichzelf had gedacht. Hij moest het ontzettend moeilijk hebben gehad.

Bart sloeg het laken terug en nam haar in zijn armen. 'Kun je me vergeven dat ik je buitensloot? Dat ik er niet was voor je toen je mij het hardst nodig had?'

'O lieverd, dat hoef je toch niet te vragen,' snikte ze nu. Ze kroop tegen zijn borst aan en gooide al het verdriet eruit dat zich de afgelopen tijd had opgekropt. En Bart huilde met haar mee.

Uitgeput lagen ze enige tijd later in elkaars armen. Eva was blij dat hij zich eindelijk had uitgesproken.

Er moest nog heel wat gepraat worden voordat alle hobbels waren gladgestreken, maar het begin was in ieder geval gemaakt.

HOOFDSTUK 8

Eva verwelkomde de lagere temperatuur die er nu heerste – hoewel een gemiddelde van zesentwintig graden nog niet bepaald koel was. Samen met de extreme hitte waren ook de zware regenbuien een heel eind afgenomen. Overdag ging ze dan ook de stad verkennen en de vele bezienswaardigheden bezichtigen.

Veel van die plekken zou ze later vast met Bart nog een keer bezoeken. Dat vond ze niet erg, en hij vond het ook leuk dat ze er iets meer over wist te vertellen als ze voor de tweede keer ergens heen ging.

Op straat probeerde ze de taal te begrijpen die ze hoorde, gesprekken te volgen, en soms stelde ze zelf een vraag. Ze vroeg de weg naar bijvoorbeeld een metrostation, om het Chinees te oefenen. Zo nam ze ook vaker de bus, al stond de bestemming alleen maar in Chinese karakters aangeduid en moest ze goed luisteren en opletten waar ze uit moest stappen. Een beleving op zich.

Eva voelde zich veilig en op haar gemak in de drukke stad met haar vele tempels, paleizen, musea en aangelegde parken en meren, ook al liep ze er grotendeels alleen rond. Lastiggevallen werd ze er haast nooit, wel vaak op de foto gezet.

Ze wandelde door de uitgestrekte bergachtige tuinen van het Zomerpaleis. Op de Heuvel van het Lange Leven genoot ze van het schitterende uitzicht op het aangelegde Kunming Lake. In het meer lag een eiland met een tempel en de bewaard gebleven gebouwen die keizerin Cixi had laten bouwen. Als het helder genoeg was, had ze vanaf de berg bovendien een geweldig uitzicht op een deel van Beijing.

In het Beihai-park bewonderde ze de Witte Pagode die ter ere van een bezoek van de Dalai Lama gebouwd was op het Jade-eiland.

Uiteraard bracht ze een bezoek aan de Tempel van de Hemel. De tempels zelf had ze met Bart al een keer bekeken. Hij had meestal niet het geduld om de bijbehorende tuinen te bekijken, dat deed zij dan weer op een later tijdstip zoals vandaag. De entree voor de meeste bezienswaardigheden was belachelijk laag, daar hoefde ze deze bezoekjes niet voor te laten. In de tuinen kon ze bovendien heerlijk wandelen en helemaal tot rust komen.

Ook vandaag was ze in een van die tuinen en zat ze op een bankje gebiologeerd naar een groepje mensen te kijken dat tai chi aan het beoefenen was, op een pleintje midden in het park. Geconcentreerd en vol overgave. Helemaal in balans.

Zo voelde het voor Eva op dit moment ook: hun leven was weer in balans. De rust was weergekeerd, al was het verdriet om het verlies van Lindy nog altijd niet verdwenen. Wel praatten ze er nu samen over en konden ze het op die manier een plaatsje geven.

Hoewel de rust weer terug was, was haar leven wel een beetje leeg. Meer dan voor het huishouden zorgen, Chinees leren en door de stad wandelen deed ze niet. Een enkele keer vergezelde ze Bart als hij 's avonds een etentje had. Over het algemeen kon ze wel meepraten met hun disgenoten, toch voelde ze zich vaak de mindere aan tafel. Deze mensen werkten, deden iets nuttigs met hun tijd, terwijl zij alleen maar de semitoerist uithing.

Volgens Bart kon ze best eens informeren of ze misschien kinderen Engelse les kon gaan geven. Niet op een school, daar had ze de juiste diploma's niet voor, maar privéles kon vast wel. Haar Chinees werd steeds beter, zodat ze ook met de kinderen en hun ouders kon praten. Daarnaast sprak ze een aardig mondje Engels.

Het leek haar wel wat om iets dergelijks te gaan doen, al zou ze zich dan eerst nog eens moeten verdiepen in de Engelse grammatica. De laatste tijd las ze vrijwel uitsluitend Engelstalige kranten en boeken en had ze het idee dat haar Engels aanzienlijk was verbeterd dankzij het haast gedwongen gebruik van die taal.

Het eerdere idee van haar moeder om in de kinderopvang te gaan werken, zou hier niet zo snel opgaan. Inwonende grootouders vingen over het algemeen immers de kinderen op.

De cultuur op het gebied van kinderen en gezin was hier sowieso een heel stuk anders dan in Nederland. Liu en haar man hadden het geluk dat ze beiden in Beijing werkten en een goede baan hadden, zodat ze hier ook een woning bezaten voor hun gezin en ouders. Voor veel van Liu's collega's gold dat ze in het souterrain van het hotel woonden en eens in de drie maanden een paar dagen naar huis gingen om hun gezin te zien. Eva moest er niet aan denken dat ze zo zou moeten leven.

Ze nam zich voor actief op zoek te gaan naar de mogelijkheden om privéles te kunnen geven, of om als vrijwilliger ergens aan het werk te gaan. Ze hoefde er niet per se geld mee te verdienen. Misschien kon ze op een school wel iets dergelijks doen, zoals de leesmoeders dat deden op de basisscholen in Nederland.

Eva sprong op en kreeg plotseling haast om naar huis te gaan. Er zou vast wel iets dergelijks bestaan, ook hier in Beijing.

Bart bezag haar plannen met enige scepsis. 'Ik wil wel dat je de nodige voorzorgsmaatregelen neemt. Niet te intensief lichamelijk contact met die kinderen, bijvoorbeeld. Geen geknuffel en dat soort dingen. Je hebt geen idee van de ziekten die ze bij zich kunnen dragen, of beestjes. En de vogelgriep heerst nu ook nog eens.'

'Bart, vogelgriep is niet via mensen overdraagbaar,' herinnerde ze hem. 'Bovendien ben ik overal tegen ingeënt. Met beestjes bedoel je zeker vlooien of luizen? Dat zal vast wel meevallen.'

'Roep dat niet te hard. Er zullen echt wel ziekten zijn waartegen je niet bent ingeënt.'

'Wat wil je dan? Dat ik hele dagen hier in het appartement blijf zitten? Ik verveel me dood. Het huishouden is niet genoeg om een hele dag bezig te zijn.'

'Dat begrijp ik wel. Van mij mag je best gaan helpen op scholen, maar ik voel meer voor privéles aan kinderen. Zoiets moet ook te realiseren zijn.'

'Vast wel, maar ik kan me voorstellen dat ouders voor die lessen liever iemand hebben met diploma's. Die heb ik nu eenmaal niet.'

'Daar heb je gelijk in. Kun je niet een certificaat gaan halen? Dat duurt vast niet zo heel erg lang. Dan heb je weer iets omhanden en je studeert met het vooruitzicht om straks echt les te mogen geven.'

Dat betwijfelde Eva, al zei ze dat niet hardop. Een certificaat was nog altijd geen diploma om ook les te mogen geven. Daar had je wel iets meer voor nodig. Met haar huidige diploma mocht ze wel op basisscholen werken, maar in een ondersteunende functie, niet om les te geven.

Toch schoof ze het plan van Bart om weer te gaan leren niet direct terzijde. Waarom zou ze het niet doen? In de tussentijd kon ze altijd nog als vrijwilliger aan de slag.

Ze vond vrij snel een project voor kansarme kinderen hier in Beijing. Als vrijwilliger kon ze een paar uur per dag Engelse les geven aan de kinderen. De school was te arm om geschoolde leerkrachten te betalen en wilde op deze manier de leerlingen een kans geven een stapje verder te komen in het leven. Een mooie manier om nuttig bezig te zijn en om haar vroegere lessen van school in praktijk te brengen.

Ze vertelde Bart wat ze gevonden had.

'Wat ga je doen als je weer in verwachting raakt?'

Eva keek hem verwonderd aan. 'Doorgaan met wat ik op dat moment doe.'

'Vind je niet dat je wat voorzichtiger moet zijn als het zover is?'

'Lieverd, hoor je jezelf nu praten? Zwangerschap is geen ziekte.'

'Dat niet, maar de ongeboren vrucht kan wel iets oplopen door contacten met allerlei mensen. Er wordt zelfs aangeraden om de kattenbak niet meer schoon te maken. Dat adviseren ze niet voor niets.'

'Natuurlijk, daar heb je gelijk in. Je kunt nog zo voorzichtig zijn, maar zelfs dan kun je er nog niet voor honderd procent zeker van zijn dat je kindje gezond geboren wordt.' Eva moest heftig slikken voordat ze verder kon praten. 'Wat heb ik fout gedaan tijdens de zwangerschap van Lindy? Ik heb alles volgens het boekje gedaan en toch ging het fout.' Een traan gleed over haar wang. Ze veegde hem niet weg.

Bart stond op en trok haar in zijn armen. 'Natuurlijk, liefje, daar heb je gelijk in,' mompelde hij met zijn mond tegen haar haren gedrukt. 'Ik ben alleen maar bezorgd om jou.'

Daar had ze alle begrip voor. Natuurlijk zou ze ervoor zorgen dat ze geen onnodige risico's nam. Ze wilde absoluut voorkomen dat ze opnieuw een kindje zou verliezen.

Een paar dagen later ging Eva op gesprek bij de basisschool waar ze als vrijwilliger aan de slag wilde gaan. Degene die ze aan de telefoon had gehad, sprak een aardig mondje Engels, zodat voor hem duidelijk was wat ze wilde.

Wen Lin, de directeur met wie ze gesproken had, bleek een aardige man van een jaar of veertig te zijn. Hij was niet erg groot, had een vriendelijk glimlachend gezicht, achterovergekamd zwart haar en hij droeg een bril.

Omdat haar Chinees nog niet zodanig was dat ze een heel gesprek met de man kon voeren, vertelde ze in het Engels wat ze wilde doen.

Wen Lin knikte veel en vaak. Hij liet haar zo lang praten dat ze het gevoel had dat hij er helemaal niets van begreep. Langzaam probeerde ze in het Chinees iets te vertellen over zichzelf.

'I *did understand you*,' zei hij echter met een glimlach en hij maakte een handgebaar dat ze rustig kon blijven zitten. Wen stond op en liet haar even alleen.

Eva had geen idee waar hij heen ging. Ze liet haar ogen door het kantoortje dwalen, eerder had ze niet de tijd genomen de omgeving in zich op te nemen. Veel meer dan een tafel met een paar stoelen en een aantal ijzeren archiefkasten stonden er niet. Het raam was afgedekt met een versleten houten luxaflex, een roestige ventilator die boven in het raam zat, hing er werkeloos bij. De hele school maakte een armoedige indruk, waardoor Eva des te beter begreep waarom ze hier met vrijwel alleen vrijwilligers werkten.

Op internet had ze het programma gevonden. De meeste vrijwilligers die hier werkten, waren waarschijnlijk studenten die dit als een werkvakantie beschouwden om ervaring op te doen. Er werd een kleine bijdrage in de kosten gevraagd van de deelnemers, voor de accommodatie waar ze tijdens hun werkvakantie zouden verblijven, voor de verzekering en nog wat andere zaken. Dingen waar Eva verder niet mee te maken had, aangezien zij in Beijing woonde.

De deur ging open en Wen Lin kwam weer binnen. Achter hem volgde een lange man met lang, donkerblond haar, dat in een staart bijeen was gebonden. Een donkere waas van een baard lag op zijn kin en wangen. Groene ogen, omringd door lachrimpels, in een gebruind gezicht keken haar aan.

'Hai, Luke Stanford is de naam. Wen vertelde me dat je hier wilt komen werken als vrijwilliger.'

'Hallo, Eva Meeuwissen. Dat klopt. Ik heb een diploma pedagogisch werker kinderopvang. En ik...'

Luke stak zijn hand op. 'Laat maar, die diploma's geloof ik wel. Wen vertelde me voldoende. Het zou geweldig zijn als je Engels wilt geven aan de groep kinderen. We werken meestal met studenten die hierheen komen voor een werk- en leervakantie, maar een vaste kracht zou niet gek zijn. De meeste expats staan niet te trappelen om vrijwilligerswerk op een arme basisschool te doen,' voegde hij er met een grimas aan toe.

'O, nou, ik wil dat wel, hoor. Wat voor les geef je zelf?'

'Engels, wiskunde, aardrijkskunde en natuurwetenschappen. Ik werk al een flink aantal jaar hier op school als een van de spaarzame vaste krachten. Wen en zijn vrouw Shu behoren eveneens tot de vaste leerkrachten.'

Dan zou hij de Chinese taal behoorlijk goed machtig zijn. Dat zou bij haar nog wel enige tijd duren. Misschien dat het wat vlotter ging als ze jonge kinderen Engelse les moest geven. Ze zeiden toch vaak dat het aanleren van een vreemde taal dan spelenderwijs ging?

Luke leek haar een aardige man, wel een beetje een vrijbuiter met dat lange haar en het onverzorgde uiterlijk, de groezelige spijkerbroek en het donkerblauwe shirt dat betere tijden had gekend.

'Woon je ook hier in Beijing?'

'Ik heb een kamer bij Wen en Shu in huis. Aangezien ik alleen maar een onkostenvergoeding ontvang, kan ik me ook niet meer veroorloven, maar met kost en inwoning ben ik al meer dan tevreden. En zolang ze me niet eruit gooien, blijf ik daar graag wonen.'

Oké, een idealist dus. Ach, misschien moest je dat ook wel zijn om hier te kunnen werken.

Wen begon weer te praten en nu begreep Eva ook waarom hij redelijk goed Engels sprak. Dat leerde hij vast van zijn kostganger. Ze spraken af dat Eva drie dagen in de week hierheen zou komen om van negen tot twaalf les te geven.

Inwendig gloeiend van trots omdat ze een baan had, nam ze afscheid van de beide mannen. Luke moest weer terug naar zijn klas die nu even in de gaten gehouden werd door een student.

'Dan zien we je dinsdag wel verschijnen,' zei hij bij zijn vertrek.

Eva verliet het ommuurde terrein van de school en zocht haar weg terug naar de metro, ondertussen de straten waar ze doorheen liep goed in de gaten houdend. Met het hierheen komen was ze een paar keer verkeerd gelopen, dat wilde ze aanstaande dinsdag voorkomen. Ze wilde tenslotte niet te laat komen voor haar lessen.

Vol spanning en opgewonden ging ze terug naar huis. Het liefst was ze doorgereisd naar het kantoor van Bart, maar ze wist dat hij het niet prettig vond als ze daar kwam. Ze zou moeten wachten tot hij thuiskwam om het goede nieuws te vertellen.

Carolien bleek online te zijn op Skype en had zelfs even tijd om met haar zus te praten.

'Ik heb een baan,' gilde Eva nog voordat Carolien iets had gezegd.

'Een baan? Hoe dat dan? Waar ga je werken? Wat voor werk ga je doen? Ik wist helemaal niet dat je op een baan uit was.'

'Het is vrijwilligerswerk, een onbetaalde baan dus. Maar je weet nooit wat daar nog uit voort kan komen,' ging Eva onverminderd enthousiast verder. 'Ik ga op een basisschool werken en Engelse les geven.'

'Mag je dat dan? Je hebt toch helemaal geen diploma's om les te geven? En Engels? Mag dat zomaar?'

Eva legde uit dat het om een zeer arme basisschool ging die op deze manier de leerlingen voldoende lesstof wilde aanbieden. 'Er werken maar drie vaste krachten. Een Chinese man en zijn vrouw en een Engelsman, Luke Stanford. Hij woont al een aantal jaar in Beijing. De school draait vrijwel helemaal op vrijwilligers.'

'Dat is mooi werk. Wat vindt Bart ervan?'

'Hij vindt het best. Ik wil daarnaast ook een studie gaan volgen om in de toekomst wel officieel les te mogen geven. Engels, dat kan zelfs schriftelijk.' Al zou het op die manier zeker vier jaar duren voordat ze inderdaad zover was dat ze les mocht geven. Tegen de tijd dat ze daarmee klaar was, gingen ze alweer terug naar Nederland. Ook daar zou ze die opleiding vast wel kunnen gebruiken.

'Wat een plannen allemaal,' lachte Carolien. 'Heb je nog wel tijd voor jezelf op deze manier?'

'Dat zal wel lukken, hoor. Het is maar voor drie ochtenden per week. Dan houd ik nog tijd genoeg over voor andere dingen.'

'Goed van je dat je dit doet. Echt goed, zus. Wil je nog een leuk nieuwtje horen?'

'Altijd. Ga je soms samenwonen met Olaf?'

'Hè, daar gaat mijn verrassing.'

'Gaan jullie dat echt doen? Zo snel al?'

'Ja, waarom niet? We hoeven toch niet eerst jaren verkering te hebben?' schoot Carolien direct in de verdediging.

'Zo bedoel ik het niet. Natuurlijk hoef je geen jaren te wachten. Maar zo lang kennen jullie elkaar ook weer niet.'

'Drie maanden inmiddels. De tijd staat hier niet stil, hoor.'

'Vast niet. Leuk, hoor. Waar ga je wonen? Bij Olaf?'

'Dat is wel het gemakkelijkste. Zijn flat is groter dan de mijne en hij heeft ook al een kamer voor Meindert ingericht. Wel gaan we de rest van het huis opnieuw inrichten, met een mix van mijn spullen en die van hem, zodat het een beetje een nieuw huis wordt.'

'Klinkt goed, zusje. Gefeliciteerd met deze volgende stap. Ik hoop dat jullie echt gelukkig worden met elkaar.'

'Meen je dat?'

'Natuurlijk meen ik dat. Waarom niet? Ik gun je al het geluk van de wereld met Olaf. Wanneer krijg ik hem eindelijk eens in levenden lijve te zien?'

'Dat gaat nog wel even duren, vrees ik. Ik kan het wel regelen dat je hem via Skype leert kennen.'

'Vooruit dan maar. Ik heb ook geen idee wanneer wij naar Nederland zullen komen. Misschien tegen de kerst of zo.' Bart en zij hadden er nog niet over gesproken. Voor haar gevoel waren ze nog maar net in Beijing, ook al was dat nu alweer ruim drie maanden.

Bart reageerde die avond iets minder enthousiast op haar nieuws van het vrijwilligerswerk. 'O, ik wist niet dat je al zover was.'

'Schat, ik heb je gisteren nog verteld dat ik vandaag ging solliciteren. Dat ben je toch niet vergeten?'

Hij glimlachte verontschuldigend. 'Sorry, dat zal inderdaad niet goed tot me doorgedrongen zijn. Ik heb ook zo veel aan mijn hoofd. Het is op het moment nogal druk op het werk.'

Dat vermoedde Eva al, aangezien hij weer lange dagen maakte en vaak niet voor acht uur 's avonds thuis was. Alleen al daarom vond ze het fijn dat ze nu zelf iets omhanden had. Dat zou de dagen minder leeg en eenzaam maken.

'En je plannen om weer een studie op te pakken? Doe je dat dan niet meer?'

'Jawel hoor, dat doe ik ook. Eerst maar eens kijken hoe het lesgeven me afgaat. Over een poosje wil ik dan uitkijken naar een geschikte studie.'

'Dus nu ga je onbetaald werk op zo'n armenschooltje doen.'

Het stak haar dat Bart daar zo minachtend over deed. Begreep hij dan niet dat ze die kinderen een kans wilde geven om zich verder te kunnen ontwikkelen? Een kans waar Lindy nooit aan toe zou komen. 'Ik kijk wel hoe het me daar bevalt,' mompelde ze en ze begon de tafel af te ruimen.

HOOFDSTUK 9

'De kinderen zijn dol op je, Eva.' Luke schonk thee voor haar in en reikte haar de mok aan. Hij had haar gevraagd na de laatste les nog even te blijven omdat hij iets met haar wilde bespreken.

'Dank je. Ik hoop dat ik hun ook nog iets leer.' Ze merkte zelf dat de kinderen die ze lesgaf het leuk vonden dat zij er was. Ze waren enthousiast en deden bijna allemaal hun best om hun nieuwe *lǎoshī* te laten zien dat ze wilden leren. Het leren ging haast spelenderwijs en terwijl zij hun Engels leerde, leerde ze van de kinderen Chinees. Zonder de kennis die ze al had opgedaan bij de Chinese les, die ze al maanden volgde, zou ze het uiteraard niet hebben gered.

Luke had eens gekscherend voorgesteld dat ze beter in de klas kon gaan zitten bij de jongste kinderen als die Chinese les kregen. Dan leerde ze, beginnend bij het begin, de karakters schrijven. Zo ver wilde ze niet gaan. Bovendien zou ze de kinderen vast te veel afleiden met haar aanwezigheid.

'Ben je nog met die cursus Engels begonnen?'

'Nee, nog niet. Ik vind het voor nu belangrijker dat ik goed Chinees leer spreken. Die graad in Engels komt nog wel een keer. Of niet.' Eigenlijk had ze er helemaal geen zin in om dat er nu bij te doen. Chinees alleen was al meer dan genoeg. Het mocht dan een goed plan hebben geleken, in de praktijk had ze er niet veel tijd voor om er nog een studie bij te doen. Ze wilde de lessen die ze aan de kinderen gaf – van negen tot twaalf jaar – thuis goed voorbereiden.

Het lesgeven gaf haar veel voldoening, dat in ieder geval. Dus misschien ging ze ergens in de toekomst er nog eens iets mee doen. Misschien als ze zelf eenmaal kinderen had.

Ook dat was iedere keer weer spannend. Er was geen reden waarom ze niet opnieuw zwanger zou kunnen worden, al probeerde ze er niet te veel aan te denken. De kinderen op school zorgden er ook voor dat ze dat inderdaad niet te veel deed.

'Heb je misschien zin om nog een andere les te geven?' vervolgde Luke.

'Nog een les? Waar denk je dan aan? Mijn Chinees is daar vast nog niet goed genoeg voor.'

'Je kennis is goed genoeg om aan de jongere kinderen les te geven. Het gaat om kinderen van zes en zeven jaar. Ik denk aan muziekles.'

Eva begon te lachen. 'Muziekles? Ik? Ik kan nog geen noot lezen.'

'Dat is ook helemaal niet nodig. Je hebt een mooie zangstem, dat heb ik al gehoord, en gevoel voor ritme. Meer dan samen met hen liedjes zingen en hen instrumenten laten gebruiken is niet nodig. De meeste kinderen kunnen ook geen noten lezen. Het gaat wel voor het merendeel om Chinese liedjes. Dat is meteen goed voor je uitspraak,' grijnsde hij.

Opnieuw begon Eva te lachen. 'Het lijkt me ook wel handig als ik weet wat ik hun leer zingen.'

'Je krijgt de Engelse vertaling erbij. Je mag ze overigens ook liedjes in andere talen leren, maar de meeste zijn in het Chinees. Lijkt je dat wat?'

Daar hoefde Eva niet lang over na te denken. Natuurlijk leek het haar iets. Ze vond het heerlijk om met de kinderen bezig te zijn en hun iets te leren. Muziek. Een nieuwe uitdaging. Ze knikte. 'Ik doe het. Om welke dagen gaat het?'

'Dezelfde dagen dat je nu ook al lesgeeft. Alleen dan na de middagpauze. Je kunt met ons mee-eten als je dat prettiger vindt dan op en neer te rijden naar je eigen huis. Het gaat om een uurtje per dag. Om twee uur ben je klaar. Je hebt iedere dag een andere klas.'

Ze had in de ochtend ieder uur een andere klas, maar wel elke dag dat ze hier was dezelfde klassen. 'Prima. Als Ushi het niet vervelend vindt om er een extra eter bij te krijgen.' Ushi was de vrouw die verantwoordelijk was voor het eten dat de kinderen op school kregen, en ze zorgde ervoor dat de school schoongemaakt werd. Ze was een echte moeder voor alle kinderen die aan haar zorg waren toevertrouwd.

Shu, de vrouw van Wen, had ze inmiddels leren kennen als een aardige vrouw die het gewend was dat er steeds andere vrijwilligers les kwamen geven. Ze was hartelijk en legde telkens geduldig uit wat de bedoeling was. Ook met vragen kon ze altijd bij haar terecht. Al had Eva gemerkt dat ze sommige mensen soms duidelijk op hun punten wees als er iets gebeurde wat niet in de haak was.

'Mooi. Ik zorg ervoor dat je een muziekboekje krijgt waarin de liedjes in het pinyin staan.'

'Dat zou fijn zijn. Hoe ben jij hier eigenlijk terechtgekomen? Of mag ik dat niet vragen?'

'Dat mag je natuurlijk wel vragen. Ik kwam hier terecht als vrijwilliger die op werkvakantie was.'

'Maar je had toch werk in Engeland? Waarom dan nog een werkvakantie in het onderwijs? Ik kan me zo voorstellen dat je na een heel jaar lesgeven even geen kinderen om je heen wilt hebben, op die van jezelf na dan.'

'Ik gaf inderdaad les op een basisschool in Engeland. En nee, ik had en heb geen kinderen van mezelf. Ook geen vriendin op dat moment. Waarom ik voor een werkvakantie in Beijing koos? Om op die manier iets meer van de wereld te zien. Het is een relatief goedkope manier om hier te verblijven, en ik doe er nog iets goeds mee ook. Normaal geef je een paar uur per dag les en daarna ben je vrij om te doen wat je wilt. De meesten gaan na de lessen dan ook cultuur snuiven en trekken de stad en de omgeving in. Dat deed ik uiteraard ook.'

'Maar jij bleef. Of kwam je terug?'

'Ik ben teruggekomen. De eerste keer heb ik hier vier weken gewerkt en gewoond. Daarna ben ik een paar maanden later nog een keer voor twee weken teruggegaan om opnieuw les te geven als vrijwilliger. In die tijd merkte ik dat ik hier zo veel meer voldoening van mijn werk had dan in Engeland. Misschien was het idealistisch van mij, maar toen ik terug was in Engeland heb ik mijn baan en de huur van mijn flatje opgezegd en regelde ik alles om voor langere tijd hierheen te kunnen gaan. Wen was dolblij dat ik terug wilde komen. Hij zorgde voor de nodige brieven zodat ik ook daadwerkelijk een visum kreeg om hier te komen werken. Inmiddels werk ik hier al acht jaar. Dat is eigenlijk het hele verhaal.'

'In een notendop.'

'Uiteraard. Ik bespaar je de details. Als je lang genoeg blijft, krijg je die vanzelf wel een keer te horen. En jij? Jij bent getrouwd, jouw man ging hierheen als expat en jij volgde hem.'

'Inderdaad.'

'Geen kinderen.'

'Nog niet.' Ze had niemand iets verteld van haar zwangerschap en de doodgeboorte van Lindy. Dat ging niemand iets aan, was ze van mening.

'Als je kinderen krijgt, stop je vast met werken hier.'

'Geen idee. Zover is het nog niet. Ik zie wel wat ik dan doe.'

'Is je man het ermee eens dat je hier werkt?'

'Hij keurt het niet af.'

Luke lachte kort. 'Maar hij staat ook niet voor honderd procent achter je.'

'Het is mijn leven. Waarom zou ik me hele dagen moeten vervelen in ons appartement?'

'Je kunt doen wat veel van de expatvrouwen doen.'

'En dat is?'

'Winkelen, theedrinken, roddelen, elkaar de loef afsteken, bij elkaar op bezoek gaan.'

'Dat klinkt niet bijster interessant. Weet je zeker dat ze niet meer doen dan dat?'

'Eerlijk gezegd niet, maar dat is de voorstelling die wij van expatvrouwen hebben,' gaf hij met een grijns toe.

Luke rekende zich kennelijk tot de Chinezen. Dat had Eva al eerder gemerkt. Hij zou er ook gemakkelijk één kunnen zijn, op zijn zeer westerse uiterlijk na. Hij sprak de taal goed, tekende net zo gemakkelijk Chinese karakters als hij Engels of pinyin schreef, en hij paste zich met vrijwel alles aan de Chinese gewoonten aan.

'Wij wonen niet in een compound. De enige andere buitenlanders die ik ken zijn van Barts werk.'

'Waarom zijn jullie niet in een compound gaan wonen?'

Eva haalde haar schouders op. 'Geen idee. Het eerste voorstel was een appartement in de flat waar we nu wonen. Onze buren zijn Chinezen, met wie we een goed contact hebben. Al wonen er wel meer buitenlanders. Ik heb er nog geen spijt van gehad in ieder geval. Het bevalt ons prima daar.'

'Oké, dus we kunnen op je rekenen wat de muziekles betreft?' Luke stond op.

'Ja, dat wil ik wel doen.'

'Mooi, dan zal ik eens kijken of Ushi nog iets te eten voor me heeft bewaard.'

'O, sorry. Je moet natuurlijk gaan eten. Je houdt amper tijd over door mij, de volgende les begint al over een halfuurtje.' Ook Eva stond snel op. Ze wilde hem niet langer ophouden.

'Ze heeft vast wel iets voor mij apart gehouden. Ushi houdt heel veel van me.' Opnieuw lachte hij met die aanstekelijke lach van hem.

Eva lachte met hem mee. Ushi was minstens vijftig jaar en had alleen nog maar een paar voortanden in haar mond staan. Ze liep en zag er ook uit alsof ze minstens zeventig was, toch werkte ze keihard en was ze er iedere dag weer.

Eva nam afscheid en haastte zich het kantoortje uit. Niet dat zij ergens op tijd moest zijn vanmiddag. Er was niets of niemand die op haar wachtte, behalve dan een leeg appartement. Bart zou vast niet voor een uur of acht vanavond thuiskomen.

Het was ook nog te vroeg om met iemand van de familie te skypen. In Nederland was het zeven uur vroeger, nu de zomertijd weer voorbij was.

Eva ging wat rustiger lopen. Eten, ja, dat moest zij ook nog doen. Haar maag begon te knorren. Zou ze voor deze keer eens naar de McDonald's gaan? Die was nagenoeg hetzelfde als bij hen in Nederland én een van de weinige gelegenheden waar ze frietjes kon krijgen. Niet dat ze die niet zelf kon maken als ze daar zin in had, maar van de Mac was ook weleens lekker.

Niet ver bij de metrohalte vandaan zat een McDonald's. Ze ging er naar binnen en bestelde in haar beste Chinees een menu met een cheeseburger en een cola light. Terwijl ze op haar bestelling wachtte, voelde ze dat ze werd aangestaard. Normaal schonk ze daar niet veel aandacht aan. Dat aanstaren was ze nu wel gewend, maar dit keer wat het geen Chinees die naar haar keek. Een jonge vrouw met kastanjebruin haar stond duidelijk belangstellend naar haar te kijken.

Eva knikte vriendelijk naar haar. Meestal liet ze andere buitenlanders links liggen, tenzij ze hen kende of als ze om hulp vroegen. Ze had er ook een hekel aan dat buitenlanders elkaar vaak opzochten bij bepaalde gelegenheden en dan samenklitten, daarbij opgelucht kijkend alsof ze zo veel hadden moeten doorstaan tussen de Chinese bevolking.

Er waren zelfs momenten dat ze zich schaamde een buitenlander te zijn, als ze zag hoe Europeanen of Amerikanen zich soms misdroegen, opvallend luidruchtig waren, absurde eisen stelden, en soms zelfs zonder respect voor tempels of hun omgeving rondliepen. Alsof ze het volste recht hadden zich zo te misdragen. Maar deze vrouw kwam haar ergens bekend voor.

'Hallo, bent u niet de vrouw van Bart Meeuwissen?' vroeg de vrouw nu. Ze sprak Engels met een duidelijk accent. Pools? Russisch?

'Dat klopt. Eva Meeuwissen.' Ze stak haar hand uit naar de ander. 'U komt me bekend voor, maar ik kan er zo snel geen naam bij plaatsen.'

'Malinka Fedotov. Ik werk op het kantoor hier in Beijing. Bij uw man. Misschien hebben we elkaar eens gezien bij een feest.'

Dat betwijfelde Eva. Ze was nog niet met Bart mee naar een feest geweest. De laatste keer, in augustus, was Bart alleen gegaan omdat zij zich met de warmte en haar zwangerschap niet zo fit voelde. In november zou er weer een feestavond van de zaak zijn, dan zou ze zeker eens een keer meegaan. Waar ze de vrouw dan eerder had gezien, wist ze niet. Ze knikte maar wat.

'U woont toch niet hier in de buurt?' wilde Malinka weten.

'Dat klopt. Ik kom zojuist van mijn werk en besloot mezelf eens te trakteren op een ouderwets Mac-menu. Het is behoorlijk lang geleden dat ik dat heb gegeten. En u? De zaak zit hier niet in de buurt. Een vrije dag?' Als die vrouw zo nieuwsgierig kon zijn, kon Eva dat ook.

Malinka kleurde iets rood, maar ze herstelde zich al snel en stak haar kin vooruit, alsof ze daar groter van werd. 'Een boodschap voor de zaak.'

Eva glimlachte begrijpend. Ze hoopte niet dat die vrouw verwachtte dat ze gezellig met haar het Mac-menu samen aan één tafeltje op ging eten. Dan zou ze het alsnog laten inpakken en at ze het een eind verder wel op.

'Wat voor werk doet u?' ging Malinka echter nieuwsgierig verder.

'Ik geef Engelse les op een basisschool.' Dat het vrijwilligerswerk was en dat ze er geen diploma's voor had, ging haar niet aan.

'Mooi werk. Chinezen vinden het geweldig om van een Europeaan les te krijgen.' Daarbij glimlachte Malinka wat smalend.

Besefte die vrouw niet dat er misschien mensen naast haar stonden die begrepen wat ze zei? Eva voelde zich kwaad worden. Toch hield ze zich in. 'Kinderen maken daarin geen onderscheid. En ik vind het ook belangrijker dat ze iets leren.'

'Daar heb je gelijk in. Kun je aan Bart doorgeven dat het morgenavond een latertje wordt?'

Eva trok haar wenkbrauwen op. Waarom moest zij voor secretaresse spelen? Ging die vrouw niet meer naar de zaak? En anders had ze vast het telefoonnummer van Bart wel. Maar ook nu zei ze niets en knikte ze slechts.

Haar bestelling was klaar en Eva nam het dienblad mee naar een tafeltje ergens achter in de zaak, nadat ze naar Malinka knikte en haar gedag zei. Ze ging expres met haar rug naar de balie zitten zodat het hopelijk duidelijk was dat ze geen gast aan tafel wilde.

De boodschap leek over te komen. Toen Eva een poosje later

voorzichtig over haar schouder keek, zag ze Malinka nergens meer. Opgelucht ontspande ze zich iets. Vanavond zou ze Bart naar die vrouw vragen. In ieder geval om door te geven dat het 'morgenavond een latertje' zou worden.

Ze at langzaam verder en nam een paar slokken cola. Lekker. Niet erg gezond en voedzaam, maar wel lekker. Haar gedachten gingen weer naar Luke. Dat hij op een andere manier vakantie had willen houden, dat kon ze nog wel begrijpen. Dat hij gegrepen werd door de manier waarop de mensen hier leefden en dat zij het waardeerden dat hij hen kwam helpen, was iets wat ze nu zelf ook ervoer. Maar dat hij alleen om die reden hier voorgoed was gebleven, nee, dat ging er bij haar niet in. Ze vond het vreemd.

Een intelligente jongeman die er ook nog eens goed uitzag – hij moest een jaar of dertig zijn geweest toen hij hier ging werken – en alles achter zich liet. Voor niks, noppes, nada. Hij kreeg kost en inwoning bij de familie Lin – waar ook de ouders van Wen bij hoorden – maar verder kreeg hij nauwelijks iets betaald, wist ze inmiddels. Misschien voldoende voor een broek en een jas, maar ook die zagen eruit alsof hij er al jaren in rondliep.

Een mens had niet veel nodig om te leven. Je kon zonder een tv, een goedgevulde klerenkast, zes stoelen en een tafel die je nauwelijks gebruikte. Zelfs een bed was niet noodzakelijk, op een stromatras kon je vast ook slapen, dat wist ze best. Maar het leven dat Luke leidde... Was hij werkelijk zo'n idealist dat hij alles achter zich had gelaten? Of was er meer geweest? Teleurgesteld in de liefde? Een meisje dat hem bedrogen had?

Eva's fantasie ging met haar op de loop. Luke had vast een leuke vriendin gehad. Dat kon haast niet anders. Hij was beslist een aantrekkelijke man, ondanks die verwilderde look. Hij was vriendelijk en goedlachs, had gevoel voor humor en als hij begon te vertellen, vergat je alles om je heen. Ze had al gemerkt dat hij er zijn hand niet voor omdraaide om schoon te maken als het nodig was. Hij kon vast ook koken, en verder kon hij prima met kinderen omgaan. Zo'n man wilde toch iedereen?

Het moest een verbroken relatie zijn geweest die hem hierheen had gebracht. En de reden dat hij nu nog altijd alleen was en bij zijn baas in huis woonde? Hij had geen geld om iets voor zichzelf te zoeken, dat was een heel goede reden. Misschien had hij hier ook al talloze vriendinnen gehad maar was er steeds iets fout gegaan, of had hij de juiste vrouw voor hem nog niet gevonden. Zoiets moest het haast wel zijn. Eva geloofde niet dat hij al die jaren die hij hier woonde als een monnik had geleefd.

Het geluid van haar telefoon haalde Eva uit haar overpeinzingen. Verbaasd keek ze naar het toestel. Ze werd haast nooit gebeld. De enige die haar hier belde was Bart, maar hij belde nooit als hij aan het werk was. Alleen als het nog veel later werd dan acht uur.

Het was Bart. 'Hoi, met mij.'

'Hé. Waar ben je? Nog op school of ben je al thuis?'

'Ik ben op weg naar huis.'

'Mooi. Nog iets leuks gedaan vandaag?'

Waarom vroeg hij dat? De dag was nog niet eens voorbij. 'Is er iets, Bart?'

'Nee, waarom zou er iets moeten zijn?'

'Omdat je normaal nooit zomaar tussendoor belt.'

'Ik wilde je stem even horen. Ik mis je, dat mag toch?'

Eva voelde zich warm worden vanbinnen. Wat lief! 'Natuurlijk mag dat. Lief van je dat je dan even belt. Ik mis jou ook. Ben je een beetje vroeg thuis vanavond?'

'Ik zal het proberen,' beloofde hij. 'Nu moet ik weer snel aan het werk. Tot vanavond. Houd van je.'

'Ik ook van jou. Tot vanavond.'

Het werd die avond wederom acht uur voordat Bart thuiskwam. Zijn belofte leek hij vergeten te zijn. Hij had absoluut moeten blijven om nog iets uit te werken. Eva 'vergat' meteen de boodschap die ze van Malinka door had moeten geven. Ze vertelde helemaal niets over haar ontmoeting met de vrouw.

HOOFDSTUK 10

'Hoe staat het leven in dat koude kikkerlandje?' Eva keek naar het scherm van de iPad waarop haar ouders te zien waren. Ze zaten keurig naast elkaar aan tafel, dicht bij elkaar zodat ze beiden in beeld waren.

'Er ligt al ijs op de sloten en de Elfstedenorganisatie is alweer bij elkaar geroepen. Dat is ook ieder jaar hetzelfde. Zodra het langer dan twee dagen vriest, komen die lui weer bij elkaar,' vertelde John. 'Paniek om niks. In november nota bene.'

'Iedereen weet dat het nu nog lang niet zo hard gaat vriezen. Een winter zoals in '97 krijgen we echt niet meer,' nam Miranda het van haar man over. 'De buurvrouw is weer eens naar het ziekenhuis gebracht omdat ze gevallen is. Ze gleed uit in de badkamer en heeft haar heup gebroken. Natuurlijk heeft ze wel zo'n alarmding, maar dat had ze weer eens niet bij zich. Ik snap niet dat ze haar steeds terug naar huis laten gaan. Ze kan haast niets meer zelf. Zo'n mens is toch rijp voor een verzorgingstehuis? Ik begrijp niet dat ze haar nog alleen laten wonen. Ze vinden haar nog eens dood onder aan de trap.'

Dat herinnerde Eva eraan dat ze naar opa en oma moest vragen. Dat deed ze dan ook meteen.

'Het gaat prima met hen. Opa is weer eens kampioen geworden met zijn team bij koersbal. En oma heeft een breimanie te pakken. Sinds ze Meindert van Olaf en Carolien heeft leren kennen, doet ze niets anders meer dan truien voor dat jochie breien. Aandoenlijk natuurlijk, maar ik betwijfel of zijn moeder hem die truien ook echt zal laten dragen.'

'Is Caro met hem bij opa en oma geweest? Wat vonden ze daarvan?'

'Je vader en ik hadden hun van tevoren verteld hoe het gezin van Carolien eruitziet. Daar snapten ze niet veel van. Als ze maar gelukkig is, vond oma. Nou ja, daar hebben ze eigenlijk ook wel gelijk in. Carolien is hartstikke gelukkig met Olaf. Dat zien wij en dat merk jij toch ook wel als je met haar praat?'

'Nou en of. Ze straalt gewoon,' moest Eva toegeven.

'Hoe staat het met jou? Ben je alweer in verwachting?' Haar moeder was een poosje geleden begonnen met die vraag te stellen. Het was puur belangstelling, dat wist ze wel, maar Eva vond het vervelend dat ze het steeds vroeg.

'Mam, als het zover is, hoor je dat vanzelf. Dat hoef je niet telkens te vragen,' antwoordde ze dan ook. Bovendien had je daar ook een man voor nodig die aandacht aan je besteedde. Tegenwoordig leek Bart dáár zelfs te moe voor te zijn. Als hij zijn bed zag, viel hij prompt in slaap.

'Ik maak me gewoon zorgen om je.'

'Dat is niet nodig. Ik mankeer niets.'

'Weet je het zeker? Het is niet niks om een baby te verliezen.'

Eva hield de glimlach op haar gezicht en zette buiten beeld haar nagels in haar handpalmen. *Fijn. Dank je, ma, dat je me daar even aan herinnert. Komt het niet bij je op dat ik mijn best doe daar niet iedere minuut van de dag aan te denken? Waarschijnlijk niet,* gaf ze zichzelf ook antwoord. Het was goedbedoeld, moest ze maar denken.

Eva begon over haar werk op de basisschool te vertellen en praatte zo over het ongemakkelijke moment heen.

'Het klinkt alsof je daarin echt je ding hebt gevonden.'

'Dat is ook zo. Het is heerlijk werk.'

'Fijn voor je, dan heb je in ieder geval iets omhanden. Doe je de groeten aan Bart? Jammer dat we hem zo weinig spreken. Misschien volgend weekend weer eens?' vroeg John.

'Hij heeft het nu eenmaal druk met zijn werk. Ik zal het hem vragen, dan laat ik jullie nog wel weten of hij tijd heeft om te skypen volgend weekend,' beloofde Eva. 'Tot de volgende keer dan maar. Groetjes aan iedereen.' Eva drukte het scherm van de iPad uit.

Ja, ze zou de boodschap aan Bart doorgeven, maar of het veel zin had wist ze niet. Deze zaterdag was hij ook na een telefoontje van de een of de ander weer naar kantoor vertrokken omdat zijn hulp dringend gewenst was. Eva begon zich haast af te vragen hoe het bedrijf het al die tijd dat hij in Nederland werkte gered had zonder Bart.

De laatste tijd was hij alleen op zondag een hele dag thuis en dat alleen maar omdat hij dan echt niet mocht werken van Eva. Dat was de enige concessie die zij had geëist. Bart leek tegenwoordig zelfs geen tijd meer te hebben om met wie dan ook in Nederland contact te hebben. Zelfs niet met zijn eigen familie, dat nam Eva steeds vaker voor haar rekening. Alsof hij alles en iedereen vergeten was.

Zijn werk leek steeds belangrijker en veeleisender te worden. Vaak genoeg belde hij nu rond halfacht naar huis dat hij het niet ging redden om zelfs om acht uur thuis te zijn en samen met haar te eten. Dan at hij op de zaak wel iets.

Het werd tijd dat ze weer eens stevig met hem praatte over zijn huidige levenswijze. Als hij zo doorging, kwam hij nog eens overspannen thuis te zitten. Het was echt niet normaal om zulke lange dagen te maken.

En over dat andere wilde ze ook met hem praten. Het was nu drie maanden geleden dat ze Lindy hadden verloren. Nog een paar weken, dan zou ze geboren zijn, als alles goed was blijven gaan. Een datum waar Eva enorm tegen opzag. Had Bart dat ook? Maar bovenal: wilde hij niet nog een kind? Zij wel. Ze wilde nog altijd een baby, maar als Bart zo bleef doorgaan kwam daar weinig van.

Carolien had tegenwoordig een kind om voor te zorgen, ook al was dat van een ander en was hij er niet iedere dag. Barts broer Janiek had natuurlijk al drie kinderen. Zelfs Marnix en Gijsje hadden plannen op dat gebied, had ze tijdens hun laatste gesprek met haar broer begrepen.

Eva had het geweldig naar haar zin op de basisschool en wilde dat werk echt wel blijven doen, maar een kindje van henzelf was wat ze werkelijk wilde, haar liefste wens. Ze was zelfs al een stapje verdergegaan en had de mogelijkheden onderzocht hoe ze een baby met haar huidige werkzaamheden kon combineren. Van Liu mocht ze de kleine, als het eenmaal zover was, bij haar schoonmoeder brengen. Voor Mu-Lan was het vast leuk om een ander kindje te leren kennen, had zij gezegd.

Eva had geen idee hoe Bart hierop zou reageren, of hij het met haar eens zou zijn. Hij was zo afwezig de laatste tijd, trok zich steeds meer in zichzelf terug. Of dat met het verlies van Lindy te maken had, wist ze echt niet. Daarover probeerde ze wel met hem te praten, voor zover Bart tijd had of niet te moe was.

Ze had Bart verteld dat ze muziekles ging geven aan de jongste kinderen, hij had er echter nauwelijks op gereageerd. Opnieuw een teken voor haar dat het hem of niet interesseerde, of dat hij het zo druk had dat hij zijn gedachten er niet bij kon houden en dat hij niet eens besefte wat ze hem verteld had.

Een man die wel aandacht aan haar schonk, was Luke. Sinds ze ook tussen de middag op school bleef en meeat, was het contact tussen hen anders geworden.

Hiervoor zagen ze elkaar niet zo heel veel tussendoor omdat Eva immers alleen hier was voor een paar uur in de ochtend. Nu zaten ze echter drie keer per week samen aan tafel – met hen nog een hoop andere vrijwilligers en het echtpaar Lin.

Luke kon goed vertellen en hij was altijd bereid verhalen op te dissen over zijn belevenissen in Engeland, Beijing en nog meer landen waar hij geweest was. Iedereen hing aan zijn lippen als hij aan het woord was.

Ook Eva. Ze vond het heerlijk om naar hem te luisteren, maar hij luisterde ook naar haar. Vooral tijdens de keren dat ze alleen waren. Zo vertelde ze hem over de doodgeboorte van Lindy. Ook stortte ze haar hart bij hem uit over Bart en zijn gebrek aan interesse tegenwoordig.

'Weet je zeker dat er niet iets heel anders aan de hand is?'

Eva keek Luke verwonderd aan. 'Wat zou er dan moeten zijn? Hij heeft het gewoon ontzettend druk met zijn werk.'

'Te druk om aandacht aan zijn mooie vrouw te besteden? Eva, jullie waren juist weer naar elkaar toe aan het groeien. Opeens is dat over en ziet hij je niet meer staan. Komt dat alleen door zijn werk?'

'Waardoor zou dat anders moeten komen? Ligt het soms aan mij? Ben ik te veel met mezelf bezig? Ik weet heus wel dat ik ook druk ben met het voorbereiden van de lessen, en met de Chinese les, maar ik verwaarloos Bart echt niet. Ik ben er altijd als hij thuiskomt. Ik luister naar hem, vraag naar zijn dag en praat met hem. Wat doe ik dan verkeerd?'

'Ik denk niet dat daar de schoen wringt.' Luke keek haar recht aan.

Ze las bezorgdheid en ook iets van... medelijden in zijn blik? Wat miste ze, wat zag ze over het hoofd? Het kwam er niet van om verder door te vragen. Wen kwam naar hen toe gelopen om over een leerling te praten.

Eva ging met wat minder enthousiasme dan gebruikelijk de klas in, maar al snel liet ze haar zorgelijke gedachten varen en genoot ze van de samenzang met de kinderen.

Na afloop van de les zag ze Luke uiteraard niet meer. Hij stond nog voor de klas en gaf les tot het einde van die dag. Misschien lukte het wel om er overmorgen met hem verder over te praten.

Zijn opmerking dat er wellicht een heel andere reden was voor Barts desinteresse, liet haar op weg naar huis niet meer los. Wat kon er aan de hand zijn? Was hij ziek? Was hij zonder haar iets te vertellen naar een arts geweest en had hij te horen gekregen dat hij ongeneeslijk ziek was? Of werd hij binnen afzienbare tijd ontslagen en probeerde hij nu te redden wat er te redden viel? De economische crisis greep om zich heen. Zelfs sterke bedrijven en grote landen ontkwamen daar niet aan.

Twee scenario's die niet helemaal denkbeeldig waren. Aan beide situaties was niet veel te doen. Tegen ziekte kon je je laten behandelen, voor zover het behandelbaar was. Tegen ontslag was vaak niet zo heel veel meer te doen dan protest aantekenen, maar ontslagen worden was niet het einde van de wereld.

Oké, in hun geval zouden ze terug moeten naar dat andere eind van de aardbol, maar een ramp was dat toch niet? Daar kwamen ze wel weer overheen. Belangrijker vond Eva het dat ze beiden gezond waren en dat ze van elkaar hielden. Wat kon er dan zo erg zijn dat Bart er zo over piekerde dat hij geen oog meer had voor haar en zijn familie?

Dit weekend zou er een feest zijn op de zaak van Bart. Daar zouden ze heen gaan. Misschien kwam ze dan meer te weten. Als het slecht ging met het bedrijf en het kantoor hier in Beijing moest inkrimpen, hoorde ze dat vast wel op de feestavond. Op dergelijke avonden kwamen de roddels en het ongenoegen van het personeel meestal los.

Eva nam zich voor haar ogen en oren op dat feest goed de kost te geven. Misschien kon ze zelfs eens met die Malinka praten en haar polsen. Een secretaresse wist vaak meer en eerder wat er speelde dan de rest van het personeel.

Die avond waagde ze het erop met Bart te praten over wat hem dwarszat. Hij was deze keer zelfs vroeg thuis voor zijn doen, om zeven uur al. Hij leek iets minder in zichzelf gekeerd dan normaal het geval was.

'Smaakt het eten?' begon ze.

'Ja hoor. Heb je er iets anders mee gedaan?'

'Niet dat ik weet. Proef je iets anders dan?'

'Geen idee, maar omdat je het zo specifiek vraagt.'

'Dat was een manier om een gespreksopening te vinden.'

Bart keek op van zijn bord en trok zijn wenkbrauwen vragend op.

'Je bent de laatste tijd niet zo heel erg goed te bereiken,' ging Eva verder.

'Is dat zo?'

'Nogal. Is er iets aan de hand, Bart? En kom alsjeblieft niet aan met het verhaaltje dat het erg druk is op de zaak. Dat is echt niet de enige reden waarom je tegenwoordig zo afwezig bent.'

'Het ís druk op de zaak, Eef. Dat is geen verhaaltje. Ook wij zullen alles op alles moeten zetten om te overleven. De crisis gaat echt niet aan ons voorbij. Niet meer.'

Dus toch zijn werk. 'Is het zo ernstig, Bart? Is het kantoor hier in gevaar? Moeten ze inkrimpen? Gaat het zo slecht?'

'Slecht... Ach, wat heet slecht,' krabbelde hij nu iets terug. 'We moeten er hard aan werken om te laten zien dat wij een belangrijke speler zijn op de markt. Dat kost tijd en inzet. Ik dacht dat je dat wel zou begrijpen.'

'Natuurlijk begrijp ik dat. Ik maak me alleen zorgen om jou. Je hebt haast geen tijd meer voor dingen die niet met je werk te maken hebben. Dan bedoel ik het contact met je ouders en je broer, maar ook ons contact. Het ontbreken daarvan. Denk jij nooit eens aan een baby? Het is bijna drie maanden geleden dat... Ik wil zo graag een kindje van ons beiden, Bart.'

'Een baby, ja, dat wil ik ook wel.' Hij zuchtte diep en streek door zijn haren. 'Ik zal mijn ouders dit weekend eens een berichtje sturen. Je hebt gelijk, ik heb hen schandalig verwaarloosd. En jou ook.' Hij glimlachte en stak zijn hand naar haar uit. 'Vanavond is van ons. Daar komt geen werk meer tussen.'

Eva liep om de tafel heen en ging bij hem op schoot zitten. Hij kuste haar overtuigend genoeg om het eten en alles om hen heen te doen vergeten.

De nieuwe jurk die ze had gekocht stond haar schitterend, al zei ze het zelf. De strakke belijning van de nachtblauwe strapless jurk toonde haar slanke figuurtje en stak scherp af bij haar lichte huid en blonde haren.

Eva was flink wat gewicht kwijtgeraakt na de bevalling van Lindy, niet in de laatste plaats door het verdriet en de spanningen van de weken erna. Hoewel ze voldoende at, waren de kilo's er niet meer aangekomen. Op dit moment vond ze dat helemaal niet erg.

Ook Bart leek die mening te delen. Hij nam haar van top tot teen op en klakte bewonderend met zijn tong. 'Een plaatje. Echt waar. Er zullen vanavond heel wat vrouwen jaloers op je zijn.'

Eva bloosde genietend en kuste hem voorzichtig. 'Lief van je.'

'Ik meen het echt, Eefje. Je ziet er schitterend uit.'

Als ze zijn ogen mocht geloven, deed ze dat inderdaad. 'Help me eens met die halsketting.' Ze hield hem het korte parelcollier voor dat ze vanavond wilde dragen. Het paste bij de eenvoud van de jurk die ze droeg. Eva draaide zich met haar rug naar hem toe en voelde zijn warme handen tegen haar hals.

Over haar schouders droeg ze een bijpassende zijden sjaal tegen de avondkilte. Een zilverkleurig tasje maakte het geheel af. Zij was helemaal klaar voor het feest.

Bart droeg een zijden smoking, handgemaakt, die hem perfect op het lijf gesneden was. Wat was hij toch een knappe man, ging het door haar heen. Er zouden heel wat vrouwen jaloers op háár zijn vanwege Bart. Vanavond zou ze niet van zijn zijde wijken en iedereen laten zien wat een mooi en gelukkig koppel zij vormden.

Bart had een taxi besteld om er zeker van te zijn dat ze vervoer hadden. De chauffeur hield galant de deur voor Eva open zodat ze in kon stappen, de lange rok van haar jurk zorgvuldig vasthoudend. Bart ging naast haar zitten en vertelde de chauffeur waar ze heen moesten. Gedurende de hele rit hield hij haar hand vast.

Een halfuurtje later waren ze bij het restaurant waar het feest zou plaatsvinden. Het mocht dan crisis zijn, de firma had kennelijk kosten noch moeite gespaard om het feest tot een succes te maken. Aan de toplocatie zou het in ieder geval niet liggen.

Aan de arm van Bart schreed ze haast de zaal binnen. Ze werden gezien, dat was zeker. Heel wat hoofden werden naar hen omgedraaid. Er werd naar hen gekeken en geknikt.

Bart knikte glimlachend terug en begroette hier en daar wat mensen. Hij stelde Eva voor aan deze en gene terwijl zijn hand bezitterig halverwege haar rug bleef liggen.

Van de meeste mensen vergat Eva direct de naam weer. Het waren er ook zo veel, de ene naam klonk nog exotischer dan de andere. Stuk voor stuk kwamen de eigenaren uit andere landen dan Nederland. Veel Chinezen, maar nog veel meer andere nationaliteiten.

Na de eerste kennismakingsronde begon er een bandje te spelen.

Moderne, rustige muziek om te beginnen. De directeur hield een korte toespraak in het Engels, waarna er een bescheiden applaus klonk. Het feest en het bijbehorende buffet waren geopend.

Eva liep met Bart mee van het ene groepje naar het andere. Overal maakte hij een kort praatje, of werd hij zelf aangesproken. Er werd nadrukkelijk niet over het werk gepraat.

Eva keek om zich heen naar de andere vrouwen en mannen, die stuk voor stuk tiptop waren gekleed, en ze voelde onwillekeurig een zekere gêne. Dit hier was wel het toppunt van decadentie. De meeste vrouwen waren uitgedost in jurken die, net als die van haar, een vermogen kostten, en waren behangen met juwelen en zware gouden sieraden en bespoten met dure parfums. Veel mensen hadden zich ongetwijfeld door een gehuurde limousine hier laten afzetten om aan het einde van de avond weer opgehaald te worden – ook weer net als zijzelf.

Op de tafels aan de zijkant van de zaal stond een enorme hoeveelheid aan hapjes en lekkernijen opgesteld. Hiervan zou de school heel wat maanden kunnen eten, dacht Eva. Wat deed ze hier eigenlijk? Wat kostte een dergelijk feest wel niet? Als het werkelijk zo slecht ging, waarom werd er dan een kapitaal uitgegeven om dit feest te organiseren? Zou het dan niet veel humaner zijn geweest om datzelfde geld aan een goed doel te spenderen en daar aandacht voor te vragen? Of dacht ze nu veel te idealistisch? Had ze te vaak naar de verhalen van Luke geluisterd?

Ze zag meteen het afkeurende gezicht van Luke voor zich als ze hem zou vertellen over dit feest. Iets in haar kwam daartegen in opstand. Toch niet iedereen hoefde nederig en armoedig te leven alleen omdat Luke dat deed? Omdat zij op een armenschooltje werkte, betekende dat nog niet dat ze zelf ook in armoede gedompeld moest gaan. Dat kon en zou vast niemand van haar eisen.

Maar tussen armoede en de hier aanwezige welvaart zat niet één maar zaten vele werelden van verschil. Bijna was ze geneigd weg te lopen, ware het niet dat Barts hand nog altijd op haar rug lag en haar op die manier naast hem hield.

In de menigte ontdekte ze op een bepaald moment ook Malinka

Fedotov. Ze had haar koperkleurige haren opgestoken in een hoge wrong waaruit speelse krullen ontsnapten. Een waar kunstwerk, evenals de jurk die ze droeg: strapless, met een strak gesmokt lijfje en een wijd uitlopende lange rok. Hij was van een diepgroene kleur, glanzend als zijde. Haar iets getinte huid was vrij van sieraden, wat in Malinka's geval niet echt een gemis was. De vrouw straalde een natuurlijke schoonheid uit die zelfs de fraaiste diamanten bij haar in het niet zou doen vallen.

Nu was het Eva die een steek van jaloezie door zich heen voelde gaan. Niet alleen de andere mannen in haar omgeving, maar ook Bart had de tengere vrouw opgemerkt die kennelijk pas net binnen was gekomen. Ze voelde hem naast zich verstrakken en keek even verwonderd opzij naar haar man. 'Ken je haar?' vroeg ze op gedempte toon.

'Ja, natuurlijk.' Het kostte hem zichtbaar moeite om zijn ogen van het frêle figuurtje in het groen weg te rukken. 'Ze werkt bij ons op de zaak.'

'Is zij je secretaresse?'

'Secreta… Laat haar dat maar niet horen. Nee, Malinka is niet bepaald een secretaresse. Ze is adviseur Chinese Zaken van ons kantoor hier in Beijing. Een waardevolle kracht die weet waarover ze praat. Ze woont al enkele jaren in Beijing.'

'O, is ze daar niet een beetje jong voor?'

'Jong? Ja, dat is ze inderdaad. Net zesentwintig.'

Malinka zag Bart, haar gezicht leek zelfs iets op te lichten. Ze zei iets tegen de man die naast haar stond en kwam daarna naar hen toe gelopen. Nee… niet naar hen, alleen naar Bart. Eva had ze nog geen blik waardig gekeurd, alsof ze haar niet eens had gezien.

Eva ging expres wat dichter bij Bart staan en stak haar arm door de zijne zodat Malinka haar wel moest zien. Even leek er een schok door de jonge vrouw heen te gaan. Ze aarzelde bij de volgende stap, maar liep toch door.

Bart keek even verwonderd van Malinka naar zijn vrouw, maar Eva glimlachte fijntjes. Hij stak beide handen uit om de ander te begroeten en kuste haar zelfs op haar wangen. 'Malinka, wat fijn dat je er bent. Je ziet er betoverend uit. Mag ik je voorstellen aan mijn vrouw. Eva. Malinka.'

Malinka liet niet merken dat ze Eva al kende en ook Eva gaf geen blijk van herkenning toen ze elkaar de hand schudden. 'Aangenaam kennis met je te maken. Ik hoor net van mijn man dat je China-deskundige bent. Dat lijkt me een interessant beroep.'

Malinka glimlachte vriendelijk. 'Inderdaad, dat is het ook.'

'Malinka is zeer belangrijk voor het bedrijf, maar volgens mij weten wij haar wel op de juiste waarde te schatten.' Bart glunderde en opnieuw vroeg Eva zich af wat er met hem aan de hand was.

HOOFDSTUK 11

De ochtend na het feest bleef Bart op bed liggen. Hij was volgens eigen zeggen moe en voelde zich niet erg lekker.

Eva weet het aan een teveel aan drank. De hele avond hadden er obers en serveersters rondgelopen met volle dienbladen waarop wijn, bier, water en frisdrank voor het grijpen had gestaan. Bart had zijn lege wijnglas met enige regelmaat voor een vol glas verwisseld.

Eva had de hele avond water gedronken. Dit keer nam ze helemaal geen risico voor het geval ze achteraf zwanger bleek te zijn. Die eerste keer had ze niet geweten dat ze al in verwachting was geweest terwijl ze toch had gedronken. De hartafwijking kon in theorie veroorzaakt zijn door het gebruik van alcohol. Ook al was één glas niet echt risicovol, zekerheid daarover had ze niet.

Ze zat op de bank met haar benen onder zich getrokken en een beker thee in haar handen. Buiten was het verrassend helder en zelfs de bergen in de verte waren vrij duidelijk te zien. Of het ook hard waaide, kon Eva vanaf hier niet zien. Vannacht was het in ieder geval behoorlijk koud geweest en had er een kille wind gestaan. De winter was ook hier in aantocht.

Haar gedachten dwaalden terug naar gisteravond. Een paar dagen geleden had ze nog gedacht dat Bart zich zorgen maakte over zijn werk of zijn gezondheid. Inmiddels had ze een heel ander idee gekregen over de reden van zijn geestelijke en lichamelijke afwezigheid van de laatste tijd. Een reden die misschien best eens Malinka Fedotov kon heten. Het was nog maar een vermoeden, maar ze had met eigen ogen gezien hoe Bart aan haar lippen hing. Net als heel veel andere mannen overigens.

Had hij iets met die vrouw? Was hij daarom een paar keer per week pas tegen een uur of tien thuis? Was zij de reden dat Bart haast niet meer naar zijn eigen vrouw omkeek?

Lukes gedachten waren ook die richting uit gegaan, vermoedde Eva nu. Daarom had hij vast zo vol medelijden naar haar gekeken. Was dat typisch iets voor mannen? Vreemdgaan? Niet helemaal, er was immers ook een vrouw bij betrokken, dus er waren vast ook legio vrouwen die vreemdgingen.

Of deed Bart dat niet? Maar waarom was hij dan zo vaak zo heel laat thuis? Ze had nog met vrouwen van zijn collega's gepraat, gisteravond, en zo onopvallend mogelijk geïnformeerd naar de werktijden van hun mannen. Haast niemand maakte het later dan acht uur. Was het dan niet duidelijk genoeg dat Bart iets heel anders deed dan werken?

Hij werkte vaak over en hij had haast geen aandacht meer voor haar. Hij was afwezig zonder dat er een aanwijsbare reden voor was. Wat voor tekenen had je nog meer nodig om zekerheid te hebben over de ontrouw van je man? Zou ze het aan Bart vragen? Kon ze dan een eerlijk antwoord van hem verwachten?

Bart was er de man niet naar om te liegen of te bedriegen. Daar hield hij absoluut niet van, op zakelijk gebied en op privégebied niet. Toch had ze nu voldoende redenen om aan te nemen dat hij tegen haar loog en haar bedroog.

Mannen die thuis niets tekortkomen, hoeven het ook niet bij een ander te zoeken. Een uitspraak die gemakkelijk gedaan werd als iemand zijn vrouw of zijn vriendin had bedrogen. En nu zat ze zelf in die hoek.

Kwam Bart inderdaad iets tekort? Op seksueel gebied, of ook op andere gebieden? Was zij er niet vaak genoeg voor hem? Was hij niet gelukkig met haar? Eva was van mening dat ze juist heel erg goed voor haar man zorgde. Dat ze voldoende aandacht voor hem had. Ze was er altijd als hij thuiskwam. Ze kookte wat hij lekker vond, hield rekening met wat hij wilde zien op tv. Ze nam de tijd om met hem te praten over van alles en nog wat.

Was het niet andersom en was Bart niet degene die minder aandacht voor haar had? Al sinds de geboorte van Lindy. Hij had haar die eerste weken gemeden. Maar dat hadden ze toch uitgepraat? Of was de verwijdering tussen hen juist in die periode ontstaan? Had hij toen al contact gezocht met die andere vrouw?

Vertwijfeld schudde ze haar hoofd. Zo kwam ze er niet uit. Ze kon blijven gissen en gokken tot ze er gek van werd. De enige die hier een duidelijk antwoord op kon geven was Bart Meeuwissen. Maar wilde ze wel een antwoord? Wilde ze wel van hem horen dat hij zijn heil bij een andere vrouw zocht? Hij was toch lief voor haar? Hij ging nog met haar naar bed, al was die frequentie tot minder dan één keer per twee weken gedaald.

Kon ze niet net doen alsof ze niets in de gaten had? Haar ogen sluiten voor wat hij deed? Als hij haar inderdaad bedroog met die vrouw, zou ze bij hem weg moeten gaan. Je bleef toch niet bij een man die je bedroog?

Ze kende niemand aan wie ze raad kon vragen. Carolien zou ongetwijfeld meteen roepen dat ze bij Bart weg moest gaan. Dat ze hem nooit vertrouwd had. Nee, haar zus had hem nooit gemogen, dit zou olie op haar vuur zijn. Carolien was niet de juiste persoon om deze vraag aan te stellen.

Met wie kon ze er dan over praten? Met Liu? Hoe keken Chinese vrouwen tegen overspel aan? Kenden zij niet van oudsher een geschiedenis waar het heel normaal was dat zelfs de keizer meerdere vrouwen had? Misschien werd het wel gezien als een vorm van rijkdom, wanneer een man er naast zijn vrouw nog een vriendin op na hield, en hoorde het bij de cultuur hier. Moest ze het dan maar zonder meer accepteren?

Verder kende ze hier geen vrouwen met wie ze vertrouwelijk omging en met wie ze erover kon praten. Eigenlijk niemand, bedacht ze nu. Op Liu na dan.

Had ze zo'n triest en eenzaam leven? Nee, kon ze zichzelf volmondig antwoord geven, een triest en eenzaam leven had ze zeer zeker niet. Ze voelde zich juist erg gelukkig, tot nu toe dan.

'Eef,' klonk het vanuit de slaapkamer.

Langzaam en met een dubbel gevoel kwam ze omhoog. Eva bleef in de deuropening van de slaapkamer staan. 'Wat is er?'

'Wil je wat thee en een beschuit voor me maken?' antwoordde Bart op zielige toon.

'Er is geen beschuit, je zult het met brood moeten doen. Ik rooster wel een boterham,' mompelde ze en ze draaide zich abrupt weer om. Ze kon nog net de neiging onderdrukken de deur hard achter zich dicht te trekken. Bart zou niet weten wat hem overkwam. Hij had vast niet in de gaten dat ze hem doorhad.

Opeens kreeg ze een idee. Gehaast maakte ze thee voor hem en besmeerde ze een geroosterde boterham met een dun laagje jam. Barts mobiel zat natuurlijk in het colbertje dat hij gisteravond gedragen had, en dat hing nog in de woonkamer op een stoel. Als er ergens een bewijs te vinden kon zijn dat hij een verhouding had met die Malinka, dan was dat op zijn mobiel. Zo ging het toch altijd?

'Alsjeblieft, roep maar als je nog iets nodig hebt.' Ze zette het dienblad op zijn nachtkastje en wachtte niet af of hij in staat was het eten eraf te pakken. Waarom zou ze medelijden met hem hebben? Het was zijn eigen schuld dat hij een kater had.

Eva trok de deur zorgvuldig achter zich dicht en liep direct naar het colbertje. Ze beklopte de zakken tot ze het toestel gevonden had. Met de iPhone in haar handen bleef ze staan. En nu? Kon hij zien dat ze zijn berichten had gelezen? Nee toch?

Zelf had ze ook een iPhone, dus wist ze hoe het toestel werkte. Fijn, hij had er een code op gezet. Vier cijfers, hoe moeilijk kon dat zijn? Ze begon met zijn geboortejaar en de maand. Toen dat niet werkte, de dag en de maand. Weer mis. Die van haar dan. Daarna probeerde ze die van Lindy. Opnieuw verkeerd. Ze kon negen keer de foute code intikken; bij de tiende foute code wiste het toestel automatisch de gegevens. Althans, die optie zat erop. Of Bart die ook had ingeschakeld, wist ze natuurlijk niet. Ze had niet eens geweten dat hij zijn toestel van een cijferslot had voorzien. Ze had dus nog vier pogingen over.

Bij de negende poging had ze prijs. Welke code ze precies had ingetoetst wist ze niet eens meer. Eva had lukraak wat cijfers ingetikt. Niet echt handig. Maar ze was in ieder geval binnen.

Snel zocht ze de map ontvangen berichten op. Misschien had zijn vriendinnetje hem wel sms'jes gestuurd. Ze scrolde erdoorheen maar kwam niets tegen wat op een minnares leek.

WhatsApp? Als ze die activeerde, kon Bart zien wanneer hij voor het laatst online was geweest. Toch klikte ze die app aan. Ze moest het weten. En als hij er later vragen over stelde, zou ze hem de waarheid vertellen.

Er kwamen meteen al een paar berichten binnen. Prijs! Gelukkig had hij ingesteld dat het toestel geen geluid maakte bij het binnenhalen van de berichtjes, anders had Bart nu al gehoord dat zij met zijn telefoon bezig was. Stom dat ze daar niet eerder aan had gedacht. Het was niet de bedoeling dat hij haar met zijn telefoon in de hand betrapte. Eva ging snel met het toestel naar de keuken zodat hij zeker niets meer zou horen.

Ook hier keek ze de ontvangen berichten door. De enige contactpersoon die openstond was MF. Was dat Malinka Fedotov? Geen foto, alleen een nummer. Haastig krabbelde Eva dat op een stukje papier.

De berichten die ze had gestuurd spraken voor zich:

Mis je.

Ben je er vanavond ook?

Komt zij mee?

Hebben we tijd samen?

En vanochtend had ze er ook alweer een paar gestuurd:

Wat zag je er heerlijk uit.

Spreken we snel weer af?

Eva drukte de app weg en zette de telefoon uit. Alle gevoel leek uit haar te zijn verdwenen. Ze voelde hoe een ijzige kou bezit van haar nam. Het was dus echt waar. Haar man bedroog haar met een ander. Of ze moest zich wel heel erg vergissen en iemand met een ziekelijk gevoel voor humor stuurde hem dergelijke berichten.

Staand bij het aanrecht staarde ze naar de muur waaraan een fraai schilderij hing van een Chinese dame in kimono, de haren strak opgestoken in een hoge wrong, vastgezet met een paar stokjes. Ze hield een parasol in de hand en keek met een dromerige blik in de verte. Was ze gelukkig? Naar wie keek ze? De kimono en de witte make-up van de vrouw impliceerde volgens Eva dat het een prent uit lang vervlogen tijden was. Was zij een concubine geweest? Een bijvrouw?

Hoe had zij zich gevoeld? Als een van de velen? Haar minnaar had vast een vrouw met wie hij officieel getrouwd was. Hoe zat dat eigenlijk in die tijd? Concubines genoten in die tijd een bepaald aanzien, net zoals de maîtresses van de koningen in het middeleeuwse Frankrijk.

De volgende emotie die haar besprong was verdriet. Daarna walging. Het voelde alsof ze tot in het diepst van haar wezen vernederd was door Bart en die vrouw. Maar ze voelde vooral ongeloof en verbijstering.

Waarom had Bart iets met die vrouw? Had hij niet genoeg aan haar? Gezien de berichten op WhatsApp, die dateerden vanaf half september, moest dit al geruime tijd aan de gang zijn. Als ze zich niet vergiste was het eerste berichtje zelfs gestuurd in de week waarin Bart en zij voor het eerst na het overlijden van hun dochtertje weer een goed gesprek met elkaar hadden gehad.

Opeens werd ze misselijk. Met haar hand tegen haar buik gedrukt strompelde ze naar het toilet en ze gaf over tot haar maag helemaal leeg was. Verdwaasd bleef ze zitten. Tranen vermengden zich met snot en slijm. Met een dot wc-papier veegde ze haar gezicht schoon. Ze gooide het papiertje in het emmertje dat naast het toilet stond.

Nu de misselijkheid was verdwenen, kwam de woede. De vuile schoft! Hoe had hij dit kunnen doen? Net na Lindy nota bene. De smerige huichelaar! Nog veel meer scheldwoorden kwamen naar boven. Ze was in staat zijn gezicht open te krabben als ze hem nu zou zien. Als hij het waagde om nu naar het toilet te komen en te vragen wat er aan de hand was, zou ze hem vol in zijn gezicht gooien wat ze zojuist had ontdekt. Ze zou hem aanvliegen, hem slaan, schoppen. Pijn doen vooral. O, wat zou ze hem graag pijn willen doen! Hij verdiende het te voelen wat zij nu voelde.

Toch deed ze niets van dat alles en bleef op de vloer van het toilet zitten. Huilend liet ze zich tegen de muur zakken. Hoe had hij dit kunnen doen? Besefte hij dan niet dat hij hiermee hun huwelijk kapotmaakte? Dat alles wat er tussen hen was geweest nu niets meer voorstelde? Hun leven was gebaseerd op een leugen. Hij had het willens en wetens kapotgemaakt!

'Je ziet eruit alsof jij nu ziek bent. Voel je je niet lekker?' Bart was die avond uit bed gekomen om iets te eten. Hij voelde zich naar eigen zeggen een stuk beter. Een hele dag rust had hem goedgedaan.

Eva voelde zich daarentegen een zombie. Ze wist dat ze er vreselijk uitzag. Bleek en met roodomrande ogen. Gelukkig kreeg ze niet zo'n opgeblazen vlekkerig gezicht van het huilen zoals sommige vrouwen. De schade bleef bij haar beperkt tot rode, waterige ogen.

Ze snifte bij wijze van antwoord en snoot haar neus. 'Ik denk dat ik gisteravond een kou heb gevat toen we naar huis gingen.'

'Dat verbaast me niets. Het was ook vreselijk koud. Ga lekker vroeg naar bed,' stelde Bart voor. 'Ik ruim het hier wel op. Een goede nachtrust doet wonderen.'

Eva grimaste naar hem. Bart en opruimen. Dat was een combinatie die meestal niet werkte. Toch zou ze doen wat hij voorstelde. Laat hem maar lekker alleen aanmodderen. Ze had er totaal geen behoefte aan om vanavond naast elkaar op de bank te moeten gaan zitten en mooi weer te spelen.

De woede had ze ingeslikt, het verdriet weggemoffeld. Ze wist nog niet wat ze met de pas ontdekte informatie ging doen. Daarover moest ze nog eens heel goed nadenken. Als hun huwelijk voorbij was, was het hier ook gedaan, dan moest ze terug naar Nederland.

En hoe ging het dan verder met haar? Naar hun huis kon ze niet, dat werd immers verhuurd voor vier jaar. Naar haar ouders wilde ze evenmin. Eva wist zeker dat ze die medelijdende blikken en goedbedoelde opbeurende opmerkingen niet zou kunnen verdragen.

Een baan had ze niet meer. Geen huis, geen groot sociaal netwerk dat haar op kon vangen. Geen geld. Had ze eigenlijk recht op alimentatie? Hoe ging dat in zijn werk?

Het huis zou vast verkocht moeten worden, dat stond immers op hun beider naam. Moest ze een uitkering aanvragen? Hoe kwam ze aan een woning als ze niet eens ergens ingeschreven stond?

De firma van Bart hielp expats als ze naar het buitenland vertrokken. Hielpen ze ook bij een scheiding in datzelfde buitenland?

'Eefje? Waar zit je met je gedachten? Ik heb al twee keer aan je gevraagd of je nog een toetje wilt.'

Ze keek hem verdwaasd aan. Een toetje? Kon hij op dit moment aan eten denken? Haar eigen bord lag nog vol met het eten dat ze een beetje heen en weer had geschoven op het bord. Ze had geen hap door haar keel kunnen krijgen. Op dat moment besefte ze pas dat Bart er geen weet van had waar zij in gedachten mee bezig was. Hij had geen idee wat zij vandaag ontdekt had.

Voorlopig zou ze hem ook niet wijzer maken. Eva wilde zich eerst beraden op de volgende stappen. 'Ik ga naar bed, als je het niet erg vindt. Ik neem de logeerkamer wel, anders houd ik je straks maar uit je slaap met mijn gehoest.' Om haar woorden kracht bij te zetten, begon ze overdreven te hoesten. Ze ging zo tekeer dat ze er spontaan een echte hoestbui van kreeg.

'Kruip inderdaad maar snel in bed. Moet ik je straks nog iets komen brengen? Thee? Iets van sap?'

'Nee, dank je.' Haar stem klonk nu zelfs hees. 'Ik drink wel wat water.'

HOOFDSTUK 12

Eva was blij dat ze de volgende dag naar haar werk kon. Dat verzette tenminste haar gedachten een beetje. Op de school hoefde ze niet constant aan die ellendige Bart te denken, zoals ze de hele nacht had gedaan.

Voordat hij zelf ging slapen, was hij nog even bij haar komen kijken. Eva had zich slapend gehouden, ook toen hij naast haar op het bed kwam zitten en zacht met een vinger een lok haar van haar voorhoofd streek. Ze kon nog net een rilling onderdrukken. Als het aan haar lag, sliep ze voortaan altijd in de logeerkamer. Alleen! Dat hoesten hield ze er voorlopig nog even in.

Deze ochtend had ze, op zijn vraag of ze niet beter in bed kon blijven liggen, gemompeld dat ze zich goed genoeg voelde om naar de school te gaan. Vanmiddag kon ze weer in bed kruipen als het echt nodig was.

'Gaat het wel goed met jou?' wilde Luke in de speelpauze weten. 'Je ziet eruit als een dweil.'

'O, nou, dank je wel, hoor. Nu voel ik me echt een stuk beter.'

'Ik geef geen loze complimentjes, dat moest je nu toch weten. Ben je ziek? Dan kun je beter terug naar huis gaan voordat je de hele school aansteekt.'

'Nee, ik ben niet ziek. Was dat maar zo, dan was ik er over een paar dagen van af,' mompelde ze somber. Het contact met de kinderen had haar humeur aanzienlijk verbeterd, maar nu Luke er iets van zei, kwam de verontwaardiging en het verdriet weer in volle hevigheid terug.

Luke deinsde achteruit en hief afwerend zijn handen op. 'Zo, ik hoop niet dat je boos bent op mij.' Op zijn gezicht lag een plagende grijns.

Eva zuchtte diep en schudde haar hoofd. 'Niet op jou.'

'Op wie dan?'

'Kun je je ons gesprek van donderdag nog herinneren? Over Bart en zijn geestelijke afwezigheid?'

'Hm-mm.'

'Ik weet wat er aan de hand is,' ging ze op gedempte toon verder.

Op dat moment kwam er een meisje huilend naar haar toe gerend. Eva bukte zich en ving het kind op in haar armen. 'Wat is er aan de hand?' vroeg ze in het Chinees.

Snikkend en stotterend begon het kind te vertellen. Eva verstond er nog niet de helft van, maar begreep wel dat een grote jongen haar omver had gelopen. Ze nam het kind mee naar de keuken en maakte daar haar geschaafde knieën schoon.

Tijdens de middagpauze kwam Luke terug op hun gesprek. 'Wat heb je ontdekt over je man?'

'Ik denk datgene waar jij al voor vreesde.' Ze durfde het niet uit te spreken.

'Heeft hij een ander?' begreep Luke.

Eva knikte. 'Ik kwam erachter op de feestavond van het bedrijf. Of beter gezegd, ná de feestavond. Maar die avond merkte ik al wel dat er iets speelde tussen hem en die... die meid.'

'Is ze knap?'

Eva keek hem geschokt aan. 'Ja... Ja, ze is knap. Denk ik.'

'Knapper dan jij bent?'

Ze kleurde onder de intense blik waarmee Luke haar nu aankeek. 'Dat vind ik geen leuke opmerking,' mompelde ze.

'Het was ook niet grappig bedoeld. Jij bent een aantrekkelijke vrouw, Eva. Heel aantrekkelijk, lief, intelligent, en zo kan ik nog wel wat goede eigenschappen opsommen. Je man moet wel een grote stommeling zijn als hij jou laat schieten voor een ander. Of die ander moet meer te bieden hebben.'

'Luke!' riep ze verontwaardigd. 'Wat is dat nou weer voor een rotopmerking?'

Wen en Shu keken hun richting uit. Luke maakte met een gebaar duidelijk dat er niets aan de hand was en trok Eva mee een eindje uit de buurt van de rest.

'Je weet dat je een mooie vrouw bent, Eva. Ga me nu niet vertellen dat jouw man je dat nog nooit heeft verteld. En anders heb je het vast wel gemerkt aan de reacties van andere mannen als ze jou voor het eerst zien.' Opnieuw keek hij haar strak aan.

Eva voelde zich helemaal warm worden, en verward. Waarom deed hij nu zo? Was dit zijn manier om haar een hart onder de riem te steken?

'Als je mijn vrouw was, zou ik je nooit zo bedriegen. Je verdient beter, zeker na wat je allemaal hebt meegemaakt. Juist daarom al zou die kerel van je bij jou moeten blijven, je op handen moeten dragen. Dus of hij is gek, of die ander heeft hem meer te bieden.'

'W-wat bedoel je daar nu weer mee? Wat moet zij meer te bieden hebben? Op wat voor gebied?'

Luke haalde zijn schouders op. 'Dat kan op allerlei gebieden zijn. Seks is over het algemeen een heel belangrijke reden voor mannen om vreemd te gaan.'

Eva werd zo mogelijk nog roder. Hoe durfde hij zo tegen haar te praten? Wat een onbeschaamdheid! Aan de andere kant: dit was Luke, die nam geen blad voor de mond. Hij zei precies waar het op stond. Eerlijk en direct.

'Seks dus, maar ook status. Wat kan die vrouw voor hem betekenen? Zorgt een relatie met haar ervoor dat hij hoger op de ladder komt te staan? Ze is aantrekkelijk, vrij, mag ik hopen, en vast jonger dan jij.'

Eva schudde verward haar hoofd. 'Seks, status? Riskeer je daar je huwelijk voor?'

'Niet als je van elkaar houdt. Je vertelde laatst van de moeilijkheden tussen jullie na wat er met jullie baby is gebeurd.'

'We hadden niet echt moeilijkheden. Bart sloot zich af voor mij. Hij wilde niet met mij over Lindy praten, omdat hij zichzelf verweet dat hij me mee naar Beijing had genomen terwijl ik zwanger was. Daarin zag hij de oorzaak van de veel te vroege geboorte.'

'Onzin. Ieder weldenkend mens weet dat dat geen reden kan zijn voor een aangeboren hartafwijking.'

'Nou ja, zo voelde hij dat. Later begreep hij ook wel dat die verhuizing hierheen inderdaad niet de oorzaak kon zijn.'

'Weet je zeker dat hij je bedriegt? Heb je bewijzen gevonden?'

'Dat kun je wel zeggen. Ik heb in zijn telefoon gekeken en berichten van haar gevonden. Hij had al contact met haar kort na de doodgeboorte van Lindy. Toen al zocht hij zijn heil bij haar. En ik dacht nog wel...' Ze kon niet verder praten door het verdriet dat opeens in volle hevigheid weer toesloeg. Met haar hand tegen haar mond gedrukt om de snikken tegen te houden, draaide ze zich van Luke weg. Hij hoefde haar verdriet niet te zien. Het was al erg genoeg dat hij wist van Barts ontrouw. Vernederend gewoon. Seks, daar ging het vast om.

Ze voelde een paar handen om haar schouders die haar zacht omdraaiden en haar tegen een stevige borstkas drukten. Eva liet zich de troostende woordjes en het strelen van haar haren en rug welgevallen. Het voelde goed. Eindelijk iemand die haar begreep.

Na een poosje werd ze wat rustiger en maakte ze zich los uit zijn armen. 'Sorry,' mompelde ze. Ze vermeed het hem aan te kijken en zocht in haar broekzak naar een zakdoek.

Luke stak haar een groot, wit exemplaar toe zodat ze haar tranen kon drogen. Ze aarzelde even maar snoot toen haar neus. 'Ik was hem wel uit. Je krijgt hem schoon van me terug.'

'Best, hoor. Gaat het weer een beetje?'

Eva knikte.

'Wat ga je nu doen?'

Ze haalde haar schouders op.

'Heb je hem al geconfronteerd met wat je ontdekt hebt?'

'Nog niet. Ik durf niet goed.'

'Waar ben je bang voor? Dat hij het zal toegeven? Of wordt hij agressief?'

'Als het waar is, wat moet ik dan?'

'Dit begrijp ik niet goed.' Luke vouwde zijn armen over elkaar en keek haar onderzoekend aan. 'Je weet haast zeker dat je man je bedriegt. Dat is niet normaal, Eva. Zoiets doe je niet als je van elkaar houdt. Dit kun je niet over je kant laten gaan. Dat snap je toch ook wel?'

Opnieuw vulden haar ogen zich met tranen. 'Wat moet ik dan doen, Luke? Scheiden? Daar komt het meestal op neer. Dat betekent ook dat ik hier niet langer kan blijven. Dat ik terug naar Nederland moet.'

'En dat wil je niet,' begreep hij nu. Hij streek over zijn bestoppelde kin, wat een raspend geluid veroorzaakte. 'Tja. Ik vrees dat je weinig keus hebt, meisje.'

'Als ik niets zeg...'

'Dat kun je toch niet maken naar jezelf toe? Wil jij je willens en wetens laten bedriegen door je man? Hem zijn gang laten gaan met die meid? En dan? Wachten tot hij jou een keer aan de kant zet en inruilt voor haar? Dan moet je evengoed terug naar Nederland. Wil je dat soms?'

Eva beet op haar lip. Ze wist best dat Luke gelijk had. Ze kon het niet door laten gaan zonder er iets van te zeggen. Of wel? Misschien was het Bart alleen maar om de seks te doen en gaf hij niet echt om die Malinka. Als het nieuwtje eraf was, kwam hij terug bij haar.

Een bittere smaak vulde haar mond en ze moest heftig slikken om niet over te geven. De gedachte alleen al: Bart met die andere vrouw. Terwijl zij toch ook hadden... Voor de tweede dag op rij moest ze hollen om het toilet op tijd te kunnen halen.

De zakdoek van Luke kwam opnieuw goed van pas.

Hij was haar gevolgd en stond buiten bij de toiletten te wachten. 'Gaat het een beetje? Ben je echt niet ziek?'

'Mijn maag is gewoon van streek door dat gedoe met Bart. Hij en die... die...' Ze balde haar vuisten.

'Precies. Maak je maar eens flink kwaad. Vanavond zeg je hem de waarheid.'

Als lucht uit een lekke fietsband liep de boosheid weer uit haar. 'Vanavond? Ik wil er nog even over nadenken. Wat moet ik doen als...'

'Hij zet je echt niet zomaar op straat. Kom op, zeg. In dat geval kan hij mooi zijn koffers pakken en naar zijn minnares vertrekken, of in een hotel gaan zitten tot de hele zaak is opgelost. Als hij je inderdaad bedriegt, is hij het niet waard dat je een traan om hem laat. Ik kan begrijpen dat je er kotsmisselijk van wordt, maar laat niet over je heen lopen. Ga de confrontatie met hem aan.' Hij keek haar nu streng aan, waardoor Eva iets ineenkromp.

Niet over zich heen laten lopen. De confrontatie aangaan. Dat was gemakkelijker gezegd dan gedaan. Bart was nog nooit agressief geweest. Ze dacht niet dat hij lichamelijk geweld zou gebruiken, daar was hij de man niet naar. Maar verbaal...

In discussies was hij meestal veruit haar meerdere. Eva wist achteraf altijd precies wat ze had moeten zeggen, maar op het moment zelf stond ze met haar mond vol tanden en bracht ze niet meer uit dan wat gestamelde onzin. Of ze durfde niets te zeggen uit angst in tranen uit te barsten. Ze wilde niet zo'n vrouw zijn die door middel van tranen haar zin of gelijk kreeg. Dat had ze nog nooit gedaan.

'Kun je ergens heen als het nodig is?'

Eva keek verbaasd op naar Luke. 'Waarom?'

'Ik mag hopen van niet, maar je weet nooit helemaal zeker hoe iemand zal reageren. Als het echt nodig is, kun je dan ergens heen waar je veilig bent?'

'Liu? Mijn overbuurvrouw.'

'Een Chinese overbuurvrouw? Hm. Beter van niet. Dat is ook te dichtbij. Heb je geen vriendinnen hier? Een buitenlandse vriendin?'

'Nee, helemaal niemand.'

'Kom dan maar hierheen. Je weet waar Wen en Shu wonen?'

'Het huis achter de school.' Ze was er nooit binnen geweest, maar ze wist wel waar het was.

'Als het nodig is, kom je hierheen. Voor een paar dagen kun je hier best blijven. Desnoods zetten we voor jou een bed in het kantoortje.'

Eva betwijfelde of ze gebruik zou moeten maken van dat aanbod, toch voelde het prettiger dat ze een plek had waar ze heen kon gaan, mocht het echt nodig zijn.

Eenmaal thuis besloot ze eerst om contact met Carolien op te nemen via WhatsApp. Het was daar nu negen uur in de ochtend. Carolien was vast aan het werk, maar misschien had ze even tijd voor haar zus. Carolien moest het weten.

Eva's vingers vlogen over de toetsen terwijl ze een beknopte boodschap voor Carolien schreef.

Bart heeft iets met iemand van het werk. Zeer beknopt.

Lang hoefde ze niet op een reactie te wachten. Een pingeltje klonk toen ze een berichtje terugkreeg.

Gaat hij vreemd? De schoft! Ken je haar?

Vaag.

Sinds wanneer?

September.

Eva durfde er niet bij te zetten dat het kort na de geboorte van Lindy was begonnen. Dat was al te erg. Oké, Bart verdiende geen compassie of medelijden. Hij was een schoft die haar een ontzettend lage streek had geleverd. Toch wilde ze niet geloven dat hij vanwege wat er met Lindy was gebeurd, naar Malinka was gegaan. Dat kon ze eenvoudig niet.

Misschien was het zelfs voor die tijd al aan de gang geweest, drong nu tot haar door. Hoe ging zoiets? Ze stelde zich zo voor dat er eerst over en weer geflirt werd. Kijken of lachen naar elkaar, misschien een mailtje of een sms'je. Langzaam groeide het uit naar meer. Dat zijn eigen vrouw op dat moment in verwachting was, had hem er kennelijk niet van weerhouden iets met die vrouw te beginnen.

'O Bart, waarom? Waarom doe je mij dit aan? Waar heb ik dat aan verdiend? Waarom kun je niet eenvoudigweg van mij houden?' mompelde ze zacht voor zich uit. Ze veegde de tranen van haar wangen en keek naar haar iPhone bij het horen van het volgende pingeltje.

Wat ga je nu doen? was het volgende bericht van Carolien. *Kom je terug naar Nederland?*

Eva's vingers bleven boven het toestel hangen. Ging ze terug naar Nederland? Wilde ze dat wel? Of had ze geen andere keus als het tot een scheiding kwam? Hier blijven wonen ging ook niet. Niet samen in dit appartement. Het was niet groot genoeg om elkaar te ontlopen. Ook al was Bart zowat hele dagen op zijn werk, of bij háár, hier konden ze niet om elkaar heen.

Eef?

Ik weet het niet. Denk het wel.

Wanneer?

Geen idee. Zover is het nog niet.

Je zet hem toch zeker wel op straat, hè? Dat verdient hij.

Zodat hij direct naar háár toe kon gaan? Was dat niet precies wat hij wilde? Speelde ze hen zo niet te veel in de kaart? Of wilde Bart niet scheiden? Wilde hij Malinka er als minnares bij hebben en verder niet? Als je films moest geloven, gebeurde dat ook. Mannen die een vrouw én een minnares hadden, en dat jarenlang volhielden. Tot tevredenheid van beide vrouwen? Nee, dat ging er bij Eva niet in. Zoiets wilde zij in ieder geval niet. Zelfs niet als ze daardoor in Beijing kon blijven.

Eef?

Je hebt gelijk, dat verdient hij.

Ik moet weer aan het werk nu. Houd me op de hoogte. Desnoods midden in de nacht. Ik ben er voor je.

Lief van je.

Doen hoor!

Meteen daarna zag Eva dat haar zus niet meer online was. Ze moest werken, natuurlijk. Midden in de nacht hoefde ze haar zus zeker niet te storen. Als het daar zes uur in de avond was, was het hier al een uur 's nachts.

Eva ging naar de badkamer en friste haar gezicht wat op. Het voelde strak aan door het vele huilen. Haar ogen waren rood en waren zelfs iets opgezet.

Nog een uur of vijf, dan zou Bart pas thuiskomen. Als hij al thuiskwam. Nee, dat zou ze anders aanpakken. Ze stuurde hem een sms'je dat hij om zeven uur thuis móést zijn.

Vrij snel daarna kreeg ze een berichtje met de vraag wat er zo dringend was.

Dat hoor je wel als je thuis bent, antwoordde ze hem. Op een nieuw bericht van hem reageerde ze niet eens meer. Hij moest maar geduld hebben, of zich op lopen eten van de zenuwen, dat was haar om het even.

Die paar uren hadden nog nooit zo lang geduurd. Eva besloot geen eten klaar te maken. Ze had geen honger en als ze na het gesprek met Bart nog aan eten kón denken, zou ze daarna wel iets klaarmaken, alleen voor zichzelf.

Bart zocht het maar uit. Hij ging maar lekker naar die vriendin van hem. Daar was hij toch zo graag? Nou, wat haar betrof mocht hij er meteen voorgoed heen gaan.

Zou ze zijn koffer alvast pakken? Het hem nog gemakkelijker maken om weg te gaan? Opeens kwamen de tranen weer. Besefte hij eigenlijk wel wat hij haar aandeed? Wat hij kapotmaakte?

Deze affaire was niet van gisteren of een paar dagen geleden. Het duurde al maanden. Er was geen sprake van een eenmalig slippertje, of een vergissing na een borrel te veel tijdens een weekafsluiting.

Was zij dan zo blind geweest dat ze dit niet veel eerder gemerkt had? Eva schudde vertwijfeld haar hoofd. Was het niet zo dat waar twee mensen vechten, ook twee mensen schuld hebben?

Als Bart thuis niets tekortkwam, hoefde hij niet naar een ander. Lag het dan wel aan haar? Had zij hem tekortgedaan? Niet genoeg aandacht voor hem gehad? Geen liefde genoeg gegeven?

Ze hield toch van hem? Wat moest ze dan nog meer doen om hem dat te laten merken? Was zij niet degene die het Bart altijd naar de zin probeerde te maken? Als Bart niet wilde dat ze iets deed, dan stopte ze daarmee. Zo was het altijd gegaan. Niet dat hij in alles zijn zin kreeg, zo was het nu ook weer niet. Maar bij alles wat ze deed, hield ze rekening met hem. Blijkbaar was dat niet genoeg geweest.

HOOFDSTUK 13

'Wat was er nu zo dringend?' Bart zette de tas waarin zijn laptop zat naast de kast en plofte op de bank. 'Ik heb morgen wel wat uit te leggen op de zaak, dus het kan maar beter belangrijk zijn dat ik eerder naar huis moest komen.'

'Dat is het ook.' Eva was in een fauteuil gaan zitten zodat ze niet het risico liep dat hij naast haar plaatsnam. Nu pas viel het haar op dat Bart haar geen kus meer gaf als hij thuiskwam. Hoelang was dat al zo? Was dit alleen vandaag of deed hij dat al langer niet meer? Meestal was ze verdiept in haar Chinese lesboeken als Bart thuiskwam. Het eten was dan al klaar en Eva maakte van die tijd vaak gebruik om nog even wat aan haar huiswerk te doen. Had zij dan ook steken laten vallen?

'Heb je nog geen eten klaar?' Hij stak zijn neus in de lucht en snoof nadrukkelijk. 'Ik ruik niks. Staat het in de oven?'

'Ik heb niet gekookt, dus het klopt dat je niets ruikt.'

'O, wanneer begin je dan met het eten?'

'Bart!' riep ze opeens. 'Ik begin niet met het eten, nu niet en straks ook niet!'

Hij ging rechtop zitten en keek haar geschrokken aan. 'Eefje, wat is er aan de hand? Je doet wel heel erg vreemd nu.'

'Jíj kunt mij beter vertellen wat er aan de hand is.'

'Hoe bedoel je? Wat moet ik dan vertellen?'

'Weet je dat echt niet? Moet ik het soms voor je spellen?'

'Ben je zwanger? Doe je daarom zo raar?'

Ze keek hem zwijgend aan.

'Dat zal dan wel niet, anders deed je vast niet zo maf. Eef, wees eens wat duidelijker. Wat is dit? Raad het plaatje? Ik heb geen idee waar je het over hebt. Als je niet zwanger bent, wat is het dan?'

'Malinka Fedotov. Begint er dan een belletje te rinkelen?' Ze zag even een geschrokken blik over zijn gezicht glijden, maar net zo snel herstelde hij zich weer.

'Wat is er met Malinka? Heeft ze je gebeld of zo?'

'Waarom zou Malinka mij moeten bellen?' Het lukte haar nu weer om kalm te blijven, uiterlijk in elk geval. Vanbinnen voelde ze zich net een vulkaan die op het punt stond om uit te barsten. Als Bart zo onschuldig en zogenaamd van niets wetend bleef doen, zou die uitbarsting vast niet lang op zich laten wachten.

'Geen idee. Ik hoorde van haar dat jullie elkaar laatst nog ergens in de stad zagen.'

'Klopt. Dat heeft ze je dus wel verteld, maar jij ziet haar nog veel vaker.'

'Logisch, we werken op hetzelfde kantoor.'

'Ook na werktijd.'

'Soms gaat ze inderdaad mee als we een zakelijke afspraak hebben buiten kantoortijd. Haar kennis heeft ons al vaak geholpen om een opdracht tot een goed einde te brengen.'

'En jou helpt ze vast nog veel meer. Waar is ze goed in? Wat kan ze beter dan ik? Is ze liever in bed, meegaander? Of juist niet? Speelt ze de baas en jij het slaafje? Is dat wat je wilt, Bart? Wil je overheerst worden door een vrouw? Een rollenspel spelen? Had dat dan gezegd. Ik kan net zo goed een touw om je nek leggen of je met de zweep slaan.' Eva had geen idee waar ze het allemaal vandaan haalde, het had in ieder geval effect op Bart.

Zijn gezicht werd eerst rood, daarna wit om vervolgens weer vuurrood te worden. Hij sprong op en liep naar het grote raam. 'Ik heb geen idee wat jij mankeert, maar dat is wel heel erg ziekelijk.'

'O ja? Is dat zo? Vertel jij me dan maar eens waarom je met die Russische stoeipoes afspreekt. Is jouw lieve *rebenok* – spreek ik het zo goed uit? Mijn Russisch is niet zo geweldig – is zij jou zo veel waard dat je daarvoor je huwelijk op het spel zet? Of is ons huwelijk jou niet zo veel meer waard? Sta je op het punt mij in te ruilen voor die rooie kattenkop?'

Bart streek met beide handen door zijn haren waardoor het rechtovereind kwam te staan. Als de situatie niet zo ernstig was geweest, zou ze erom gelachen hebben.

'Je weet het dus.'

Hij ontkende het niet eens! Deed geen poging haar ervan te verzekeren dat er niets aan de hand was. Dat was ernstig, vermoedde Eva, zeer ernstig. Ze moest even iets wegslikken, maar wilde niet dat hij zag hoeveel verdriet hij haar daarmee deed. 'Precies, ik weet het. Ik vraag me af of ik de enige ben die er niet van op de hoogte is. Zo gaat het toch meestal? De echtgenote weet pas als laatste dat haar man haar bedriegt. Wat moeten jouw collega's een lol hebben gehad, zaterdag op het feest. Dat domme vrouwtje van jou, dat niet eens weet wat manlief 's avonds allemaal uitspookt als hij zogenaamd op kantoor aan het werk is. Overwerk? Laat me niet lachen. Dat doet niemand!' Ze ging staan om op gelijke hoogte met hem te zijn en keek hem strak aan. Met haar handen in haar zij bleef ze staan. Als blikken konden doden, zou hij nu dood neervallen op de vloer. Ze had iemand nog nooit zo gehaat als ze nu deed, had niet eens geweten dat ze in staat was tot zo veel haat. Wat was er met de liefde gebeurd?

'Eef...' begon hij.

'Nee!' schreeuwde ze. 'Ga me niet vertellen dat het niet is zoals ik denk. Ook niet dat je er spijt van hebt en dat het nooit meer zal gebeuren. Je ging al met haar naar bed toen ik van onze dode dochter moest bevallen!' Ze krijste nu zo hard dat haar stem oversloeg.

Bart kwam op haar af. 'Doe even normaal, zeg. Zo meteen waarschuwen de buren de politie nog.'

Hij ontkende het niet eens. Was het dan echt al zo lang bezig?

'Wat interesseren mij de buren!' gilde ze. 'Ik wil dat je je koffers pakt en vertrekt. Ga maar naar die Russische hoer van je. Hier wil ik je niet meer zien! Nooit meer!'

Hij deinsde achteruit en hief in een hulpeloos gebaar zijn handen, maar liet ze weer naast zijn lichaam vallen. Hij schudde zijn hoofd. 'Oké, ik ga al weg. Er valt op dit moment niet normaal met jou te praten. Kalmeer eerst maar eens een beetje. Morgen praten we wel verder.'

'Ik ben uitgepraat met jou. Ga weg. Verdwijn uit mijn ogen,' gilde ze opnieuw.

Bart ging, met hangende schouders en hoofdschuddend. Hij verdween in de hal. Ze hoorde hem rommelen in de slaapkamer, kastdeuren gingen open en dicht, evenals lades.

Niet veel later kwam hij terug met een koffer in de hand. Hij bleef in de deuropening staan. 'Ik ga. Als je wilt praten, hoor ik het wel. Je kunt me altijd bellen.'

Eva staarde hem zwijgend aan.

Bart schuifelde wat heen en weer, kennelijk niet goed wetend wat hij nog meer moest zeggen. 'Nou, dan ga ik maar. Dag, Eefje.'

Op het moment dat ze de voordeur achter hem dicht hoorde vallen, zakte ze als een plumpudding in elkaar op de vloer. Tranen stroomden uit haar ogen. Ze huilde met gierende uithalen en had het gevoel alsof het uit haar tenen kwam.

Na een poosje werd ze weer wat kalmer. Haar lichaam deed pijn van het huilen, zo verkrampt had ze gezeten, en opeens voelde Eva zich doodmoe. Ze wilde nu alleen nog maar in bed kruipen en gaan slapen, voor altijd. Zo ellendig had ze zich niet meer gevoeld sinds de doodgeboorte van Lindy. Bij die gedachte begon ze opnieuw te huilen, nu minder hartverscheurend.

Misschien was het maar goed dat Lindy gestorven was. Wat had zij gemoeten met een vader die haar moeder bedroog? Al voor haar geboorte was hij vreemdgegaan met die Russische. Hoe had hun huwelijk er dan uitgezien? Zou Bart die vrouw voor zijn kind opzij hebben gezet? Voor hen hebben gekozen? Was ze er dan ooit achter gekomen wat er speelde, of gespeeld had? Misschien niet.

Als Lindy was blijven leven, was alles vast anders geweest.

Lamgeslagen en leeggehuild kwam ze omhoog en ze strompelde naar de keuken. Ondanks haar grote verdriet had ze wel honger. Ze moest iets eten. Slapen met een lege maag kon ze echt niet.

Staande aan het aanrecht smeerde ze een paar boterhammen met jam, ze maakte thee en ging ermee aan de tafel zitten. Nog voordat ze de eerste hap had genomen, hoorde ze haar telefoon. Er kwam een bericht binnen.

Eva trok het toestel naar zich toe. Carolien had haar gewhatsappt. Lieve, ongeduldige zus. Carolien moest nu nog op haar werk zitten.

Hoe gaat het? las ze.

Hij is weg, stuurde ze terug.

Ontkende hij?

Nee, hij constateerde dat ik het dus al wist.

Meer niet?

Nope. Hij is met een koffer vertrokken.

Naar haar?

Wrs wel. Hier komt hij er voorlopig niet meer in.

Wat ga je nu doen?

Slapen.

Houd het nog ff voor je. Niets zeggen tegen pap en mam, stuurde ze daar direct achteraan.

Snap ik. My lips are sealed.

Thnx. Opeens bedacht ze nog iets. *Kun je nu vertellen waarom je Bart niet mag?*

Het bleef een poosje stil.

Ik heb hem in jullie verlovingstijd met een ander gezien. Dat weet hij ook.

Het werd haar zo mogelijk nog killer om het hart. Dit had Eva echt niet verwacht. Het voelde als een trap na. Het was dus niet de eerste keer dat hij haar bedroog. Hoeveel meer vrouwen waren er geweest, voordat ze naar Beijing waren vertrokken, van wie zij geen weet had?

Hoe heb je hem gezien met die ander? Ze moest het weten.

Wat denk je? Ze hadden beslist geen ruzie met elkaar.

Eva vloekte zacht voor zich uit. Wat voor bagger kwam er nog meer naar boven als ze door ging vragen? Wilde ze dat wel weten? Was het zo al niet erg genoeg?

Bedankt dat je zo eerlijk bent tegen me. Tot later.

Had het graag anders gezien. Sterkte, xxx C.

Eva legde de telefoon weer op tafel en nam een hap van haar

boterham. Bedachtzaam kauwde ze die weg. Wat was de volgende stap die ze moest nemen? Daar hoefde ze eigenlijk niet eens meer over na te denken. Na vanavond, en helemaal na hetgeen ze van Carolien had gehoord, wilde ze absoluut van hem scheiden. Verdergaan met Bart wilde ze op dit moment zeer zeker niet. Wat haar betrof mocht hij ter plekke dood neervallen!

Hij had niets gezegd over voor haar kiezen, of nog van haar te houden. Dat waren in het recente verleden kennelijk niets anders dan loze woorden geweest, begreep ze nu. Als hij nog maar één grammetje liefde voor haar in zijn lijf had gehad, zou hij dat toch hebben gezegd voordat hij vertrok? Om haar ervan te overtuigen dat het nog niet verloren was, dat hun huwelijk nog iets voor hem betekende.

Nee, het was voorbij. Hoe eerder ze dat inzag, hoe beter. Ze kon zich maar beter beraden op de stappen die ze nu moest nemen. Maar moest ze daar nu al over na gaan denken?

'Ja, dat moet,' gaf ze zichzelf hardop antwoord. 'Morgen belt hij of komt hij hierheen. Dan moet je voorbereid zijn zodat hij je niet omver kan blazen met wat híj wil.' Iets dergelijks zou hij zeker proberen, wist ze nu al. Haar overbluffen, voor het blok zetten met de dingen die híj bedacht had. Uiteraard in zijn eigen voordeel. Als ze het aan Bart overliet, zou hij beslissen hoe zij verder moest gaan. Dat wilde ze absoluut niet.

Het liefst had ze helemaal niets meer met hem te maken, maar dat zou niet kunnen. Ze voelde hoe de strijdlust bezit van haar nam.

Vlug at Eva verder, waarna ze het bordje op het aanrecht zette. Met een volle theekan, een schrijfblok en een pen ging ze aan tafel zitten. Ze moest nu haar plannen op papier zetten. Niet wachten tot morgen, dan zou Bart de regie in handen nemen.

Ondanks haar weinig rooskleurige toekomst had Eva goed geslapen. Ze rekte zich uit en liet haar ogen door de logeerkamer dwalen. Hier sliep ze op dit moment liever dan in haar eentje in het grote bed in hun eigen slaapkamer. Aan de logeerkamer kleefden geen herinneringen aan gelukkiger maar bedrieglijker tijden.

De kamer was sober ingericht. Strakke muren, een kledingkast, nachtkastjes aan weerszijden van het smalle tweepersoonsbed. Een eenvoudige lamp aan het plafond en twee kleine schemerlampjes op de nachtkastjes. Voor het smalle raam hing een donkerblauw gordijn dat ze vergeten was dicht te trekken, waardoor het daglicht nu vrijelijk binnenstroomde.

Gisteravond had ze nog lang met haar iPad gezeten om van alles en nog wat op te zoeken over scheiden in het buitenland. Er kwam nogal wat bij kijken.

Voor zover ze begrepen had, mocht ze hier na de scheiding blijven wonen. Al was het nog maar de vraag of dat wel zin had zonder baan, huis en inkomen.

Eva was geschrokken van de verhalen op enkele websites van advocaten over de regels van het internationaal privaatrecht – bij een scheiding golden de regels van het land waar men woonde. Deze waren namelijk lang niet altijd hetzelfde als in Nederland en vaak hanteerden andere landen niet de in Nederland geldende regel van gemeenschap van goederen.

In China de scheiding aanvragen hield dus iets meer in dan even een scheidingsconvenant invullen op zo'n snel-scheiden-website. Misschien was het zelfs wel verstandiger om de scheiding helemaal in Nederland te regelen. Voor deze materie zou ze hulp moeten zoeken, maar Bart ongetwijfeld ook. Er waren te veel regels, te veel haken en ogen die ze in de gaten moest houden. Al zou Bart ongetwijfeld gebruikmaken van deskundigen bij hem op de zaak.

Bij wie moest zij om raad vragen? Iemand in Nederland leek het beste, maar dan wel iemand die ook ervaring had met scheidingen in het buitenland. Ze hoefde niet het onderste uit de kan, maar ze wilde ook niet met lege handen vertrekken. Tenslotte had Bart haar mee hiernaartoe gesleept. Zij had alles achter moeten laten en zelfs haar baan op moeten zeggen.

Eva sloeg het dekbed terug en stond op. Ze kon maar beter zorgen dat ze klaar was voor het geval Bart vroeg voor de deur stond. Hij had immers nog een sleutel en kon zo naar binnen. Op dit moment had ze liever niet dat hij haar in pyjama aantrof.

Na zich gedoucht en aangekleed te hebben, at ze eerst iets voordat ze verderging met haar zoektocht op internet naar antwoorden. Dit keer ging ze op zoek naar een goede advocaat. Hoe zat het met de kosten daarvoor? Moest zij die betalen? Waarvan dan? Ze had niet eens geld.

Toen ze haar mail controleerde, zag ze een bericht van Carolien. Olaf had ook hier en daar wat navraag gedaan, schreef haar zus, en had het adres van een betrouwbare advocaat gevonden. Olaf had kennelijk ook al ontdekt dat scheiden in het buitenland er iets anders aan toeging dan in het eigen land.

'Dank je wel, Caro. Wat zou ik zonder jou moeten doen?' mompelde Eva. Ze klikte het webadres aan dat in het mailtje stond en kwam op de website van een advocaat terecht.

Na alles te hebben doorgelezen, begon ze meteen aan een mailtje voor die beste man. Zo openhartig mogelijk legde ze haar situatie uit en schreef ze wat ze precies voor ogen had.

Het zou wel even duren voordat ze antwoord kreeg op haar vragen, in Nederland was het nu immers midden in de nacht.

Bart stond om tien uur voor de deur. Hij had zelfs het fatsoen aan te bellen in plaats van met zijn eigen sleutel het appartement binnen te gaan.

Ze knikte naar hem en keek hem strak aan. Ergens gedurende gisterochtend en deze morgen was er iets in haar veranderd. De liefde die ze voor hem meende te voelen, was verdwenen. Helemaal verdwenen of overschaduwd door woede, wist ze niet. Dat maakte haar ook niet zo heel veel uit. Ze wilde niets meer voor hem voelen. Medelijden misschien, omdat hij kennelijk niet voor één vrouw kon kiezen. Hij was blijkbaar zo'n zielig mannetje dat meerdere vrouwen nodig had om zijn mannelijkheid te kunnen bewijzen. Werd hij daar gelukkig van?

'Heb je een beetje kunnen slapen?' wilde Bart weten.

'Prima, nergens last van gehad. En jij? Was je welkom bij je matroesjka?'

'Ik ben naar een hotel gegaan.' Hij vermeed haar blik.

'Ach, mocht je niet bij je vriendinnetje blijven slapen?' sneerde ze.

'Ik wil Malinka niet zo plotseling overvallen met deze veranderde situatie.'

'Nou zeg, ik dacht dat ik je er een plezier mee deed. Blijkt weer helemaal verkeerd gedacht te zijn van mij. Domme ik, maar ik heb dan ook nog geen ervaring als de bedrogen echtgenote.'

Bart verkoos hier geen antwoord op te geven en liep naar de keuken. 'Heb je koffie?'

'Je weet hoe het apparaat werkt.' Eva ging aan tafel zitten, niet van plan hem op wat voor manier dan ook te helpen. Kinderachtig, maar het gaf een lichte voldoening hem zelf voor koffie te laten zorgen. Voor haar bracht hij een mok thee mee. 'Dank je.'

'Heb je nagedacht over onze situatie?' begon Bart na een paar slokken van de koffie te hebben genomen.

'Dat heb ik zeker, maar ik wil eerst jouw plannen horen. Ik neem aan dat je een scheiding wilt.'

Hij knikte. 'Dat lijkt me onder de gegeven omstandigheden het beste. Je mag hier blijven wonen tot de scheiding is uitgesproken.'

'Dat is wel het minste wat je kunt doen. Vertel eens eerlijk: hoeveel vrouwen heb je in de tijd dat wij getrouwd zijn gehad? Of kan ik beter vragen hoeveel je er al die tijd dat wij elkaar kénnen hebt gehad?'

'Wat bedoel je daarmee?'

'Kom op, Bart, een intelligente jongen zoals jij weet toch wel wat ik bedoel? Je had al een ander vriendinnetje in de tijd dat wij verloofd waren. Had je toen ook al de bevestiging van een ander nodig dat je man genoeg was? Heb je niet genoeg aan één vrouw? Hoeveel waren het er, Bart? Wees eindelijk eens een echte vent en vertel me de waarheid. Vind je niet dat ik daar recht op heb?'

'Carolien heeft gekletst.'

'Precies. Wees blij dat ze dat niet al veel eerder heeft gedaan. Ik wilde nu dat ze dat wel had gedaan. Dan had ik deze hele ellende niet mee hoeven te maken. Dan was ik nu misschien wel gelukkig geweest.'

'Ben je dan niet gelukkig geweest met mij? Heb ik je soms iets tekortgedaan?'

'Ja,' beet ze hem toe. 'Ja, dat heb je zeker. Hoe had jij het gevonden als ik degene was geweest die er naast jou nog een paar vriendjes op na had gehouden? Zou je dat prettig hebben gevonden?'

'Ik zou je direct het huis uit hebben geschopt als ik daarachter was gekomen. Voor een man ligt dat anders.'

'Ja hoor, ga maar op die toer. Voor mannen is dat anders. Mannen mogen naast de pot pissen zo veel en zo vaak ze willen, zolang hun vrouw zich maar netjes gedraagt. Vlieg toch op, man!' riep ze woedend. 'Geef eindelijk eens toe dat je fout zat. Hartstikke fout. Als je niet genoeg had aan één vrouw, had je niet moeten trouwen, maar een harem moeten beginnen. Open en eerlijk. Dán ben je een kerel. Niet met dat achterbakse gedoe, stiekem en in het donker. Bah, wat val jij me tegen, Bart Meeuwissen. Kom maar op met die scheiding. Hoe sneller, hoe liever.'

HOOFDSTUK 14

Eva was die woensdagochtend wel naar de school gegaan om Engelse les te geven. In de middagpauze vertelde ze Wen hoe de zaken ervoor stonden voor haar.

'Ik zal terug naar Nederland moeten, Wen. Dat gaat helaas niet anders. De scheiding moet daar geregeld worden, maar ook daarna kan ik niet terugkomen. Ik heb hier niets. Geen baan, geen inkomen en straks ook geen huis meer.'

'Ik begrijp het,' knikte de oudere man. 'Je gaat naar je familie.'

'Precies, ik ga terug naar mijn familie.'

'Familie is belangrijk. Zonder familie ben je niets.'

Ze sprak die typische Chinese gedachtegang niet tegen. Sinds gisteren wilde ze inderdaad het liefst naar haar moeder, zich in haar armen storten en uithuilen. Zich laten troosten met lieve woordjes en aandacht.

Haar ouders wisten nog niet eens waar hun dochter mee bezig was, maar vandaag zou ze het hun vertellen. Eva had voordat ze wegging nog een mailtje gestuurd naar haar moeder dat ze hen vanavond graag op Skype wilde spreken.

Ze had ook al een ticket geboekt terug naar Nederland. Als het dan toch moest, dan het liefst zo snel mogelijk. Wat had het voor zin de tijd hier nog langer te rekken? Ze nam afscheid van iedereen, met pijn in haar hart. Ze had graag willen blijven, maar het ging eenvoudig niet. Wen kon haar niet betalen voor haar werk. Ze had geen andere keus dan weg te gaan.

Eva omhelsde Shu en Ushi en schudde Wen de hand. Op het moment dat ze afscheid wilde nemen van Luke wenkte hij dat ze met hem mee moest lopen. Benieuwd naar wat hij haar wilde vertellen, volgde ze hem tot buiten het terrein van de school.

'Je gaat weg bij je man.' Luke keek haar recht aan.

Ze kon van zijn gezicht niet aflezen wat er in hem omging. Waarom zou er iets in hem om moeten gaan? 'Ja. Ik heb geen andere keus. Er speelt nog veel meer waar ik geen weet van had.'

'Hij heeft je bedrogen.'

'En niet alleen met die collega hier,' gaf ze schoorvoetend toe. Ondanks dat het Barts fout was, voelde ze zich ook nu weer dom en onwetend omdat ze het niet eerder gemerkt had.

'Wanneer ga je weg?'

'Maandag vlieg ik naar Nederland.'

'Je komt niet meer terug.' Opnieuw een constatering, geen vraag.

'Nee, dat zit er niet in. Ik zal in Nederland woonruimte moeten zoeken en een baan.'

Luke knikte begrijpend. 'Ik zou het fijn vinden als we contact met elkaar kunnen houden. Om te weten hoe het met je gaat.'

'O, dat zal wel lukken. Heb je een mailadres voor me?'

Hij krabbelde iets op een papiertje en stopte dat in haar hand. Hij bleef haar hand echter vasthouden. 'Ik hoop iets van je te horen. Het ga je goed, Eva.' Luke boog zich naar haar toe en drukte zacht een kus op haar mond. Het duurde niet lang en voordat ze van haar verbazing was bekomen, was Luke alweer verdwenen op het schoolplein.

Ze keek zijn op het schoolplein verdwijnende rug na. Eva gunde zich geen tijd er verder over na te denken. Ze had andere dingen aan haar hoofd.

Thuis vond ze in haar mailbox een berichtje van de advocaat die Olaf haar had aangeraden. Het was alleen geen man, zoals ze had gedacht: mr. H. Albers bleek Hélène Albers te zijn.

Ze vond Eva's vergissing gelukkig niet erg en stelde voor eerst even contact met elkaar te hebben via Skype. Dan kon zij het een en ander toelichten. Zo leerden ze elkaar een beetje kennen, wat Hélène prettiger vond dan alleen mailcontact.

Eva reageerde met een mailtje dat ze maandag al in Nederland zou aankomen. Als het mr. Albers uitkwam, wilde ze wel een afspraak maken voor die week.

De rest van de dag hield ze zich bezig met het uitzoeken van de spullen die ze beslist naar Nederland wilde meenemen. Ook van de meubels die hier in het appartement stonden, huisraad en persoonlijke dingen. Van Bart mocht ze meenemen wat ze wilde. Hij zou haar geen strobreed in de weg leggen, had hij gisteren gezegd.

Kennelijk zat hij met een flink schuldgevoel. Terecht! Ze smeet wild een paar pasgewassen sokken van Bart in een hoek bij het sorteren van het wasgoed. Die vond hij wel als hij hier weer eens kwam. Eva hoopte dan al weg te zijn. Ze had er geen enkele behoefte aan hem deze week nog een keer te zien.

Het Chinese theeservies pakte ze zorgvuldig in. Dat liet ze echt niet voor hem en zijn Russische sloerie achter.

Toch wilde ze lang niet alles meenemen. Sommige meubelstukken had ze nooit echt mooi gevonden. De spullen die in de babykamer stonden, wilde ze wel hebben. Die liet ze hier niet staan. Voor haar gevoel had Bart nooit echt van Lindy gehouden. Waarom anders zou hij het juist in de tijd van de zwangerschap met een andere vrouw aanleggen? Ze liet voor hem alleen een foto van de baby achter, de rest nam zij mee naar Nederland.

Niet naar huis. Er was geen huis. Dat was voor vier jaar verhuurd aan een ander gezin. Het kon in de tussentijd niet verkocht worden, dat stond in het huurcontract. Bart zou ervoor zorgen dat haar helft van de waarde van het huis op haar rekening gestort werd.

Echt slechter zou hij er niet van worden, meende Eva. Hij had hier geen huurkosten. De hypotheek van hun huis in Nederland werd gedekt door de huursom. Bart kon het best missen. Hij verdiende genoeg.

Eerst had ze dat geld willen weigeren. Ze wilde eigenlijk helemaal niets meer met Bart te maken hebben, ook financieel niet. Toch zou het onverstandig zijn het geld niet aan te nemen. Ze had niets. De helft van de spaarrekening, daar moest ze de eerste tijd van rond zien te komen. Dat geld gaf haar even de tijd om een huis en een baan te vinden. Met het geld dat ze van het huis kreeg, kon ze een andere woning inrichten.

Hoe ze alles precies aan ging pakken, wist ze nu nog niet. Carolien zou nu alvast voor haar uitkijken naar een appartement dat niet al te duur was. Maar eerst wachtte Eva nog een moeilijk gesprek met haar ouders. Wat zouden zij teleurgesteld zijn. Ze hoopte niet dat ze het slechte nieuws ondertussen van iemand anders hadden gehoord.

Of Bart het al tegen zijn familie had gezegd, wist ze niet. Het was ook niet aan haar om dat te doen. Het contact mocht dan redelijk goed geweest zijn tussen hen, ze voelde zich niet geroepen de brenger van het slechte nieuws te zijn. Dat mocht hij zelf opknappen.

Eva zorgde ervoor dat ze voor zeven uur gegeten en opgeruimd had. In Nederland was het nu twaalf uur. Rond halfeen had ze afgesproken. Haar ouders waren tussen de middag meestal beiden thuis. Ze had in ieder geval geen berichtje van haar moeder terug ontvangen dat een gesprek op dat tijdstip niet uitkwam.

Met de iPad voor haar op tafel wachtte ze tot het halfacht was en toen belde ze via Skype naar het mobiele nummer van haar moeder.

Haar ouders kwamen in beeld, naast elkaar gezeten achter de computer. 'Hé, meisje. Alles goed met je?' begroette Miranda haar.

'Het gaat wel. Hoe is het bij jullie? Koud? Vriest het nog?' Eerst maar wat algemeenheden voordat ze met het eigenlijke nieuws kwam.

'Ha, nee hoor, hier regent het alleen maar. Hoe is het bij jullie? Hebben jullie al wel vorst?'

'Dat kun je wel zeggen. Het begint hier al aardig op winter te lijken met nachtvorst van min zeven graden. Wat temperatuur betreft in ieder geval. Sneeuw schijnt hier haast niet te vallen in de winter.'

'Dat is al flink koud. Krijg je het wel warm gestookt in jullie appartement?' wilde John weten.

'Natuurlijk, dat is goed geïsoleerd. Dat is op de basisschool wel anders. Er zijn dagen bij dat de kinderen hun jassen niet uit mogen doen. Vooral als het geld voor de kachel op is aan het einde van de maand.' Dat had ze zelf nog maar één keer meegemaakt, maar volgens Shu gebeurde dat in de wintermaanden geregeld.

'Ach, arme kindertjes. Dat moet wel bar en boos zijn om zo les te geven,' meende Miranda.

'Ik zal er niet veel last van hebben. Maandag vlieg ik terug naar huis.'

'Wat zeg je? Naar huis? Kom je naar Nederland?' riep Miranda verbaasd. 'Dat is eerder dan gepland. Ik dacht dat jullie pas tegen de kerst naar huis zouden komen?'

'De plannen zijn iets gewijzigd. Ik kom alleen en ik blijf ook meteen in Nederland.'

'Eva, wat is er aan de hand?' De stem van haar vader klonk zorgelijk. Zijn gezicht stond net zo.

Eva haalde even diep adem voordat ze verderging. 'We gaan uit elkaar. Bart en ik.'

'Wat vertel je nou? Dat meen je toch niet? Hoe kan dat nou? Toen wij er waren was er nog niets aan de hand!' Miranda sloeg haar handen voor haar mond. Haar ogen vulden zich met tranen en ze keek hulpzoekend naar haar man. Deze had het niet veel beter. Ze grepen elkaars handen vast en staarden verbijsterd in de camera.

'Vertel eens wat er gebeurd is, meisje,' vroeg John met een schorre stem.

'Bart heeft al enige tijd een ander.'

'Wat vreselijk. Hoe kan dat nou?' bleef Miranda herhalen. 'Waarom? Ik begrijp er niks van. In september was er toch nog niks aan de hand? Wanneer is dat dan gebeurd? Weet je het wel zeker?'

Eva moest zelf ook even slikken en haar neus snuiten voordat ze verder kon praten. 'Ik weet het heel zeker, mam. In september had hij ook al een ander, alleen wist ik het toen nog niet. Daar kwam ik afgelopen weekend pas achter.'

'Allemachtig! Wat een nieuws. Kind toch, hier schrik ik behoorlijk van. Dit zag ik echt niet aankomen.'

'Ik ook niet, mam,' mompelde Eva. Ze veegde langs haar ogen. 'Maar zodoende kom ik maandag naar huis.'

'Naar huis. Daar zeg je zowat. Jullie huis is toch niet vrij?' bromde John.

'De eerste drieënhalf jaar nog niet, nee. Ik zal iets anders moeten zoeken.'

'Je komt maar gewoon bij ons wonen,' riep Miranda direct. 'We hebben ruimte genoeg. Ik wil niet dat je op een kamertje ergens in een achterafwijk gaat wonen. Je kunt bij ons wonen zolang je wilt.'

'Dat is lief van je, mama. Ik zal dat aanbod ook graag aannemen, maar als ik iets anders vind, ga ik weer weg.'

'Dat zien we dan nog wel,' mompelde Miranda. 'Meisje, meisje toch. Wat een ellende. Waar ben je nu? Is dat de woonkamer die ik achter je zie?'

'Ik ben gewoon in het appartement. Zolang ik hier nog ben, is Bart ergens anders.'

'Bij die... ander?'

'Geen idee. Hij zegt dat hij de nacht in een hotel heeft doorgebracht. Dat interesseert me echt niet, mam.'

'Gelijk heb je. Wat een toestand. Weet Carolien het al?'

'Ja.'

'En Barts ouders? Weten zij het al?'

'Geen idee. Het is niet aan mij om het aan hen te vertellen.'

'Daar heb je gelijk in,' was John het met haar eens. 'Wat een rotstreek heeft hij je geleverd. Tijdens jouw zwangerschap had hij dus al iets met... haar? Begrijp ik dat nou goed?'

'Ja.'

'Was hij daarom zo vaak weg na de geboorte van Lindy?' wilde Miranda weten.

'Geen idee. Daar heb ik niet meer naar gevraagd. Ik vermoed van wel.'

'Wat een laffe streek. Zo min. Dat had ik nooit achter hem gezocht.' Haar gezicht liet duidelijk zien dat ze boos was op haar schoonzoon.

'Ik wel,' mompelde John.

'Pap, waarom zeg je dat?' Eva trachtte de blik van haar vader te vangen op het scherm, wat nog niet zo eenvoudig was.

'Ik heb ooit eens iets van Marnix gehoord.'

'Wist hij het ook? Heeft Marnix jou verteld dat Bart... Ik dacht dat alleen Carolien het wist.'

'Dat hij wat? Wat schijnt iedereen te weten behalve ik?' riep Miranda ongeduldig uit.

Eva aarzelde. Bart was al van een voetstuk gevallen wat haar ouders betrof. Moest ze hem nu nog zwarter maken dan hij al was?

'Dat vertel ik je straks wel, Miran,' was haar vader haar voor.

Eva knikte. 'Ik... eh... ik ga stoppen. Het vliegtuig zal maandag rond halfvier op Schiphol landen.'

'We komen je ophalen van het vliegveld, hoor,' riep Miranda.

'Hoe moet het met je spullen?' vroeg John.

'Ik neem twee koffers mee en handbagage, de rest komt later weer naar Nederland. Dat gaat helaas niet anders. Vrijdag halen ze de spullen op, dan duurt het nog een paar weken voordat alles in Nederland is. Als ik dan nog geen woning gevonden heb, laat ik het wel opslaan. Het zit toch al in een container.'

'Tot je een andere woning hebt gevonden, logeer je bij ons. Anders blijf je verhuizen. We zien je maandag op Schiphol. En als je in de tussentijd nog met ons wilt praten, horen we dat wel. Afgesproken?'

'Best, dank je wel, pap. Tot maandag dan maar.' Ze sloot het scherm af en leunde opeens uitgeput tegen de rugleuning van de stoel. Wat een emoties weer. Zo nog een paar dagen en ze ging gebroken terug naar Nederland. Maar ze kon weer iets van haar lijstje strepen. Ouders verteld. Check.

Advocaat geregeld en afspraak gemaakt. Check.

Carolien was op de hoogte. Check.

Ze had haar werk opgezegd. Wat restte er nu nog buiten het inpakken van alles wat ze mee wilde nemen? De verhuisdozen van een halfjaar geleden stonden nog in de berging. Die had ze niet weg willen gooien. Een voorgevoel? Nee, vast niet. Zo moest ze niet gaan denken.

Op het moment dat ze hier hun intrek namen, had ze niet kunnen denken dat ze zes maanden later alweer terug naar huis ging. Eva had er absoluut geen idee van gehad dat Bart zo'n leugenachtige bedrieger was. Nu ze wist dat hij in Nederland ook al vriendinnetjes had, voor en tijdens hun huwelijk, begreep ze waarom hij het daar ook 'druk' had met zijn werk. Druk met andere vrouwen, iets anders was het waarschijnlijk niet geweest.

Misschien was een van die vrouwen wel de reden waarom hij zo plotsklaps naar Beijing wilde vertrekken. Dat zij hem wilde dwingen om te scheiden of zo. Daar zou Eva niet eens raar van staan kijken als het echt zo zou blijken te zijn. Het moest toch een keer fout gaan met zo veel vrouwen? Of zette hij ze na een maand of wat aan de kant om weer een nieuwe te zoeken?

Walgend van haar eigen gedachten schudde ze haar hoofd.

De overburen vertellen wat er gebeurd was. Dat wilde ze zelf doen. Tenslotte had Liu haar meerdere keren geholpen. Nu meteen dan maar. Als ze tenminste thuis was en niet naar haar werk.

De dagen die volgden was Eva druk met het uitzoeken en inpakken van spullen die ze mee naar Nederland wilde nemen. In de hal stond het al behoorlijk vol met dozen. De grotere meubels werden voorzien van een label, dezelfde die ze in een van de verhuisdozen had gevonden. Hergebruiken dan maar, dat was wel zo gemakkelijk.

Ze had een klein stapeltje kleren apart gehouden die ze nog droeg tot het moment van vertrek, de rest zat al in een van de koffers.

Iedere dag ging ze de deur uit, voor nog wat kleine boodschappen – de voorraad vulde ze echt niet meer aan voor Bart, hij zorgde straks zelf maar voor een gevulde koelkast – of om gewoon buiten te zijn en een frisse neus te halen. Hoewel het 's avonds behoorlijk koud kon zijn, was het overdag vaak schitterend weer. Wel koud, maar met een heerlijk zonnetje erbij.

Het was op zaterdag dat ze Malinka tegen het lijf liep. Eerst wilde ze oversteken om een confrontatie met de vrouw te vermijden, maar haar benen wilden niet. Die bleven doorlopen, recht op de Russin af.

Malinka had haar ook al gezien en herkend. Ze leek niet eens te schrikken. Een glimlach lag op het mooie gezichtje. Haar schitterende haardos hing los over haar schouders en rug en weerkaatste de zon. Een paar mannen bleven staan en keken haar na.

Geërgerd schudde Eva haar hoofd.

'Eva,' zei Malinka.

'Malinka,' antwoordde Eva op dezelfde manier. 'Ben je nu gelukkig?'

'O ja. Heel erg gelukkig zelfs. Het spijt me dat het ten koste van jouw geluk gaat.'

'Spijt je dat echt? Je wist dat hij getrouwd was. Als je daar zo veel problemen mee hebt, had je hem met rust moeten laten.'

'Hij liet mij niet met rust. Denk niet dat ik willens en wetens een getrouwde man wilde hebben.'

'Toch heb je hem nu.'

Malinka vernauwde haar blik. 'Weet je eigenlijk wel hoe het gegaan is?'

'Nee, en dat interesseert me niet ook. Ik kan me er wel een voorstelling van maken.'

'Ik werk al een paar jaar hier in Beijing. Bart kwam erbij. Er was chemie tussen ons, dat kan ik niet ontkennen, maar ik wist dat hij getrouwd was.'

'Ik wil dit niet horen, dat zei ik net al.'

Malinka maakte een wegwerpgebaar met haar hand. 'Ik wil dat je weet dat het niet mijn schuld is.'

'Het interesseert me niet wiens schuld het is. Het gaat om het resultaat.'

'Hij liet mij niet met rust. Geloof me, hij heeft er echt moeite voor moeten doen om mij zo ver te krijgen.'

'Dan hoop ik voor je dat je langer plezier van hem hebt dan ik. Hij is een notoire vreemdganger. Laat dat een waarschuwing voor je zijn. Hij heeft in de tijd dat ik bij hem ben al heel wat vrouwen versleten.' Het deed haar een wrang genoegen te zien dat Malinka hiervan schrok.

'Zo ver laat ik het niet komen.'

'Succes. Alsof je er iets aan kunt doen. Bart heeft andere vrouwen nodig. Hij heeft niet genoeg aan één vrouw. Denk maar niet dat jij het voor elkaar krijgt hem die streken af te leren.'

'Als ik dat merk, ligt hij er meteen uit.' Met een hooghartige blik keek Malinka naar haar op.

'Waarschuw hem dan alvast maar. Het zal mij benieuwen hoelang je het alleenrecht hebt op hem. Vaarwel, Malinka. Van mij zul je in ieder geval geen last meer hebben.' Eva knikte en liep door met haar hoofd opgeheven en met rechte schouders. Even verderop was een café waar ze naar binnen vluchtte. Haar benen trilden zo hevig dat ze zich op de eerste de beste stoel liet vallen. Haar adem ging gejaagd en haar hart sloeg tegen haar ribben in een tempo alsof ze had hardgelopen. Met een hand tegen haar mond gedrukt bleef ze zitten.

Bij de inderhaast toegeschoten serveerster bestelde ze thee. Langzaam kreeg ze zichzelf weer een beetje onder controle en werd haar hartslag weer wat kalmer. Het lef van die vrouw! Hoe durfde ze ongevraagd te vertellen hoe de relatie met Bart tot stand was gekomen. Eigenlijk had ze haar moeten vragen wanneer het begonnen was. Dat wist ze nu nog altijd niet precies. Niet dat het er nog iets toe deed. Het was voorbij, definitief voorbij, en op dit moment kon Eva daar alleen maar blij om zijn.

HOOFDSTUK 15

De terugreis naar Nederland was een ramp. Niet zozeer omdat Eva nu alleen moest reizen, maar omdat ze op de tweede stoel in het middenpad zat. Niet handig als je steeds naar het toilet moest, zoals dit keer het geval was. Ze probeerde het steeds zo lang mogelijk op te houden omdat ze het vervelend vond haar buurvrouw telkens te moeten storen.

'Misschien kunnen we beter van stoel ruilen,' stelde de oudere vrouw na de vijfde keer eindelijk voor.

Eva knikte opgelucht. 'Dat zou fantastisch zijn. Ik weet ook niet wat ik heb. Het is niet dat ik zo veel drink.'

'Ik neem aan dat je het niet expres doet, maar je kunt beter wel voldoende drinken.' De vrouw pakte haar kussen en de ingepakte deken en wachtte in het smalle pad geduldig tot Eva haar spulletjes had gepakt.

'Dank u wel.' Ze liet haar eigen kussen en deken in de stoel liggen en haastte zich naar het toilet. Gelukkig hoefde ze daar niet te wachten. Nog zes uur vliegen, dan zou ze weer in Nederland zijn. En dan naar het ouderlijk huis.

Op dat onderdeel zat ze niet echt te wachten, maar er zat niets anders op. Ten eerste had ze nog geen woning, ten tweede had ze helemaal niets om erin te zetten. Over drie weken kon ze de container met meubels en andere huisraad verwachten, had de vervoerder vrijdag beloofd.

Drie weken bij haar ouders logeren overleefde ze vast ook wel. In die tijd hoefde ze in ieder geval nergens voor te zorgen. Haar moeder kennende mocht ze niet eens naar de pannen wijzen. Behalve als het om de afwas ging.

Terug op haar nieuwe plaats probeerde ze wat te rusten. Het

licht was gedempt en om haar heen lagen diverse mensen te slapen. Misschien moest zij dat ook maar doen. Al had ze de afgelopen nachten verrassend goed geslapen. Dat zou wel door de inspanningen van de laatste dagen komen.

Tot vrijdag was ze druk bezig geweest met inpakken, daarna had ze zich een beetje verveeld. Veel kon ze niet meer doen in huis, en dat wilde ze ook niet. Bovendien waren er al een hoop spullen opgehaald. Niet dat het appartement nu leeg was, van de meubels en de huisraad was toch ongeveer de helft verdwenen.

Tot vervelens toe had Eva lijstjes zitten maken. Lijstjes met spullen die ze moest kopen als ze eenmaal een woning had. Dingen die ze moest doen als ze terug was.

Dinsdag had ze allereerst een afspraak met haar advocaat. Ze was benieuwd of Bart haar inderdaad geen strobreed in de weg zou leggen. Sinds vorige week dinsdag had ze niets meer van hem gehoord. Wel had ze de naam en het adres van Hélène Albers naar hem gemaild zodat zijn advocaat contact met haar op kon nemen.

Carolien had haar een paar adressen doorgegeven van leuke en betaalbare appartementen. Eva had op internet al gekeken welke haar wat leken. Als ze maar wist hoeveel ze te besteden had, dat zou het een stuk gemakkelijker maken om te beslissen naar welk appartement ze wel of niet kon gaan kijken.

En een uitkering aanvragen, dat stond hoog op haar prioriteitenlijstje. Als ze die al kreeg. Ze had geen idee hoe dat tegenwoordig in zijn werk ging. Had ze recht op WW of ging ze gelijk de bijstand in? Hoe dan ook, een vetpot zou het vast niet zijn. Het zou mooi zijn als ze zo snel mogelijk een baan vond, maar met de huidige banenmarkt en de crisis kon dat nog weleens heel erg moeilijk worden.

Naar Maison Louise hoefde ze niet meer terug te gaan. Haar baantje daar was al ingenomen door een ander, wist ze. Misschien maakte ze nu wel een kans om in de kinderopvang terecht te komen. Ze had in Beijing immers ervaring opgedaan. Wen had gezegd dat hij best een aanbevelingsbrief wilde schrijven. Ook al was het onbetaald werk geweest, ze had wél echt gewerkt. Al was de kinderopvang in Nederland juist een sector die op dit moment behoorlijk zware tijden doormaakte nu de kosten voor de opvang haast niet meer vergoed werden door de belasting.

Wat voor werk zou ze dan kunnen doen? Achter de kassa zitten in de supermarkt? Desnoods. Of in een callcenter: mensen lastigvallen op onmogelijke tijden met vragen over verzekeringen, kredieten en hypotheken. Oké, ze wist best dat ze daar nog andere dingen deden. Ook grote bedrijven maakten gebruik van een callcenter. Als het moest deed ze zelfs dat werk, als ze maar kon gaan werken.

Het vliegtuig landde een kwartiertje later dan gepland vanwege tegenwind. Haar ouders zouden er evengoed staan, wist Eva. In de hal werd immers duidelijk aangegeven hoe laat en waar de vliegtuigen aankwamen.

Het duurde even voordat ze haar koffers bij elkaar op een bagagekar had gezet en ze de zware last naar de uitgang kon duwen. Zoekend naar haar ouders viel haar oog op een groepje mensen dat haar wel heel erg bekend voorkwam. Was dat Marnix die daar stond?

Zodra hij haar in het oog kreeg, begon iedereen naar haar te zwaaien en te roepen. Marnix maakte zich los uit het groepje, wrong zich tussen de mensen door naar haar toe en sloeg zijn armen om haar heen. Hij tilde haar op en draaide een rondje met haar.

'Eindelijk ben je er weer. Ik heb je gemist, zusje.'

Lachend en met tranen in haar ogen liet ze zich door hem weer op de grond zetten. 'Ik jou ook, broertje.' Opnieuw omhelsde ze hem, zich niets aantrekkend van de protesten van de rest van de familie. Op dat moment voelde ze hoezeer ze het contact met haar familie had gemist. Skype was handig om contact met elkaar te houden, maar er bleef een wereld aan afstand tussen zitten.

'Kom, zullen we eens naar die lawaaimakers gaan?' Marnix nam de bagagekar van haar over.

Eva holde naar de rest van haar familie en knuffelde en omhelsde hen allemaal. Iedereen was er: Carolien met Olaf, Gijsje, haar ouders, zelfs opa en oma waren van de partij. Dit welkom had ze echt niet verwacht, en het deed haar ontzettend goed dat ze er allemaal waren.

Ze huilde, lachte en kuste. Wat had ze hen gemist, stuk voor stuk. Zelfs Olaf kreeg een knuffel, al kende ze hem alleen van die keer dat Carolien hem had voorgesteld via Skype. 'Wat lief van jullie om me op te komen halen.'

'Had je niet verwacht, hè, zusje?' Carolien sloeg een arm om haar middel en drukte opnieuw een kus op haar wang. 'Ik ben blij dat je er weer bent.'

'Ik ook, Carootje,' verzuchtte Eva en ze veegde de tranen van haar wangen. 'Ik ook.'

In de parkeergarage tilde Marnix haar koffers in de auto van hun vader. Iedereen ging nog even mee naar hun huis zodat ze rustig nog wat konden bijpraten. Haar terugkomst had dan wel geen feestelijke reden, toch was iedereen blij dat ze weer in hun midden was.

Drie kwartier later zaten ze met z'n allen aan de koffie in de woonkamer van haar ouders. Er was zelfs taart. Eva viel er hongerig op aan. Niet dat ze in het vliegtuig niets had gegeten, ook daar had ze zich de aangeboden maaltijden goed laten smaken. Ze had gewoon trek.

Acht paar ogen keken haar verwachtingsvol aan.

'Hoe voel je je?' wilde Miranda weten.

'Gaat wel. Ik heb in het vliegtuig nog wat kunnen slapen.'

'Wij hebben misschien een baantje voor je gevonden,' zei Carolien.

'Echt? Waar dan? Wat is het?'

'Gastvrouw spelen in een restaurant. Het is wel veel avondwerk, natuurlijk. Zou je dat erg vinden?' vroeg Carolien voorzichtig. 'Dat je jarenlang in een winkel hebt gewerkt, gaf de doorslag, dan moet je wel klantvriendelijk zijn.'

'In een restaurant? Wordt er dan ook van mij verwacht dat ik mensen ga bedienen? Ik kan echt geen drie borden op één hand vasthouden.'

'Nee joh, geen bediening. Misschien hooguit een keer bestellingen opnemen of iets dergelijks, maar bedienen hoef je niet te doen. Het is niet het minste restaurant, hoor. De Hoge Luchten in het Oudkerkhof.'

Dat restaurant kende ze wel. Poepchic, kon Carolien beter zeggen. Het Oudkerkhof was dé winkelstraat van Utrecht. Als je daar zat met je zaak had je het echt wel gemaakt. Gastvrouw van dát restaurant. 'Je zei "misschien". Wat moet ik nog doen om die baan te kunnen krijgen?'

'Solliciteren natuurlijk,' grijnsde Carolien. 'Ik heb al een goed woordje voor je gedaan. Als je wilt kun je vanavond nog gaan praten met de chef.'

Eva keek haar bewonderend aan. 'Dat zou helemaal te gek zijn. Nog geen uur op Nederlandse bodem en ik heb al bijna een baan.'

'En een woning,' deed Marnix een duit in het zakje.

'Waar?'

'Het is niet veel bijzonders, een etage boven een winkel in de Zadelstraat. In de binnenstad. Dat is een minuut of vijf lopen naar je werk.'

Opnieuw kreeg Eva tranen in haar ogen. Ze stond op en omhelsde haar broer en vervolgens haar zus. 'Wat zijn jullie toch een stel lieverds dat jullie dit allemaal voor me geregeld hebben.'

'Hoho, wacht even tot je die etage hebt gezien,' remde Marnix haar enthousiasme iets af. 'Misschien vind je het wel helemaal niks. Het is niet duur, vierhonderdvijftig per maand exclusief gas, water en licht, maar er moet nog wel het een en ander aan gebeuren. Daarom is het zo goedkoop. Er moet een nieuwe vloer in. De keuken ziet er niet uit en de badkamer stamt uit het jaar nul. Je mag het opknappen, als je wilt, de prijs blijft zo laag.'

'Maar het goede nieuws is dat wij je gaan helpen met het opknappen,' zei John nu.

'Je krijgt van ons een nieuwe keuken,' voegde opa eraan toe.

'En van ons de badkamer.'

Eva wilde protesteren, maar haar vader stak zijn hand op om haar protesten tegen te houden. 'Daar is geen discussie over mogelijk. Uiteraard mag je wel aangeven wat je wel of niet wilt hebben.'

Eva omhelsde nu haar vader en gaf een klapzoen op de wang van haar opa. 'Lieverds, dat kan ik toch niet aannemen? Ik vind het fantastisch dat jullie me willen helpen, maar ik betaal het zelf. Jullie mogen het verbouwen voor je rekening nemen. Al verwacht ik niet van opa dat hij laminaat zal gaan leggen.'

'Een verfkwast kan ik nog wel vasthouden, hoor,' protesteerde de oude man. 'Ik mag dan zeventig zijn, verven kan ik nog als de beste.'

'En ik heb nog wel wat spulletjes voor je. Je zult vast niet alles hebben meegenomen uit China,' meende oma.

'Je hebt wel iets meegenomen, hè?' vroeg Carolien bezorgd. 'Je hebt toch niet gezegd dat hij alles mag houden? Jij hebt recht op de helft.'

'Rustig maar, Caro. Natuurlijk heb ik een deel van de meubels en de andere spullen hierheen laten sturen. Bart verdient kapitalen in China. Hij kan het best missen. Ik heb hier alles op moeten geven, dus voelde ik me niet in het minst bezwaard om drie van de zes eetkamerstoelen mee te nemen. Absoluut niet.'

'Echt?' Carolien begon te lachen. 'De helft van het bed soms ook?'

'Nee, dat niet. Wel de hele logeerkamer,' grijnsde Eva. 'Dat bed heeft ook een heel goed matras. Ik heb van alles zowat de helft meegenomen, of gecompenseerd met andere dingen, een halve waterkoker schiet natuurlijk niet op. Ik moest iets.' En Bart zit toch bij die Malinka, voegde ze er in gedachten aan toe. Hij zou het niet eens missen.

Het deed haar enorm goed dat haar familie zo met haar meeleefde en meedacht. Dat ze zelfs al op zoek waren gegaan naar een woning en werk en dat iedereen, echt iedereen, meehielp om haar een nieuwe start te geven. Dat was fantastisch. Meer dan ze had durven hopen. Met een intens gelukkig gevoel keek ze de tafel rond naar haar ouders, haar broer en zus en hun partners, en haar grootouders. Ze waren nu al aan het discussiëren wie wat en wanneer zou gaan doen. Dankzij hen zou ze binnen niet al te lange tijd weer een heel nieuw leven op kunnen bouwen.

Eva had zich gedoucht, een rok en blouse aangetrokken en zich bescheiden opgemaakt zodat ze eruitzag zoals ze meende dat een gastvrouw van een chic restaurant eruit behoorde te zien. Gelukkig had ze nog een uitgebreide collectie nette, vlotte kleding uit haar tijd bij Maison Louise.

Haar vader zou haar wegbrengen zodat ze niet op de fiets hoefde en helemaal verwaaid en verkleumd van de kou aan zou komen.

'Stuur maar een sms'je als je klaar bent, dan kom ik je weer ophalen. Om hier te parkeren betaal je de hoofdprijs. Ik rijd wel een paar rondjes tot je weer buiten staat.'

'Doe ik. Tot straks.'

'Succes, meisje.'

Eva keek de wegrijdende auto nog even na voordat ze in de richting van het restaurant begon te lopen. Nu voelde ze wel wat zenuwen kriebelen. Dit werd een sollicitatiegesprek. Het was belangrijk voor haar dat ze aangenomen werd, anders kon ze geen nieuwe start maken. Morgen zou ze de etage gaan bekijken die Marnix op het oog had. Die wilde ze graag bij daglicht zien. Maar nu eerst eens kijken of ze geschikt werd bevonden als gastvrouw.

Het restaurant was gesloten op maandagavond, zodat ze moest aanbellen en even moest wachten tot er werd opengedaan.

Een sympathiek ogende man deed open. Grijs, licht krullend haar, een gebruinde huid, lachrimpels naast zijn ogen en een beginnend buikje dat de strijd aanging met de knoopjes van zijn iets te krappe overhemd. 'Hallo, jij moet Eva zijn. Ik ben Huub Huigen, de baas van dit zaakje. Kom binnen. Je bent mooi op tijd.'

'Eva Meeuwi... eh, Jacobs. Fijn dat ik zo snel al kon komen.'

'De nood is hoog, Eva. Ik zit te springen om een goede gastvrouw. De vorige meende dat ze als gastvrouw het recht had om gasten te zeggen dat ze niet welkom waren omdat ze in een spijkerbroek gekleed waren. Dat moet je niet doen bij een bankdirecteur die hier even wil ontspannen na een drukke dag.'

Oké, dat was een goede les die ze moest onthouden. Kleding-voorschrift gold dus niet voor iedereen.

'Ik heb begrepen dat je in een modezaak hebt gewerkt?' ging hij verder zonder op een reactie van haar te wachten.

'Dat klopt. Bij Maison Louise. Daar heb ik tien jaar gewerkt. Ik ben er gestopt omdat mijn man een baan in Beijing kreeg.'

'Dat hoorde ik van Olaf.'

Olaf? Carolien had dit gesprek toch geregeld? Al kon Eva zich niet goed voorstellen wat de connectie van haar zus met dit dure restaurant was, laat staan met de eigenaar. Kennelijk was het Olaf geweest die een goed woordje voor haar gedaan. Ze knikte maar wat. Ze kon moeilijk zeggen dat ze de vriend van haar zus nog niet zo goed kende.

'Maison Louise staat goed aangeschreven, bij mijn vrouw in ieder geval wel. Je zult haar vast weleens gezien hebben. Suusje Toonders.'

Was dat zijn vrouw? Suusje kende ze inderdaad als een zeer geziene klant van Maison Louise. Een leuke vrouw ook, vlot, dui-delijk rijk, maar zonder kapsones. 'Ik wist niet dat zij uw vrouw is. Natuurlijk ken ik haar. Ik heb haar inderdaad vaak geholpen.'

'Je, alsjeblieft. Ik ben Huub en jij bent Eva. In de zaak, als er gas-ten zijn, hanteren we wel de beleefdheidsvormen en ben ik meneer Huigen en u, maar onder elkaar zijn we niet zo formeel. Al zul je mij niet veel in het restaurant zelf zien. Ik moet immers zorgen dat iedereen te eten krijgt.' Hij lachte een zware, gulle lach die aanste-kelijk werkte.

Eva lachte met hem mee. Huub was dus de kok. Dat was aan zijn postuur niet te zien. Bij koks dacht ze meer aan het figuur zoals dat van Herman den Blijker.

'Mooi. Eva,' ging Huub verder, 'ik wil het wel met je proberen. Kun je morgen beginnen? Je begint om vijf uur en werkt totdat het restaurant sluit. Over het algemeen sluit de keuken om tien uur, maar het wil nog weleens gebeuren dat er later nog mensen binnenkomen die een hapje willen eten. Daar doe ik niet moeilijk over. Je bent klaar met werken als de laatste gast weggaat en we opgeruimd hebben. Dat doen we altijd samen. Noteer dus de uren dat je werkt. Ik houd het niet voor je bij, daarin vertrouw ik mijn mensen. Je werkt vijf dagen per week. Op maandag zijn we gesloten en op dinsdag neemt een van de serveersters de taak van gastvrouw op zich. Die dag is het meestal niet zo erg druk.' Hij ging verder met het opsommen van de dingen die bij haar taak hoorden en noemde als laatste een uurloon waar Eva even van moest slikken. Zo veel had ze nog nooit verdiend.

'Als je dan nu het formulier voor de belasting wilt invullen, zijn we wat mij betreft klaar.' Hij schoof een paar papieren naar haar toe. 'Lees het contract ook nog even goed door zodat we daar achteraf geen vragen over krijgen. Als je het ergens niet mee eens bent, kun je dat nu beter zeggen. Het is een jaarcontract zoals je zult zien en je hebt een proeftijd van een maand. Akkoord?'

Eva kon slechts knikken. Ze nam het contract door, maar daarin leek niets te staan waarmee ze het niet eens was. Moest ze het nog eens door iemand anders laten lezen? Voor de zekerheid? Nee, dat deed ze niet. Ze had een baan als ze nu haar handtekening zette. Gastvrouw in een restaurant was wel even iets anders dan verkoopster in een modezaak, maar klantvriendelijkheid was overal hetzelfde. En dat ze veel moest lopen en staan, was ze ook gewend. Een bijkomend voordeel was dat ze overdag vrij was tot vijf uur. Een nadeel was dan weer dat ze altijd moest werken in het weekend en met feestdagen.

Niet zeuren, Eef, je hebt een baan. Ze tekende het contract en vulde daarna het belastingformulier in. Bij het adres aarzelde ze.

'Het adres waar ik nu voorlopig woon is dat van mijn ouders. Ik ben wel op zoek naar een woning.'

'Maakt niet uit. Laat het adres dan nog maar even open. Dat belastingformulier heeft ook niet zo'n haast. Je moet eerst weer ingeschreven worden in de gemeente, denk ik. Geen idee hoe dat in zijn werk gaat, daar ben ik niet van.' Huub maakte een vaag gebaar met zijn hand.

HOOFDSTUK 16

Met een vochtige doek verwijderde ze de laatste vingerafdrukken op de binnendeuren. De verhuizing zat erop. De meubels stonden op hun plaats en de kasten waren ingeruimd. Tevreden keek Eva om zich heen. Met de hulp van haar familie was het appartement echt leuk en helemaal naar haar zin geworden.

Het opknappen was klaar geweest op het moment dat de container uit China arriveerde, zodat de verhuizers de meubels voor haar naar boven hadden kunnen brengen en op hun plaats hadden ge-zet. Meer dan de kasten inruimen en alles nog eens goed schoonmaken had ze vandaag dan ook niet hoeven doen. Dat kon ze best alleen.

De tweezitter kwam hier helemaal tot zijn recht. En met de stoel uit Beijing erbij had ze meteen voldoende zitplaatsen als ze visite kreeg. Bij de drie stoelen die ze had, had ze geen passende vierde kunnen vinden. Dus had ze een niet te grote tafel gekocht en die met één kant tegen de muur geschoven. Zo was het niet storend dat er maar drie stoelen stonden.

Het eenvoudige keukenblok had alles wat nodig was voor een klein huishouden, al moest ze nu wel zelf afwassen. De keuken werd van de kamer gescheiden door een lage eetbar waarvoor ze drie krukken met een rugleuning had gekocht. De tafel en de krukken had ze bij Leen Bakker op de kop kunnen tikken voor een zacht prijsje, evenals een lage salontafel. Op het dressoir uit Beijing had de tv uit hun voormalige slaapkamer een plaatsje gevonden. Bart had geen twee televisies nodig, hij was er toch nooit om ernaar te kijken.

Het bed en de kasten uit de logeerkamer pasten in de grootste slaapkamer. De andere kamer werd voorlopig gebruikt als rommelhok. Daar stonden nu de dozen met spullen die nog een plaatsje moesten krijgen in de kasten en ook de spullen die uit de babykamer waren gekomen. Dat wilde ze echt niet in een opslagruimte laten staan. Misschien gebruikte ze het nooit meer, ze wilde het nu in ieder geval bij zich hebben.

De dag dat Lindy geboren had moeten worden, was voorbijgegaan met werken, overdag in het appartement en 's avonds in het restaurant. Eva had er wel bij stilgestaan – hoe zou ze die datum ooit kunnen vergeten – maar ze had er verder met niemand over gepraat. Wel had haar moeder haar die dag even vastgehouden, echter zonder iets te zeggen. Dat was ook niet nodig, ze begrepen elkaar zonder woorden ook wel.

En nu kon ze dan eindelijk opnieuw beginnen. Een nieuwe baan, een andere woning: een nieuwe start.

Haar advocaat had inmiddels contact opgenomen met de advocaat van Bart. Eva had alles met haar doorgesproken zoals ze het wilde hebben. Het was nu aan Hélène om de scheiding juridisch rond te krijgen. Het was zelfs niet noodzakelijk dat Bart hiervoor naar Nederland reisde, maar er zou ongetwijfeld een moment komen dat hij hierheen kwam.

Voorlopig wilde ze daar nog helemaal niet aan denken. Met Bart Meeuwissen was ze helemaal klaar.

Omdat ze te moe was om voor zichzelf te koken, nam ze genoegen met een pizza uit de diepvries. De combimagnetron had ze ook meegenomen uit Beijing, Bart had er toch geen benul van hoe hij dat ding moest gebruiken.

Zittend op de bank en kijkend naar een natuurprogramma op tv, at ze haar pizza met smaak op. Het was niet aardig om te denken: eindelijk alleen, toch was ze blij dat ze nu iets voor zichzelf had. Haar ouders hadden goed voor haar gezorgd in die weken dat ze daar logeerde – niets ten nadele van hen – toch was al die aandacht soms verstikkend geweest.

Op het moment dat er beelden van China op televisie verschenen, gingen haar gedachten naar Luke. Al die tijd had ze niet aan hem gedacht en zelfs de belofte om contact te houden verzaakt.

Schandalig. Het werd tijd dat ze hem iets liet weten, dat had hij verdiend. Jammer dat het nu zeven uur later was in China, dus midden in de nacht. Geen tijdstip om hem even een sms'je te sturen. Dat moest dan maar een mailtje worden, een lange mail.

Nadat ze haar pizza ophad, begon ze aan een mail voor Luke. Al schrijvende zag ze hem voor zich, tussen de kinderen, lachend, genietend en soms streng als dat nodig was. Wat was hij eigenlijk een bijzonder mens. Zonder eigenbelang was hij naar Beijing gegaan om daar les te geven aan kansarme kinderen. Hij verdiende er nauwelijks iets mee, woonde en leefde in een kamertje waarin slechts een bed en een kast pasten, en desondanks was hij vrolijk, vriendelijk en vol vertrouwen in de toekomst geweest.

Hij was zo heel anders dan Bart. Luke vroeg niets voor zichzelf maar gaf des te meer. Bart deed haast niets zonder dat het iets opleverde voor hemzelf. Misschien niet altijd op privégebied, maar zakelijk was hij keihard en gedreven. Alles voor de zaak. Hoewel... hoe vaak had hij werkelijk overgewerkt als hij weer eens laat thuiskwam? Hoeveel uur waren er naar vriendinnetjes gegaan en stiekeme relaties?

Hè, nu dacht ze weer aan Bart. Dat wilde ze helemaal niet.

Eva las de lange mail die ze voor Luke had opgesteld nog eens door. Ze had geschreven over haar nieuwe baan en woning en dat ze hier blij mee was. Misschien dat ze in de toekomst nog verder ging zoeken naar een baan in de kinderopvang of iets dergelijks. Voorlopig was ze blij dat ze werk had.

Moest ze niet meer over zichzelf schrijven? Dat interesseerde Luke vast meer dan die baan en een appartement.

Hun afscheid stond haar weer helder voor de geest. Het moment waarop hij haar had gekust. Waarom had hij dat gedaan? Omdat hij een gevoelsmens was? Kuste hij iedere vrijwilligster die wegging? Dat waren er heel wat in een jaar.

Hoe goed kende ze Luke eigenlijk? Had ze hem wel echt leren kennen in de anderhalve maand dat ze op het schooltje had gewerkt? Ze hadden verschillende keren een serieus gesprek met elkaar gehad. Hij had verteld waarom hij naar Beijing was gekomen, maar kende ze hem dan ook echt? Wat had hij van zichzelf laten zien?

Eva wist nog altijd niet of hij een vriendin had. Daarover had hij niets losgelaten. Het leek haar niet erg waarschijnlijk omdat hij bij Wen en Shu in huis woonde, maar het kon evengoed dat hij een leuke Chinese vrouw had leren kennen en dat hij haar bij haar thuis bezocht. Daarover had hij niets verteld.

Eigenlijk kende ze hem helemaal niet zo goed, besefte ze nu. Overmoedig voegde ze nog een laatste zin aan de lange mail toe: *PS: Heb je al een nieuwe vriendin?* en stuurde hem weg voordat ze die zin weer verwijderde.

Waarom had ze het niet eerder gemerkt? Vertwijfeld staarde Eva naar haar spiegelbeeld. Haar handen gleden over haar buik. Een lichte bolling was zichtbaar, of verbeeldde ze zich dat maar?

Natuurlijk had ze het druk gehad de laatste tijd en had ze zich nauwelijks tijd gegund om lang bij het huwelijk dat voorbij was stil te staan. Dat wilde ze ook niet. Het lag allemaal nog zo vers in haar geheugen en het deed nog steeds pijn als ze dacht aan het bedrog van Bart.

Maar dit... Had ze werkelijk zo weinig aandacht aan zichzelf besteed dat ze niet eens had gemerkt dat ze een menstruatie had overgeslagen? Niet één, maar zelfs twee keer. Als ze terugtelde, kwam ze tot de conclusie dat ze in de week van het bewuste feest in Beijing in verwachting moest zijn geraakt. Dat was immers de laatste keer geweest dat ze met elkaar hadden gevreeën. Langer geleden kon haast niet omdat Bart er in de tijd daarvoor niet zo veel behoefte aan leek te hebben om met haar te vrijen. Inmiddels kende ze de werkelijke reden daarvan goed genoeg.

Zwanger! Ze was opnieuw zwanger. Drie maanden zelfs al. Dat verklaarde wel waarom ze vaak zo moe was. Nu zag en voelde ze ook dat haar borsten zich aanpasten aan de staat van haar lichaam. Was ze zo met andere zaken bezig geweest dat ze dit niet eens had gemerkt? Blijkbaar wel. Ze was afgevallen in de periode na haar terugkeer naar Nederland. Dat kon een verklaring zijn waarom ze nu pas merkte dat ze op bepaalde plaatsen dikker werd. Haar kleren waren zelfs iets te groot geweest, maar begonnen nu eindelijk weer echt te passen.

Daarnaast werkte ze hard in het restaurant. Opnieuw ging er een schok door haar heen. Ze had de afgelopen tijd geen rekening gehouden met haar alcoholgebruik. Niet dat ze overmatig dronk, maar een wijntje na het werk was niet ongebruikelijk. Waarom zou ze ook niet? Nu ze niet meer met Bart samenleefde, kon ze niet meer in verwachting raken, er was niet eens een man in haar leven. Ze hoefde niet meer op te letten met alcohol.

Fout! Nu bleek wel hoe ontzettend fout ze had gezeten met die gedachte. De angst dat het opnieuw verkeerd kon gaan met deze baby kreeg haar in zijn greep. Ze had weer gedronken, net als bij Lindy!

Haar benen begonnen opeens zo hevig te trillen dat ze zich op de grond moest laten zakken. Met haar armen om haar buik geslagen bleef ze zitten. Tranen van angst stroomden over haar wangen.

Niet weer. Het mocht niet nog een keer fout gaan. Dat zou ze niet overleven. De kans op een kindje was al zo klein geworden door de scheiding. Nu was ze dan alsnog in verwachting, dit kindje wilde ze niet verliezen. Mocht ze niet verliezen.

Eva trok zich omhoog aan het toilet. Controle. Een echo! Een gynaecoloog kon haar vertellen hoe het met haar kindje ging. Daar moest ze naartoe. En wel direct!

Gehaast kleedde ze zich verder aan en ze zette haar iPad aan. Vrijwel meteen kwam de melding in beeld dat ze een mail had ontvangen van Luke. Hij moest maar even wachten. Eerst moest ze weten hoe het met haar kindje ging.

Het telefoonnummer van een gynaecoloog hier in de buurt was snel gevonden en ongeduldig wachtte ze tot er opgenomen werd. Struikelend over haar eigen woorden probeerde ze te vertellen wat er aan de hand was.

'Mevrouw, begint u nog eens opnieuw. Ik snap er werkelijk niets van. Even een paar keer diep ademhalen en dan opnieuw beginnen,' onderbrak de secretaresse haar.

Eva deed wat haar gezegd werd en begon opnieuw met haar verhaal. 'Mijn naam is Eva Jacobs. Ik ben zwanger. Ik ben al eerder zwanger geweest, maar dat eindigde helaas in een miskraam in de twintigste week. De baby bleek een aangeboren hartafwijking te hebben. Nu ben ik dus weer zwanger. Drie maanden al. Ik ontdek het pas net. Maar ik wil nu graag weten – heel erg graag weten zelfs – of dit kindje in orde is. Ziet u, ik wist niet dat ik zwanger was, kon eigenlijk ook niet meer zwanger worden omdat mijn man en ik uit elkaar zijn. Kennelijk ben ik net voor de breuk in verwachting geraakt. Iets waar ik absoluut niet op had gerekend. Nu ben ik bang dat de baby door alcoholgebruik misschien weer iets ernstigs heeft waardoor ze komt te overlijden.'

'Ik begrijp het, mevrouw. Ik zal een afspraak met dokter De Klaver inplannen. Kunt u volgende week woensdag om twee uur?'

'Ja, dan kan ik.' Eva keek niet eens in haar agenda. Ze zou gaan, ongeacht wat er dan op het programma stond. Niets zou haar weg kunnen houden van deze afspraak.

Nadat ze nog wat gegevens had doorgegeven, hing ze met een iets beter gevoel op.

Er zou nu in ieder geval iets gebeuren.

Meteen daarna begon ze te zoeken op internet naar wat de schadelijke gevolgen van alcohol op een ongeboren baby konden zijn. Hoewel ze dat bijna zes maanden geleden talloze mailen had gedaan, wilde ze het nu opnieuw lezen.

En het stond er nog altijd heel erg duidelijk: *In de hele zwangerschap kan alcoholgebruik leiden tot hersenbeschadiging bij uw kind. Bovendien kan alcoholgebruik in de eerste twaalf weken leiden tot afwijkingen aan organen, zoals hart, armen en ogen.*

De aangeboren hartafwijking van Lindy kon veroorzaakt zijn door alcohol. Dat wist zij als geen ander. Dat dokter Lóng had gezegd dat die paar glazen echt niet de oorzaak waren, zette het schuldgevoel dat Eva hierover had niet buitenspel. Ze hád gedronken toen ze in verwachting was van Lindy. En nu weer!

Ze was drie maanden zwanger. Precies tijdens die eerste gevoelige twaalf weken had zij gedronken. Niet in het begin, maar wel

159

nadat ze weer terug in Nederland was. Simpelweg omdat ze niet meer op een zwangerschap had gerekend.

Lusteloos klikte ze het mailtje van Luke open. Tot een halfuur geleden had ze uitgekeken naar zijn berichten. Ze genoot van de mailwisseling tussen hen. Vaak hadden ze via Skype contact met elkaar. Immers, op het tijdstip dat Luke vrij was – 's middags na vijf uur – zat zij ook vaak thuis. Het contact tussen hen was goed, intens, leuk, en ze keek er iedere keer weer naar uit.

Soms meende ze tussen de regels door te lezen, en te horen in zijn stem, dat hij meer voor haar voelde dan alleen maar vriendschap.

Ze praatten en schreven werkelijk over alles wat hen bezighield. Eva vertelde over haar werk, het leven hier midden in de stad en de grappige en soms minder leuke voorvallen in het restaurant. Zoals die keer dat de ouders van Bart opeens voor haar neus hadden gestaan. Ze waren in het gezelschap van een ander echtpaar geweest, dat Eva herkende van de keren dat ze hen bij Hans en Joke had gezien.

Na haar terugkomst naar Nederland had ze haar schoonouders niet meer gezien of gesproken, net zomin als de rest van haar ex-schoonfamilie. Hans en Joke waren net zo goed geschrokken toen ze Eva in het restaurant zagen, maar ze hadden zich hersteld en Hans had zich met een afgemeten blik tot haar gewend. Hun vrienden hadden gereserveerd, of ze hen naar hun tafeltje kon brengen. Veel meer dan dat werd er niet tegen haar gezegd, waar Eva in haar hart dankbaar om was.

Luke vertelde op zijn beurt over de kinderen, vooral over degene die Eva kende van haar eigen lessen, en over Wen en Shu. Hij schreef over voorvalletjes die een glimlach op haar gezicht brachten. Ook vertelde hij over de vele vrijwilligers die korte of langere tijd bleven om hen belangeloos te helpen.

Door het contact met Luke besefte ze vaak genoeg dat ze het leven in Beijing miste. Ook al had ze er niet langer dan zes maanden gewoond, in die tijd had ze haar hart verloren aan de drukke stad met haar bijzondere inwoners en cultuur.

Of was het vooral Luke die ze miste? Die gedachte had ze voorzichtig toegelaten. Luke wás voor haar Beijing. Een onbereikbare stad.

Nu zag ze ertegen op om hem te schrijven wat haar vandaag was overkomen.

Natuurlijk wilde ze dolgraag een baby. Sinds het verlies van Lindy had ze gehoopt opnieuw zwanger te worden. Maar nu ze alleen was, en met die angst dat het weer fout kon gaan, lag het toch een stukje anders.

Natuurlijk moest ze nog aan de nieuwe situatie wennen, aan de gedachte dat er weer een klein mensje in haar groeide. Het was niet niks wat ze nog maar een halfuurtje geleden ontdekt had.

Zwanger. Een kind. Het zou haar leven op zijn kop zetten. Hoe moest het met haar werk? Kon ze hier wel blijven wonen? Ze zag zichzelf iedere dag al met een kinderwagen de trappen op en af sjouwen. Een lift was er niet, alleen een steile trap die naar haar etage leidde.

Waar moest de baby slapen? Het rommelhok? En als ze moest werken, waar moest ze haar kindje dan laten? Er woonde hier geen aardige buurvrouw naast haar die de zorg van de baby wel op zich wilde nemen. Moest ze de baby dan iedere keer als ze ging werken naar haar ouders brengen?

Kon ze eigenlijk wel blijven werken als de zwangerschap echt zichtbaar begon te worden? Nu stond ze vaak een hele avond op haar benen. Tijdens de vorige zwangerschap had ze geen last van gezwollen benen gehad, maar toen had ze ook nauwelijks meer gedaan dan het huishouden en wat wandelen in de stad.

Huub zou er vast niet blij mee zijn. Zou hij haar ontslaan als hij hoorde van de zwangerschap? De proeftijd was ze nu wel glansrijk doorgekomen, maar over pakweg een halfjaar kon ze een aantal weken niet werken. Daar zat hij vast niet op te wachten. Was dat een reden om haar te mogen ontslaan? Ze was niet ziek. Een zwangerschapsverlof van drie maanden zat er vast ook niet in.

Eva probeerde zich te concentreren op het mailtje van Luke, maar er bleef niets hangen van wat ze las. De letters dansten voor haar ogen. Ze zette de iPad uit en legde hem weg. Later zou ze

Luke wel laten weten wat er aan de hand was.

Besluiteloos liep ze door het appartement heen en weer en ze bleef uiteindelijk staan in de deuropening van het rommelkamertje. Die naam verdiende de kamer zeker. Er stonden zelfs nog onuitgepakte dozen in. De spullen die erin zaten had ze tot nu toe niet nodig gehad. Ze had eigenlijk geen idee wat er precies in zat.

De dozen met de babykleertjes en de spulletjes die ze in Beijing nog had gekocht, stonden apart. Nu zou ze die alsnog kunnen gebruiken. Opnieuw voelde ze niet de vreugde die er eigenlijk wel behoorde te zijn.

Heel bewust sloot ze de deur van het rommelkamertje. Eva pakte haar jas en tas en verliet het appartement. Misschien hielp het als ze buiten ging wandelen om haar gedachten wat te verzetten.

Het was zacht voor de tijd van het jaar. Februari beloofde nu al warmer te worden dan ooit tevoren, werd er door de weermannen gezegd. Onzin, meende Eva. De maand was nog niet eens op de helft. Er kon nog zoveel veranderen wat het weer betreft. Toch genoot ze van het zonnetje dat met milde kracht de straten in een warme gloed zette.

Hoe zou het nu in Beijing zijn? Laatst haalde de stad het nieuws vanwege de onvoorstelbaar dikke smog die boven de stad hing. Deze was in tijden niet zo dik geweest. Er was een alarmfase ingesteld omdat de waarden niet eens meer te meten waren. Oudere mensen, zwangere vrouwen en kinderen moesten binnenblijven, de rest van de bevolking diende zo min mogelijk naar buiten te gaan.

Alsof de lucht in de huizen zoveel beter was, dacht Eva. Diezelfde vieze smog drong de huizen binnen. Je ademde alsnog die kwalijke dampen in als je huis niet voldoende geïsoleerd was en je geen luchtreiniger in huis had. Het appartement waar ze met Bart had gewoond, voldeed wel aan die normen en had zo'n luchtreiniger.

Bart. Ze had hem nog niet op de hoogte gebracht van de zwangerschap. Hij moest het ook weten. Het kind was verwekt in de tijd dat ze nog getrouwd waren, dus was hij automatisch de vader. Natuurlijk was hij de vader. Alsof ze in de tussentijd met andere mannen naar bed was geweest!

Ze lachte schamper, wat haar een vreemde blik opleverde van een ouder echtpaar dat ze passeerde. Zij en andere mannen. O, er waren er echt wel die belangstelling voor haar toonden. Vooral in het restaurant. Huub had een keer gezegd dat sinds haar komst de omzet van het restaurant was gestegen. En dat lag beslist niet aan zijn kookkunst, had hij er lachend aan toegevoegd, maar vooral aan de mannen die hoopten een glimlach op te vangen van Eva Jacobs.

Natuurlijk, alsof zij daarop zat te wachten. Niet dus.

Terugkomend op Bart vroeg ze zich af of hij alimentatie voor het kind moest gaan betalen. Ze kreeg nu niets van hem. Dat had ze ook niet willen hebben. Niet dat ze het geld niet kon gebruiken, maar ze had hém niet meer nodig en zijn geld dus ook niet.

Met een kind lag dat anders. De kosten die ze moest maken zouden hoger worden. De ziektekostenverzekering bijvoorbeeld, hoe zat het daarmee? Kleding, eten, scholing, sportclubjes en ga zo maar verder. Niet alles kwam tegelijk, gelukkig niet. Toch werd het leven duurder met een kind erbij.

Door aan al die dingen te denken probeerde ze de zorgen over een eventuele aangeboren afwijking terug te dringen. Er waren genoeg vrouwen die rookten en dronken tijdens de zwangerschap en die een perfect gezond kind op de wereld zetten. Waarom zou dat voor haar anders zijn?

Domme pech, had Bart het genoemd. Als dat toch eens waar was...

HOOFDSTUK 17

Ik begrijp je zorgen om de baby, maar probeer er in de eerste plaats vooral van te genieten. Het is een klein wondertje op zich. Probeer erin te geloven dat het dit keer wel goed gaat. Van te veel piekeren word je bovendien lelijk, en dat wil ik echt niet. Skypen we binnenkort weer?
XXX Luke

Wat was hij toch een lieverd, dacht Eva, toen ze het laatste stukje van zijn sms'je nog een keer las. Hij was de eerste die wist dat ze zwanger was. Hoewel ze het bericht op een tijdstip had gestuurd dat hij beslist voor de klas moest staan, had hij vrijwel direct gereageerd op haar mailtje.

Ze werd helemaal warm vanbinnen. Kon het echt dat je sterke gevoelens kreeg voor iemand met wie je alleen maar via mail, sms en Skype contact had? Dat ze hem enige tijd in levenden lijve mee had gemaakt, speelde vast ook een rol. Of had ze hem daardoor juist geïdealiseerd? Hij wist haar altijd zo precies te raken met zijn woorden, of hij ze nu schreef of uitsprak, ze troffen altijd doel. Er waren momenten dat ze wenste dat ze terug kon gaan naar Beijing, alleen om bij hem te zijn.

Voelde hij het ook zo? Of had ze Luke op een voetstuk geplaatst en zag ze dingen die er niet waren, maar die ze graag wilde zien?

Hij had geen speciale vriendin, was nog altijd vrij, schreef hij. Kon ze hem vertrouwen? Bart had ze ook vertrouwd en hij had haar bedrogen. Luke zat zo ver weg en papier was heel geduldig, dat zou een leugen niet verraden. Hij kon schrijven en zeggen wat hij wilde en toch zijn gang gaan met wie weet hoeveel vrouwen.

Wat haalde ze zich nu weer in het hoofd? Hij had haar nooit iets beloofd. Ze waren vrienden, meer niet. Hoe groot was de kans dat ze elkaar ooit weer in levenden lijve zagen?

Zij ging niet terug naar Beijing en hij had geen geld om hierheen te komen. Bovendien was Luke vergroeid met de school, die zou hij nooit in de steek laten. Misschien voor een korte vakantie, maar zelfs dat was een kostbare zaak voor een onderwijzer die geen cent te makken had.

Ze schudde die trieste gedachten van zich af. Het zou beter zijn als ze wat meer in de realiteit leefde, in plaats van te dromen over iets wat toch nooit zou gebeuren.

Ze had nog een taak vandaag. Haar ouders vertellen dat ze zwanger was.

Barts ouders zouden het op een zeker moment ook te weten komen. Moest ze dan weer contact met hen zoeken? Sinds die keer in het restaurant had ze hen niet meer gezien. Utrecht was ook zo groot. Je kon hier een mensenleven doorbrengen zonder elkaar één keer te zien, daar was Eva van overtuigd. Maar als ze een kleinkind kregen, zou de stad vast een stuk kleiner worden.

Opnieuw schudde ze die gedachten van zich af. Dat kwam later wel. Eerst maar eens haar eigen ouders het nieuws vertellen.

'Kind toch. Daar schrik ik van,' was de eerste reactie van Miranda.

Eva keek haar verbaasd aan. 'Waarom dan? Ik heb er zelf niet meer bij stilgestaan, maar Bart en ik... Nou ja, we waren gewoon man en vrouw. Als ik meer op de signalen had gelet, had ik al veel eerder in de gaten gehad dat ik zwanger ben.'

'Hoe moet het dan met Bart?' wilde John weten.

'Ik vertel het hem uiteraard ook.' Wanneer wist ze nog niet. Niet nu direct al. Eva wilde eerst zelf een beetje aan het idee gewend raken.

'Hij heeft er recht op te weten dat hij vader wordt. Het is tenslotte zijn kind,' knikte John.

'Misschien...' begon Miranda.

'Nee, mam, zet dat maar uit je hoofd. Het komt niet meer goed tussen Bart en mij. Hij heeft te veel kapotgemaakt met zijn overspel,' zei Eva beslist. Ze had kunnen weten dat haar ouders hierover zouden beginnen. Misschien komt het nog goed... Moet je niet dit of dat...

'Dat kun je toch niet weten,' protesteerde Miranda.

'Ik wel. Ik ben helemaal klaar met die kerel, dan kan hij nog zo vaak de vader van mijn baby zijn.'

'Hoe ga je dat dan doen als hij het kind komt halen? Ik neem aan dat hij zijn zoon of dochter ook wil leren kennen. Gaat hij er dan mee naar China? Moet jij zo'n klein hummeltje dan op het vliegtuig naar Beijing zetten? Heb je daar al over nagedacht, Eva?'

Nee, dat had ze niet. En dat deed ze ook liever niet al te veel. In haar gedachten doken opeens verhalen op over kinderen die door hun vaders ontvoerd werden naar het buitenland. Hoe vaak hoorde je niet dat een moeder haar kind nooit meer terugzag omdat pa in het buitenland woonde en daar nu eenmaal andere wetten en regels golden?

Ze schudde vertwijfeld haar hoofd. 'Als hij zijn kind wil leren kennen, komt hij maar hierheen. En anders wacht hij maar drie jaar.'

'Dat kun je niet maken. Niet naar Bart toe, maar ook niet naar je kind. Een kind heeft er recht op zijn vader te leren kennen,' hield John haar voor.

Eva sloot haar ogen een moment. Daar wilde ze helemaal niet over nadenken. Had Bart inderdaad het recht om zijn kind te leren kennen? Had hij dat recht niet verspeeld door zijn vrouw te bedriegen? Hoe was het voor een kind om steeds geconfronteerd te worden met een nieuwe vriendin van zijn vader? Ze wist niet eens of hij nog altijd samen was met Malinka.

'Ik wil niet dat jullie iets vertellen, niet aan Bart, maar ook niet aan zijn familie.' Eva keek haar ouders strak aan.

'Wil je het geheimhouden voor hem? Wil je het hem dan niet laten weten?' vroeg Miranda geschokt.

'Dat weet ik nog niet. Voorlopig hoeft hij nog helemaal niets te weten. Ik weet zo net nog niet wat zijn rechten zijn. Hij heeft heel veel kapotgemaakt, mam. Dat begrijp je toch zeker wel?'

De strak op elkaar geperste lippen van haar moeder zeiden haar echter meer dan voldoende. Ze begrepen het niet. Jammer dan. Het was haar leven, haar kind, haar beslissing.

De volgende die het moest weten, was Huub.

'Meid, wat fantastisch. Gefeliciteerd. Wie is de vader? Kennen we hem?' Hij zwengelde aan haar arm en kuste haar op de wangen.

'Je kent hem niet. Denk ik. Ik ben zwanger van mijn ex. Al drie maanden zelfs.'

'O. Tja, dat kan natuurlijk ook. Hoelang zijn jullie nu uit elkaar?'

'Drie maanden.'

'Dan heeft die laatste vrijpartij dus niet geholpen,' waagde hij grijnzend.

Eva stompte hem tegen zijn arm. 'Dat is een misselijke opmerking. Op dat moment wist ik nog niet dat hij er een andere vrouw op na hield.'

'Sorry, Eefje. Ik plaag je maar wat. Leuk nieuwtje. Je blijft toch wel bij me werken, hè?'

'Natuurlijk. Als dat mag van jou.' Ze lachte opgelucht. 'Ik moet nog zien hoe ik het ga doen als de baby er eenmaal is, maar ik ben wel van plan om hier te blijven werken.'

'Mooi zo. Ik zou jou niet graag missen in het restaurant. Je bent goed in je werk, Eefje. Heel erg goed. Dat vind ik niet alleen, maar de klanten ook. Iedereen is vol lof over jou.'

'Is dat zo? Misschien moet ik dan maar eens loonsverhoging vragen aan mijn baas.' Ze knipoogde naar hem.

'Als het jaar voorbij is, krijg je die ook. Met een nieuw contract,' beloofde hij.

Opgelucht dat dit gedeelte zo gemakkelijk was verlopen ging ze aan het werk.

Bij thuiskomst, ook al was het al twaalf uur geweest, was ze nog te vol van haar werk om te kunnen slapen. Eva pakte haar iPad en ging ermee op de bank zitten. In de mail vond ze een berichtje van haar zus die haar feliciteerde met de zwangerschap.

Kennelijk had haar moeder het niet helemaal voor zich kunnen houden. De ergernis daarover schoof ze opzij. Het was nu toch al gebeurd, ook al vond ze het niet leuk dat haar moeder het doorgebriefd had aan Carolien.

Ook Carolien vroeg direct of ze het aan Bart ging vertellen. Bah, waarom dacht iedereen als eerste aan hem? Alsof hij erop zat te wachten dat hij vader werd. Vast niet meer. Eindelijk verlost van een vrouw, wat moest hij dan met een kind? Verplicht iedere twee weken bellen of opzoeken? De helft van alle vakanties met zijn zoon of dochter doorbrengen? Net zoals het bij Carolien en Olaf ging met Meindert?

De zoon van Olaf had ze al verschillende keren bij Carolien en Olaf gezien. Het jochie leek er niet onder te lijden dat zijn ouders gescheiden waren, noch dat zijn vader een vriendin had. Carolien leek het zelfs wel leuk te vinden om het kind geregeld over de vloer te hebben. Zij en Olaf pasten vaak genoeg op de jongen als zijn moeder met haar man ergens heen moest. Het zou Eva zelfs niet verbazen als haar zus binnenkort ook in verwachting bleek te zijn.

Er kwam een geluidje uit haar iPad. Het bleek Luke te zijn. Hij was online op Skype.

Heb je zin om te praten of ga je naar bed?

Als antwoord drukte ze op het groene telefoontje waarmee ze naar hem belde om online te kunnen praten met elkaar, al dan niet met beeld erbij.

'Hé, Eva. Ben je net terug van je werk?'

Het was weer even overschakelen naar het Engels voor haar. '*Yes,* net terug van mijn werk. Even tot rust komen voordat ik naar bed ga. Hoe is het in Beijing?'

'Druk, zoals altijd. Het is gelukkig harder gaan waaien zodat de smog minder is geworden.'

'Geen zieken daardoor?'

'Op dit moment niet, dat merken we pas jaren later,' klonk het sarcastisch. 'Zet je video eens aan. Ik wil je zien.'

Eva voldeed aan dit verzoek, ook al was het beeld wazig omdat ze in een schemerige kamer zat. 'Hoi.'

'Hoi, daar ben je dan.'

Eva keek in het lachende gezicht van Luke.

'Gefeliciteerd, meisje. Ben je er blij mee?'

'Pff, ja en nee.'

'Hm, zelfs dat kan ik begrijpen. Er komt vast een hoop op je af.'

'Dat kun je wel zeggen.' Ze keek naar zijn groene ogen. De beginnende baard die hij zorgvuldig in die stand leek te houden – hij werd niet groter, maar verdween ook nooit – gaf hem een jongensachtig uiterlijk. Hij moest tegen de veertig lopen, maar zag er jonger uit dan menig man van die leeftijd die ze kende.

Eva had er opeens heel wat voor over om zijn armen om haar heen te voelen. Dat was slechts één keer gebeurd. Die keer toen hij haar troostte, kort na de ontdekking dat Bart haar bedroog. Ze verbeeldde zich dat ze opnieuw het kriebelen van zijn baard voelde toen hij haar kuste bij het afscheid. 'Ik wilde dat je bij me was,' fluisterde ze opeens.

De uitdrukking op zijn gezicht leek niet te veranderen en even dacht ze dat hij het gelukkig niet had gehoord.

'Ik ook, Eva. Ik ook. Ik zou je dolgraag willen vasthouden en je troosten. Je kussen en strelen. Dat weet je toch?'

Met een schok keek ze hem weer aan. Voelde hij hetzelfde?

'Sorry, laat ik je schrikken? Had je dat nog niet geraden? Ik houd echt niet met iedere vrijwilliger contact als ze hier weggaan.'

'Ik... eh... Vind je me leuk?' stamelde ze. Soms vond ze de Engelse taal iets te beperkt. *Do you like me* kon op verschillende manieren worden uitgelegd.

'Heel erg leuk zelfs. Ik werd verliefd op je, die allereerste keer dat ik je zag,' ging Luke verder. 'Jammer genoeg was je getrouwd Ik wilde niet degene zijn die een gelukkig huwelijk kapotmaakte. Het nieuws dat je man jou bedroog, was voor mij tegelijkertijd een stille hoop dat ik een kans maakte. Maar je ging weg...'

'Luke,' meer kon ze niet uitbrengen. Waarom zat er bijna acht-duizend kilometer tussen hen? Waarom kon hij niet hier zijn, of zij daar, zodat ze elkaar vast konden houden, kussen, liefhebben? Het besef dat zij de afgelopen maanden verliefd op hem was geworden, drong nu tot haar door. En dat hij diezelfde gevoelens voor haar had.

'Ik weet het, meisje. Ik weet het,' verzuchtte hij. 'Voorlopig zullen we het op deze manier moeten doen. Misschien kom je weer hierheen nu je zwanger bent? Je ex... Hij zal zijn kind ook willen zien. Als je dan in Beijing woont, is dat voor iedereen gemakkelijker.'

'Hoe dan, Luke? Hoe zou ik daar moeten gaan wonen? Zonder baan krijg ik alleen maar een toeristenvisum, dat weet jij toch ook?'

'We verzinnen er wel iets op. Het komt goed, lief. We vinden wel een manier. Ik houd van je.'

Hij hield van haar. Ze werd er helemaal warm van en voelde tranen in haar ogen komen. 'Luke... ik...'

'Ssst, zeg maar niets. Ik weet het al geruime tijd. Maar nu moet ik aan het werk, lief. We praten later nog wel. Rond een uurtje of zes?'

Eva kon alleen maar knikken, en het volgende moment was Luke uit beeld en van Skype verdwenen.

Hij hield van haar, dat had ze hem duidelijk horen zeggen. Hij was verliefd op haar geworden. Luke Stanford hield van haar! Ze begon te giechelen als een bakvis en drukte haar handen tegen haar gloeiende wangen. Was het echt waar? Kon ze hem geloven op zijn groene ogen? Wat zou ze dat graag doen.

Wat had hij nog meer gezegd? Zij kon naar Beijing komen met de baby, vanwege Bart. Hoe stelde hij zich dat voor? Daar had hij duidelijk nog niet goed over nagedacht. Of toch wel? Was hij al een stapje verder?

Het begon Eva te duizelen en nu pas voelde ze hoe moe ze was. Nadat ze de lichten had uitgedaan, rolde ze haar bed in met haar handen tegen haar buik gedrukt.

Het tweede moeilijkste deel had ze steeds voor zich uit geschoven. Het eerste gedeelte was inmiddels gebeurd: ze kwam net terug van de echo. Carolien was met haar meegegaan.

Nu ze wist dat de baby helemaal in orde was – een uitgebreide echo had daarover uitsluitsel gegeven – kon ze er niet meer omheen dat ze Bart moest inlichten. Al deed Eva dat liever nog niet.

Als hij het niet wist, hoefde ze zich ook niet druk om hem te maken. Dan kon hij geen aanspraak maken op het kind en hoefde ze ook niet bang te zijn dat hij hun kind bij zich zou houden als het eenmaal in China was.

Toch wist ze dat het slechts een kwestie van tijd was voordat Bart het te weten zou komen. Was het niet omdat iemand van haar familie zich versprak, dan wel omdat bekenden uit haar omgeving er onbewust een opmerking over maakten tegen een lid van de familie van Bart, of tegen iemand die hen kende.

'Heb je het hem al verteld?' vroeg Carolien, alsof ze wist waar haar zus in gedachten mee bezig was. Ze hoefde niet duidelijker te zijn.

'Nog niet,' mompelde Eva.

'Dat moet wel, hè. Je mag het niet voor hem verzwijgen. Hij is de vader van je kind.'

'Waarom moet iedereen me dat iedere keer weer onder mijn neus wrijven?' viel Eva opeens uit. 'Alsof ik dat niet weet. Alsof ik niet besef dat ik hem moet bellen. Denk je soms dat ik het leuk vind dat ik in deze situatie zit? Heb ik erom gevraagd afgedankt te worden voor een ander? Nee! Heb ik erom gevraagd om een alleenstaande moeder te worden? Nee! Ik kan mijn eigen beslissingen wel nemen. Daar heb ik jullie niet voor nodig. Dus stop er alsjeblieft mee me steeds te vertellen wat ik moet doen!'

'Ho, rustig maar.' Carolien hief afwerend haar handen op en liep naar het aanrecht. 'Ik zal eerst thee zetten. Volgens mij kun je dat wel gebruiken.'

Alsof thee alles oploste. Getergd bleef Eva zitten. Ze had niet zo willen uitvallen tegen haar zus, maar opeens was ze het hartstikke beu steeds te moeten horen wat ze móést doen. Alsof Bart zo veel belang in haar stelde. Hij had niets meer van zich laten horen sinds ze uit Beijing vertrokken was. Alle contact was via hun advocaten gelopen. Alsof ze voor hem niet eens meer bestond. Uit het oog, uit het hart, gold voor hem kennelijk wel heel erg letterlijk.

Maar zij moest wél contact met hem opnemen om hem te vertellen dat hij vader werd. Diep in haar hart hoopte ze dat hij zou zeggen dat het haar probleem was, dat hij daar niets mee te maken wilde hebben. Dat hoorde ze nog het liefst van hem. Al kon ze zich niet voorstellen dat hij echt zo zou reageren.

Een blik op haar horloge leerde dat het in Beijing nu negen uur 's avonds was. Een mooi moment om hem bij te praten. Trouwens, wat kon het haar schelen of ze hem al dan niet stoorde. 'Caro, ik ga hem nú sms'en dat hij op Skype moet komen.'

Carolien draaide zich om bij het aanrecht. 'Prima. Doe maar, het kan maar gebeurd zijn.'

Eva begon te tikken op haar mobiel, koos het nummer van Bart en verzond het bericht. Meteen daarna pakte ze haar iPad en zette ze Skype open. Bart had haar nieuwe nummer en kon haar dus bereiken. Het duurde niet lang of ze zag hem inderdaad online komen. 'Daar gaan we dan,' mompelde ze.

Carolien was in de stoel tegenover haar gaan zitten en keek gespannen naar haar zus.

Kunnen we even een videogesprek hebben? Het is belangrijk. Ze stuurde het bericht naar hem en drukte op het telefoontje. Zo had ze gisteren ook nog gezeten, maar dan met de man die van haar hield.

Even slikte ze iets weg toen Bart in beeld kwam. Met deze man was ze meer dan tien jaar samen geweest, waarvan acht jaar getrouwd. Hij zag er goed uit, dacht ze onwillekeurig. Malinka zorgde vast goed voor hem, kwam het er wrang achteraan.

'Eva, hoe gaat het met je?'

'Goed. En met jou?' Ze zou niet hatelijk doen, geen misselijke opmerkingen maken. Dit gesprek moest ze als een volwassene afhandelen. Hoe eerder, hoe beter.

'Prima.'

'Waar ben je nu? Nog in... het appartement?' Ons appartement, had ze willen zeggen, maar er was niets meer van haar bij. Geen ons.

'Nee, ik ben bij Malinka.'

'Ben je alleen of is zij bij je?'

'Waarom wil je dat weten?'

'Het lijkt me beter voor jou dat je even alleen bent. Malinka heeft er niets mee te maken.'

'Dat zal ik wel beoordelen. Waar gaat het over, Eva?'

Oké, als hij het zelf wilde beoordelen... Ze haalde diep adem en gooide het eruit. 'Ik ben zwanger. Drie maanden.'

'Zwa... Dat meen je niet.' De verbijstering was van zijn gezicht te lezen. Of hij er blij mee was, hoefde ze niet te vragen. Dat was hij duidelijk niet.

Natuurlijk wilde hij van haar geen kind meer. Ze waren immers niet meer samen. Een kind zou zijn huidige relatie vast alleen maar ingewikkelder maken en onder druk zetten. Wilde Malinka wel een man met een kind?

Bart streek op zijn eigen typische manier door zijn haar waardoor het rechtovereind kwam te staan. 'Je overvalt me er nogal mee.'

'Dat deed het mij ook.'

'Wist je het niet?'

'Nee, ik ben de laatste tijd nogal druk bezig geweest met het op orde brengen van mijn leven. Ik weet het pas sinds vorige week.'

Weer ging zijn hand door zijn haar. 'Poeh, het is nogal wat. Zwanger. En nu?'

'Ik ben bij de gynaecoloog geweest voor controle. Voor zover ze het hartje nu kunnen zien, lijkt alles in orde te zijn.'

'Mooi. Mooi. Ik eh... Ik moet het even laten bezinken. Mag ik jou over een paar dagen terugbellen? Skypen?'

'Dat is goed.'

'Mooi. Rond deze tijd dan maar? Komt dat jou uit?'

'Stuur me eerst even een sms'je, dan weet je zeker dat ik er ben. Het is hier immers twee uur in de middag.' Hij moest niet denken dat ze niets te doen had en al helemaal niet dat ze op hem ging zitten wachten. Mooi niet.

'Oké, je hoort nog van me.'

Eva klikte de verbinding weg en keek naar haar zus. 'Tevreden? Mooie reactie, toch? Denk je dat hij er blij mee is? Ik weet wel zeker van niet. Dus wie doe ik er precies een plezier mee hem dit te vertellen?'

'Je moest het hem vertellen. Dat weet je zelf ook. Wat hij verder met die informatie doet, is zijn probleem, maar jij hebt gedaan wat nodig was.' Carolien keek haar met zo'n ernstig gezicht aan dat Eva zich even afvroeg wie van hen tweeën nu de oudste was.

HOOFDSTUK 18

Het duurde ruim een week voordat Bart zich opnieuw meldde. Ondertussen had ze met Luke allerlei scenario's doorgenomen hoe hun leven eruit zou zien en hoe ze het best verder konden gaan.

Voor Eva werd steeds duidelijker dat ze van hem hield, maar dat het haast onmogelijk was om samen te zijn. Of Luke moest hierheen komen. Dat leek haar de beste kans. Maar kon hij zijn school en de kinderen in de steek laten? Wilde hij wel weg uit Beijing? Mocht ze dat van hem verlangen?

Als zij geen werk kon vinden in China, was er voor haar geen enkele mogelijkheid om daarheen te gaan en er te blijven. Luke kon haar en de baby niet onderhouden, zo veel was wel duidelijk. Die wetenschap bezorgde haar slapeloze nachten.

En toen wilde Bart met haar praten. Dit keer was Carolien er niet bij.

'Hallo Bart,' begroette ze hem op het scherm.

'Hoi. Hoe gaat het met je? En met de baby?'

'Goed hoor.'

'Mooi. Mooi. Ik heb erover nagedacht. Je begrijpt vast wel dat ik er ook met Malinka over moest praten.'

Eva knikte, zich ondertussen verbijtend. Wat had die meid met hun kind te maken? Ze wilde niet dat zíj haar kind verzorgde als het bij Bart was. Maar ook nu mocht ze niets zeggen. Het was zijn leven, zijn vriendin.

Daar zei hij verder niets over. 'Ik wil naar Nederland komen om het een en ander met je door te praten. Zo via Skype is er toch te veel afstand. Zo voel ik dat in ieder geval. Het was sowieso al mijn bedoeling dat ik rond deze tijd een weekje naar huis zou komen. Nu kunnen we dat mooi combineren.'

O nee, dat wilde zij absoluut niet. Ze wilde hem helemaal niet zien. Contact via Skype vond ze prima. Lekker afstandelijk. Zo wilde ze het houden. Toch kon ze hier niet tegen protesteren. Het was zijn goed recht naar Nederland te komen en zijn familie te bezoeken. Ze knikte maar wat.

'Ik verwacht dat ik begin mei kom. Eerst moet ik nog het een en ander met mijn werk regelen. Ik laat je nog wel weten wanneer ik precies in Nederland ben, dan kunnen we meteen iets afspreken.'

Uiteraard, zijn werk zou eens niet op de eerste plaats komen. 'Komt Malinka ook mee?'

'Zij blijft in Beijing.' Dat werd tamelijk kortaf gezegd.

Was er ruzie in het paradijs? Dat kon ze natuurlijk niet met goed fatsoen vragen. 'Wat vindt zij ervan dat ik een baby krijg?'

Aan die vraag ging hij voorbij. 'Ik hoorde van mijn moeder dat je in een restaurant werkt. De Hoge Luchten in Utrecht. Klopt dat?'

Oké, een minder gevoelig onderwerp. 'Ja. Ik werk er eigenlijk al vanaf het moment dat ik terug ben.'

'Mooi. Mooi. En waar woon je?'

'Op een etage in de Zadelstraat. Een ruim appartement.'

'Mooi. Heel mooi. Woon je er naar je zin?'

Had hij altijd al twee keer achter elkaar 'mooi, mooi' gezegd zoals nu, of was dat een tik van de laatste tijd? Waar was hij mee bezig? Stelde hij echt belang in hoe ze woonde en werkte, of was het loze praat omwille van het praten zelf? Hij had kunnen weten waar ze woonde. Dat stond immers in de scheidingspapieren. 'Ja, hoor. Ik ga stoppen, Bart. Laat maar weten wanneer je in Nederland bent, dan praten we wel verder.'

'Mag ik je tussendoor niet bellen? Of skypen? Het is zo lang geleden dat ik je voor het laatst sprak.'

'Hoe komt dat ook alweer? Het was niet mijn idee dat jij er maar andere vrouwen op na moest houden, weet je nog?' deed ze sarcastisch.

'Sorry, natuurlijk ben ik dat niet vergeten. Oké, we spreken elkaar weer als ik in Nederland ben. Tot ziens, Eefje. Pas goed op jezelf.'

Ze herhaalde zijn wens niet, maar nam afscheid met een kort 'tot kijk' en verbrak de verbinding. Met een zucht schoof ze de iPad van zich af. Wat mankeerde hem? Waarom probeerde hij zo aardig te doen? Omdat ze zwanger was? En waarom reageerde hij niet op haar vraag wat Malinka van de zwangerschap vond? Het was niet zo heel erg vreemd dat ze dat wilde weten. Ze was echt benieuwd naar wat de reactie van Malinka was geweest. Tenslotte kreeg zij ook met hun kind te maken.

Opeens voelde ze een bekende kriebel in haar buik. Ze bleef doodstil zitten en legde haar hand op haar buik. Daar was het weer. De baby bewoog. Ontroerd door dit bijzondere moment bleef ze geruime tijd op de bank zitten met haar handen op haar buik. Wat had ze dit gemist. Dit vage gefladder en gekriebel. Het teken dat de baby leefde.

Luke. Ze wilde het hem vertellen. Hij moest het weten. Hij reageerde altijd zo lief op alles wat ze hem over haar zwangerschap vertelde, bijna alsof hij zelf vader werd en het niet het kind van een andere man was dat in haar groeide.

Het was later dan normaal dat ze contact met elkaar hadden, daarom stuurde ze hem eerst een sms'je of hij tijd had om te skypen. Er kwam geen reactie op haar berichtje. Luke was vast en zeker met Wen in bespreking over het een of ander. Dat soort dingen gebeurde altijd in de avonduren, wist ze inmiddels.

Misschien reageerde hij later nog, voordat ze ging werken.

Iets over elven kwam Eva die avond thuis van haar werk. Ze controleerde haar mobiel. Tijdens ieder rustig moment in het restaurant had ze dat ook gedaan en vlak voordat ze wegging. Het resultaat bleef hetzelfde: geen berichten. Ook niet van Luke. Had hij het zo druk, of was de batterij van zijn telefoon misschien leeg?

Om er zeker van te zijn dat er niets ernstigs aan de hand was in Beijing, scande ze de nieuwszenders op internet. Geen aardbevingen, geen grote branden of ingestorte gebouwen. Beijing sliep rustig.

Er was vast een heel logische verklaring waarom hij niet reageerde, hield ze zich voor. Morgenvroeg zou ze erom lachen. Maar nu beslist niet. Eva sliep een stuk minder rustig omdat ze niets van Luke had gehoord. De wildste scenario's flitsten door haar hoofd, hielden haar uit haar slaap en verstoorden haar dromen.

Badend in het zweet werd ze een paar uur later wakker uit een nachtmerrie waarin Luke en de hele school verzwolgen werden door een grote spleet in de aarde, die zich weer sloot op het moment dat de Engelse onderwijzer met een laatste wanhopige blik op zijn gezicht verdween.

Eva stond op en ging naar de badkamer om iets te drinken. Wat kon er aan de hand zijn? Waarom reageerde hij niet op haar sms-je? Dat deed hij anders altijd, ongeacht het tijdstip. Vaak niet direct de minuut erna, maar een paar uur later als het wel uitkwam. Waarom nu dan niet? Waar zat hij?

Bij een andere vrouw misschien? Waren alle mannen dan toch hetzelfde? Zeiden ze het een en deden ze het ander? Of had hij nu al genoeg van haar en haar gezeur over de baby? Zag hij het niet meer zitten om te praten over een oplossing voor hun relatie op afstand?

Drie uur 's nachts betekende tien uur in de ochtend in Beijing. Als het goed was, stond hij nu voor de klas. Toch stuurde ze een sms'je naar hem. Ze moest het weten.

Hij droeg zijn iPhone altijd bij zich, zoals het een goed Chinees betaamt. Het werd niet eens als onbeleefd gezien in Beijing om je telefoon gewoon aan te nemen als hij overging, ongeacht de plaats waar je was of de situatie waarin je verkeerde. Eva had het meerdere malen meegemaakt dat een ober de bestelde gerechten op een willekeurige tafel zette om zijn telefoon aan te nemen en vervolgens minutenlang stond te bellen.

Opnieuw kwam er geen enkele reactie. Op Skype kon ze zien dat hij niet online was. Oké, dat kon aan de internetverbinding liggen. In de school zelf was die niet altijd even goed bereikbaar, maar dan nog had Luke een aparte internetverbinding met zijn telefoonkaart. Hij was in principe altijd en overal bereikbaar. Zelfs als hij bij een andere vrouw was...

Rusteloos liep ze door het appartement heen en weer. Buiten op straat liepen nog een paar mensen voorbij, hardop pratend met elkaar. Hadden die lui niet in de gaten dat er ook mensen in de straat woonden die wilden slapen, dacht ze geïrriteerd.

Een beker warme melk met honing. Misschien hielp dat om te kunnen slapen. Eva herinnerde zich dat oma dat vroeger weleens voor haar maakte als ze niet kon slapen.

Ze schonk een beker vol en zette die een minuut of wat in de magnetron. Bij de eerste slok vertrok haar gezicht. Er moest honing bij, zonder honing was het niet te drinken.

Ze ging op de bank zitten en nam kleine slokjes van de warme, zoete melk. Morgenvroeg als ze opstond, had ze vast bericht van Luke gekregen. Of niet. Misschien was zijn telefoon wel gestolen, bedacht ze opeens. Dat kon natuurlijk ook, of hij was kapot. Zoiets moest het wel zijn. Daarom kon ze hem natuurlijk niet bereiken.

Met een klap zette Eva de mok op de salontafel en ze greep de iPad. Wen zou het vast wel weten. Ze stuurde hem gewoon een mailtje of hij wist waarom Luke niet reageerde.

Halverwege het mailtje bleven Eva's vingers boven het digitale toetsenbord hangen. Dit kon ze niet maken. Toch? Luke controleren door Wen te vragen wat er aan de hand was. Luke zou het misschien niet erg vinden dat ze het deed. Maar zelf zou ze het ook niet prettig vinden als een ander iemand uit haar kennissenkring ging benaderen als ze niet direct bereikbaar was. Er was vast een goede reden waarom Luke geen antwoord gaf. Die reden zou ze echt wel te horen krijgen van hem. Ze moest geduld hebben.

Ze wiste het berichtje en sloot af. Niets doen. Gewoon wachten tot ze iets van Luke zelf hoorde.

Maar ook een paar uur later – ze had tot negen uur doorgeslapen nadat ze opnieuw naar bed was gegaan – was er geen bericht van Luke.

Nagelbijtend stond ze voor het raam dat op de winkelstraat uitkeek. Waar was hij nou? Waarom reageerde hij nergens op? Toch maar even naar Wen mailen?

'Nee, dat doe je niet,' gaf ze zichzelf hardop antwoord. Ze zou zich kapot schamen als Luke naar Huub belde om te vragen waarom ze niet op berichten reageerde. Er was vast een goede verklaring. Als er echt iets met Luke aan de hand was, zou Wen haar allang gebeld hebben. Toch? Wen was ervan op de hoogte dat Luke en zij contact met elkaar hadden, vast ook dat ze meer dan goede vrienden waren. Of wist hij dat niet? Had Luke hem niets verteld? Vanwege een andere vrouw?

Opnieuw begon ze aan haar nagels te kluiven. Waarom kon ze hem niet gewoon vertrouwen? Niet iedere man was toch zoals Bart? Of trok zij om de een of andere reden mannen aan die niet te vertrouwen waren? Nee, zo moest ze niet denken, schudde ze heftig met haar hoofd. Misschien lag Luke wel in het ziekenhuis. Was hij aangereden door een auto. Ze reden echt als gekken in Beijing. Automobilisten hadden nergens oog voor, alles om maar een paar minuten eerder op de plaats van bestemming te zijn.

'Niet doen! Maak jezelf niet gek door dat doemdenken. Er is niks aan de hand.' In haar buik roerde de baby zich en Eva legde haar hand op die plek. 'Rustig maar, kleintje, mama windt zich te veel op. Dat moet ze niet doen, hè.'

Een douche later hield ze het echt niet meer uit in het appartement. Eva trok haar jas aan, pakte een boodschappentas en ging naar beneden. In de winkelstraat was het al gezellig druk aan het worden. In het cafeetje, een paar deuren verder, zaten al verschillende mensen aan de koffie.

Ze wandelde zo rustig mogelijk naar de Albert Heijn die een kleine tien minuten lopen verder was. Bewust richtte ze haar aandacht op de omgeving en niet op Luke en waarom ze hem niet kon bereiken. Er was genoeg te zien om haar heen, zo wandelend langs de Oudegracht met zijn vele winkels en terrasjes. Zelfs in de winter zaten er mensen op de overdekte terrassen die door een terrasverwarmer op temperatuur werden gebracht.

In de supermarkt kocht ze vooral gezonde dingen. Ze moest immers rekening houden met de baby die nu met haar mee at, hoewel ze alleen kookte op de dagen dat ze vrij was. Als ze moest werken, at ze een boterham voordat ze wegging, en tussendoor genoot ze vaak van een heerlijke maaltijd die Huub voor haar maakte. Lekker en gemakkelijk.

Met een tas vol boodschappen in haar hand liep ze dezelfde weg weer terug. Te lang wilde ze niet wegblijven. Ze had geen internetabonnement op haar mobieltje en was afhankelijk van de wifi in het appartement. Luke kon haar dan wel sms'en als ze buiten was, maar niet skypen of whatsappen.

Opnieuw liep ze bewust zo kalm mogelijk naar huis.

Weer geen bericht van hem.

Ten einde raad belde ze naar Carolien, die ondanks dat ze aan het werk was, meteen opnam.

'Eef, wat is er aan de hand? Toch niets met de baby?'

'Nee, met die kruimel gaat alles goed. Ik heb haar zelfs al voelen bewegen.'

'Echt? Super. Wat gaaf. Mag ik komen voelen?'

'Jaja, dat komt wel een keer. Luister, ik kan Luke niet bereiken. Al sinds gisteravond niet meer,' voegde ze er gejaagd aan toe.

'Hoe laat is het nu in Beijing? Zeven uur later, toch? Dan is het daar nu kwart over zes 's avonds. Lijkt me dat hij dan thuis zal zijn.'

'Dat lijkt mij ook, maar ik kan hem dus al sinds gisteravond niet te pakken krijgen.' Opeens werd het haar te veel en begon ze te huilen. 'Er kan wel van alles met hem gebeurd zijn. Misschien ligt hij wel in het ziekenhuis.'

'Je moet ook niet meteen het ergste denken. Zijn telefoon kan kapot zijn. Weet jij veel. Moet ik even langskomen? Vind je dat fijn?'

Eva knikte, maar besefte dat haar zus dat niet kon zien. 'Kan dat?'

'Natuurlijk. Dan neem ik gewoon een vroege lunchpauze. Ik ben er zo, zet de koffie alvast maar aan.'

Met een beverige glimlach wreef Eva langs haar ogen. 'Tot zo dan.' Die gekke, lieve zus van haar. Niets was Carolien te veel als het om haar ging. Een betere vriendin kon ze zich niet wensen.

Een beetje kalmer nu, met het vooruitzicht dat haar zus kwam en dat ze dan over Luke konden praten, deed ze een koffiepad in de Senseo en vulde ze het reservoir bij met water. Carolien werkte hier niet ver vandaan en kon er inderdaad met een kwartiertje zijn.

Al snel ging de bel en Eva drukte op de intercom. 'Ja?'

'Ik ben er. Doe maar open,' riep Carolien.

Met een druk op de knop opende Eva de benedendeur zodat haar zus door kon lopen naar boven.

'Ik ben zo blij dat je er bent,' begon Eva op het moment dat Carolien boven aan de trap verscheen. 'Kom snel verder. Ik weet me echt geen raad meer.'

'Rustig nou maar. Heb je koffie?' Carolien liep zonder op antwoord te wachten door naar het keukentje en drukte op de knop van de Senseo. Met een vers bakje koffie ging ze tegenover Eva zitten. 'Zo, vertel me nu eens wat er aan de hand is.'

Eva vertelde hoe vaak ze Luke al geprobeerd had te bereiken en op wat voor manieren. 'Ik krijg hem sinds gisteravond al niet meer te pakken. Begrijp je dan dat ik bang ben dat er iets ernstigs aan de hand is?'

'Natuurlijk, maar Luke loopt vast niet in zeven sloten tegelijk. Een beetje vertrouwen in die vriend van je mag je wel hebben, hoor. Hoe zit het eigenlijk tussen jullie? Is het echt zo serieus? Ik dacht dat jullie alleen maar een soort penvrienden waren. Al begin ik daar nu ernstig aan te twijfelen. Dat jij zo bezorgd om hem bent is echt niet normaal meer.'

Eva voelde dat ze rood werd. Was het echt zo erg? Ze had nog niet met zo veel woorden aan haar zus verteld dat Luke en zij van elkaar hielden. Het was ook nog zo pril. Ze wist het zelf nog maar net.

'Kom op. Ik zie aan je neus dat er veel meer is dan alleen maar vriendschap. O.' Carolien sloeg haar hand opeens voor haar mond. 'Je hebt toch niet sinds Beijing al iets met hem, hè?'

'Doe normaal, zeg,' stoof Eva op. 'Dat Bart naar een ander ging, wil niet zeggen dat ik dat ook maar gelijk heb gedaan! Dat je dat zelfs maar durft te denken van mij. Dat valt me echt van je tegen, Caro.'

'Al goed. Sorry. Ik kan me zoiets ook niet voorstellen van jou. Maar nu toch wel? Volgens mij ben je stapelgek op die kerel. Hoe oud is hij eigenlijk?'

'Dat weet ik niet precies. Ergens achter in de dertig.'

'Dan is hij flink wat ouder dan jij bent.'

'Ik ben eenendertig, hij loopt tegen de veertig. Zeven of acht jaar verschil is niet zo veel. Bovendien ziet hij er jonger uit.'

'Op jullie leeftijd maakt leeftijdsverschil niet meer uit. Dus het is serieus?'

Eva knikte met een giechelig lachje. 'Dat kun je wel zeggen.'

'Heftig. Hebben jullie cyberseks?'

'Hè, bah, jij maakt er meteen iets smerigs van,' viel Eva weer uit.

Carolien lachte vrolijk. 'Ik plaag je maar wat. Sinds jij zwanger bent kun je niks meer hebben. Waar is je gevoel voor humor gebleven? Heb je dat in Beijing laten liggen?'

'Vast. Daar ben ik immers ook in verwachting geraakt,' mompelde Eva op gepikeerde toon.

'Het is al goed, ik stop met plagen. Maar vertel nou eens, je blijft er maar omheen draaien: heb je nu iets met hem of niet?'

'Ja, ik ben verliefd op hem,' gaf Eva toe. 'En Luke op mij.' Dat werd direct gevolgd door een diepe zucht. 'Kun je iets met elkaar hebben met achtduizend kilometer ertussen? Het is volgens mij een beetje uitzichtloos.'

'Waarom dan? Als jullie van elkaar houden, is het simpel. Luke komt gewoon hierheen. Hij zal vast wel een baan kunnen vinden als leerkracht. We hebben sinds kort ook zoiets als een internationale school in Utrecht. Daar willen ze vast nog wel een native speaking leerkracht.'

'Hebben we die echt?'

'Hallo, van welke wereld kom jij? Afgelopen jaar is er in augustus een internationale school geopend in Oost.'

'Misschien zat ik op dat moment in Beijing?' hielp Eva haar zus herinneren.

'O ja, stom. Was ik even vergeten. Dat heb je dus niet meegekregen. Het is niet eens zo heel ver hiervandaan. In de Notenbomenlaan.'

Dat bood perspectieven voor Luke. Als hij hier werk kon krijgen... Tegelijk besefte ze dat hij dan alsnog zijn school in de steek moest laten. En of hij dat wel zou doen, betwijfelde ze zeer. Ze hadden nog niet echt serieus over dat onderwerp gesproken, maar steeds als het op vertrek uit Beijing aankwam, was Luke ergens anders over begonnen. Hij wilde daar niet weg, dat merkte ze aan alles.

'Je kijkt weer zorgelijk.'

'Luke wil vast niet weg uit Beijing.'

'Hm, en jij daarheen? Zit dat erin?'

'Hij doet daar werk waarvoor hij nauwelijks betaald krijgt. Kennelijk net genoeg om in China te mogen blijven, of hij krijgt op papier meer dan in werkelijkheid. Dat zou me ook niet eens verbazen. Als ik naar Beijing wil gaan, moet ik een baan en een inkomen hebben, anders kom ik het land niet binnen. Zie je mij daar al werken, met een baby bovendien?'

'Zijn ze echt zo streng?'

'Neem dat maar van mij aan. Ik kan er misschien met een toeristenvisum een paar maanden blijven, maar dan moet ik weer naar huis. Dat is toch geen leven? Zo kun je niet aan een relatie werken.'

'Nee, dat wordt lastig op die manier,' moest Carolien nu ook toegeven.

Op dat moment ging de deurbel. Eva stond verbaasd op, liep naar het halletje en drukte op de intercom. 'Ja?'

'Eva Jacobs?' werd er gevraagd.

'Dat ben ik.'

'*Open the door, please.*'

'*One moment.*' Ze ging echt de deur niet zomaar opendoen voor een wildvreemde kerel, ook al kwam zijn stem haar bekend voor. Eerst maar eens kijken wie het was. 'Ik ben even naar beneden,' riep ze dan ook naar Carolien.

Eva keek door het spionnetje van de voordeur en kreeg de schrik van haar leven bij het zien van de man die voor de deur stond: lang, blond haar, een oude spijkerbroek, een winterjas die betere tijden had gekend, een grote, groene plunjezak naast zijn voeten en een brede grijns op zijn gezicht. Ze rukte de deur open. 'Luke? Wat doe jij hier? Ben jij het echt?'

'Reken maar,' grijnsde hij.

'Maar hoe... Wie... Ik...' Verder kwam ze niet.

Luke trok haar in zijn armen en kuste haar. Overdonderd door zijn plotselinge verschijnen, reageerde ze niet eens.

'Ben je niet blij me te zien?'

'Natuurlijk wel. Ik had er geen idee van dat je hier was. Dus daarom reageerde je niet op mijn berichtjes, je zat in het vliegtuig. Je bent hier!' Ze lachte en huilde tegelijk en omhelsde hem nog een keer voor een fatsoenlijke kus.

'Blijven jullie elkaar op straat af staan lebberen of kom je naar boven?' klonk het boven aan de trap. Carolien keek met een brede grijns op haar zus neer.

'Jij wist het? Wist jij dat Luke hierheen zou komen? O, mispunt, waarom zei je dat dan niet? Ik heb me ongelofelijke zorgen lopen maken, haalde me de gekste dingen in mijn hoofd.' Voordat Eva naar boven kon stormen om haar zus op z'n minst een stomp tegen haar arm te geven, hield Luke haar tegen door haar arm vast te pakken.

'Ik weet niet wat je allemaal zegt, maar je zus heeft ervoor gezorgd dat ik hierheen kwam,' zei hij in het Engels.

'Echt?'

HOOFDSTUK 19

Carolien was niet lang gebleven, na een halfuurtje met Luke gesproken te hebben en een paar boterhammen te hebben gegeten – het was tenslotte haar lunchpauze – was ze weer vertrokken.

Eva zat met haar hoofd tegen Lukes schouder, zijn armen lagen om haar heen. Zo wilde ze de rest van de dag wel blijven zitten, als Luke maar hier bleef. Maar ze zat ook boordevol vragen, al was het belangrijkste dat hij nu hier was. 'Ik begrijp er nog altijd niet veel van. Hoe laat ben je nu eigenlijk vertrokken? Ik kon je al sinds gisteren niet meer bereiken.'

'Dat is goed mogelijk. Mijn vlucht vertrok afgelopen nacht om halfdrie, Beijing-tijd. Ik had een tussenstop in Moskou en van daar ging ik verder naar Schiphol. Ik ben een uur of zestien onderweg geweest, dus het kan kloppen dat je me niet kon bereiken.'

'En wie heeft je dan hierheen gebracht?'

'Ik ben met de trein gekomen. Je woont niet zo ver van het Centraal Station vandaan. Carolien heeft me jouw adres gegeven en een beschrijving hoe ik hier kon komen.'

'En hoe heeft zij ervoor gezorgd dat je nu hier bent?'

'Ze zocht contact met mij, omdat ze wel in de gaten had dat er meer tussen ons speelde dan alleen een vriendschappelijke mailwisseling.'

'Waarom dat? Vertrouwde ze het soms niet?' Carolien kon soms heel achterdochtig op dingen reageren die ze niet begreep, wist Eva. Waarom had ze daar dan niet met haar over gepraat? Waarom achter haar rug om contact zoeken met Luke? Daar was het laatste woord nog niet over gezegd. 'Heeft ze je lastiggevallen? Dingen gevraagd waar ze niets mee te maken heeft?' Voor hetzelfde geld was Luke meteen afgeknapt op Eva en haar bemoeizuchtige familie.

'Kalm maar, lief, het was goedbedoeld van haar. Het is toch logisch dat ze bezorgd om je is. Ik kan evengoed een player zijn die je op slinkse wijze van je geld wil beroven. Je zou de eerste vrouw niet zijn die dat overkomt door ogenschijnlijk onschuldig mailcontact en een relatie die daaruit voortkomt.'

Daar had ze weleens van gehoord, al was het helemaal niet bij haar opgekomen dat Luke iets dergelijks van plan was geweest. Ze kende hem toch persoonlijk?

'Verder heeft ze me het geld geleend voor de vlucht.'

Nu begreep Eva er niet veel meer van. Het was niet logisch dat Carolien hem er eerst van verdacht een player te zijn, om hem vervolgens geld te sturen om de vliegreis van te betalen. 'Waarom dan? Je had aan mij kunnen vragen of ik je wat wilde lenen. Ik kon je dat geld ook voorschieten. Denk je dat ik niets verdien?'

'Lief, natuurlijk weet ik dat jij dat ook allemaal kunt, maar ik wilde niet dat jij de indruk kreeg dat ik alleen maar op je geld uit ben.'

'Alsof ik zo rijk ben.' Ze had wel geld. Het geld dat ze van het huis had gekregen. Niet dat het zo enorm veel was – de hypotheek was niet veel lager dan de verkoopwaarde – maar een paar duizend euro was het wel.

'Het was een spontane actie. Ik wil gewoon bij je zijn.' Hij legde een vinger onder haar kin en draaide haar hoofd naar hem toe zodat hij een kus op haar mond kon drukken. Een lange, tedere kus.

Wat maakte het ook uit hoe hij hier terecht was gekomen. Hij was er, dat was het enige wat telde. Ze had niet durven dromen dat Luke al zo snel hierheen zou komen.

Ademloos lieten ze elkaar enige tijd later los.

'Wat wilde je me gisteravond eigenlijk vertellen?'

'Ik heb de baby voelen bewegen. Nadat ik met Bart had geskypet, voelde ik haar opeens. Dat wilde ik je laten weten.'

'Echt waar? En nu?' Luke legde zijn hand op haar buik en hij keek er verwachtingsvol naar.

Eva lachte even. 'Nu dus niet. Ze beweegt niet op commando, bovendien is ze nog te klein om het aan de buitenkant te voelen.'

'Fantastisch dat er zo'n klein wurm in je buik groeit. Het is zo bijzonder.'

Tranen schoten alweer in haar ogen bij het horen van die woorden. Wat zei hij dat lief. Toch wilde ze nog iets weten.

'Hoe kwam Caro eigenlijk aan jouw mailadres?'

'Je hebt de foto van de echo naar mij en naar haar gestuurd met de mail. Zo hadden wij elkaars mailadres. Vind je het raar dat ik haar gevraagd heb mij te helpen?'

'Een beetje wel, ja. Als ze jou in eerste instantie niet helemaal vertrouwt, waarom leent ze je later dan wel het geld voor die vlucht?'

Luke trok een grimas en nam Eva's hand in de zijne. 'Ik ben hier niet alleen vanwege jou.'

'Niet? Heb je soms nog een andere vriendin die je moet bezoeken?' Het had schertsend moeten klinken, maar Eva hoorde zelf hoe schril haar stem klonk.

'Nee, ik moet morgen naar de begrafenis van mijn vader. Vandaar dat ik mijn komst hierheen zo snel heb kunnen regelen, met de hulp van je zus.'

Zijn vader overleden? In al die maanden dat ze nu contact met elkaar hadden, had hij het nooit over zijn ouders gehad. Hij had wel dingen verteld over zijn jeugd in Engeland, maar zijn ouders waren nooit ter sprake gekomen. Ze had er ook niet naar gevraagd en was er eigenlijk min of meer van uitgegaan dat die overleden waren of zo en dat Luke er liever niet over praatte. Verbaasd luisterde ze dan ook verder.

'Mijn vader en ik lagen elkaar niet zo. Hij was het ouderwetse dominante type dat vindt dat zijn zoon in zijn voetsporen moet treden. Mijn moeder is enkele jaren terug overleden. Vanaf dat moment vond mijn vader dat ik weer naar Engeland moest komen. Dat ik de taak die hij me had toebedacht op me moest nemen. Hij had niemand meer buiten mij. Ik had verplichtingen jegens hem, vond hij, en hij liet ook geen gelegenheid voorbijgaan me dat onder de neus te wrijven.'

'Waarom ging je dan niet terug?'

'Omdat hij alleen maar wilde dat ik bij hem op de zaak kwam werken. En mijn nee wilde hij niet horen.'

'Wat voor bedrijf heeft hij dan?'

'Hij heeft een zaak in landbouwvoertuigen. Een goedlopend bedrijf ook. Mijn vader zag het liefst dat ik bij hem in het bedrijf kwam werken. Maar dat wilde ik niet, dat heb ik ook nooit gewild. Ik wilde voor de klas staan, met kinderen bezig zijn. Mijn onderwijsloopbaan zag hij als een dwaling. Hij betaalde met tegenzin mijn opleiding, in de hoop dat ik nog zou bijdraaien en later alsnog bij hem ging werken. Ik zou op den duur wel tot inzicht komen, meende hij, dat ondersteunde hij door de geldkraan dicht te draaien nadat ik aan het werk ging als leerkracht.'

'Dat inzicht kwam niet, ondanks het magere salaris,' gokte Eva.

'Precies, ik bleef bij mijn standpunt. Het trok me niet om in het bedrijfsleven te stappen. Ik ben niet iemand die een groot bedrijf kan leiden. Dat is niet mijn ding. Ik ging naar Beijing en bleef daar om les te geven. Dat kon hij al helemaal niet begrijpen en vanaf toen was het een koude oorlog tussen ons. Hij dreigde telkens weer me te onterven. Van mij mocht hij, dat geld interesseerde me niet en zijn bedrijf nog veel minder. Mijn moeder heeft altijd tussen ons in gestaan. Zij probeerde vredestichter te zijn, wat haar niet erg goed afging. Ze wilde mijn vader niet afvallen, maar mij ook niet verliezen. Mam had een zwak hart. Of het door die vele ruzies kwam weet ik niet, maar ze overleed op vierenzestigjarige leeftijd aan een hartstilstand. Uiteraard verweet mijn vader mij dat het mijn schuld was dat ze zo jong was overleden.'

Geschokt keek Eva hem aan. 'Waarom heb je dit niet eerder verteld? '

Luke haalde zijn schouders op. 'Het kwam niet echt ter sprake. Bovendien is het geen onderwerp waarover ik graag praat. Ik weet dat mijn vader ongelijk heeft. Het is niet mijn schuld dat mam overleed, maar ik kan het gevoel dat ik er iets aan had kunnen doen, niet helemaal van me afzetten. Ik had best wat vaker naar huis kunnen gaan.'

'Je had je redenen om niet te gaan.'

'Inderdaad, maar mam had daar niet de dupe van mogen worden. En nu is mijn vader overleden. Ik kreeg het bericht door van een van de directieleden. Ze hebben de begrafenis uitgesteld zodat ik erbij kan zijn.'

Eva liet het even tot zich doordringen en probeerde het op een rijtje te zetten. Luke was de zoon van een welgesteld man, toch woonde en werkte hij in Beijing onder erbarmelijke omstandigheden en voor een hongerloontje. Waarom had hij Carolien eigenlijk om geld moeten vragen? Hadden die directieleden zijn reis niet kunnen betalen?

'Ik wist niet beter dan dat mijn vader mij onterfd had en wilde de notaris dan ook niet om geld vragen voor die vlucht,' beantwoordde Luke die niet-gestelde vraag zelf.

'En nu hij overleden is? Wat ga je nu doen? Ben jij zijn erfgenaam?'

'Dat blijk ik inderdaad te zijn. Hij heeft het dreigement me te onterven nooit uitgevoerd, hoewel ik er altijd van uit ben gegaan dat hij dat wel gedaan had. Ik moet dus ook terug naar Engeland om het een en ander te regelen omtrent het bedrijf. Mijn vader mag nu dan overleden zijn, ik wil die zaak nog steeds niet gaan leiden. Ik wil daar niet voor in Engeland blijven. Met een goede bedrijfsleider moet het bedrijf ook geholpen zijn. Als dat niet gaat, verkoop ik desnoods de boel.'

Hij was helemaal niet hier vanwege haar, maar vanwege het overlijden van zijn vader, drong het nu tot Eva door. Dit was slechts een tussenstop, een plezierige misschien, maar wel een tussenstop.

'Hé, daar hoef jij niet verdrietig om te zijn,' legde hij haar zorgelijke blik verkeerd uit. Luke omvatte haar gezicht met beide handen. 'Ik kende mijn vader amper. Sinds ik in het onderwijs ging werken, heb ik hem misschien nog vier of vijf keer gezien. Oké, hij blijft mijn vader, maar van echte warmte of genegenheid tussen ons is nooit sprake geweest. Ik was zijn opvolger, meer niet. En toen ik dat niet wilde zijn, liet hij me keihard vallen. Ik blijf daar echt niet langer dan noodzakelijk is. Zodra ik de zaken in Engeland heb geregeld, kom ik terug. Dat beloof ik je.'

'Hoe laat gaat je vlucht daarnaartoe?'

'Om zeven uur. Het kan helaas niet anders, lief. Ik kan me nu niet meer onttrekken aan mijn verplichtingen. Ik moet die zaken afhandelen.'

'Dat begrijp ik wel. Gecondoleerd met het verlies van je vader,' mompelde ze.

'Dank je. Hoeveel tijd hebben we nog? Moet je straks nog gaan werken?'

'Om vijf uur.' Ze hadden nog drie uur voordat ze weer afscheid van elkaar moesten nemen.

'Hoe was het? Ben je nog gaan werken?' wilde Carolien de volgende dag weten. Ze belde naar haar zus tijdens de lunchpauze.

'Ja, ik ben gaan werken. Luke moest om zeven uur weer in het volgende vliegtuig zitten. Maar volgens mij wist jij dat al.'

'Sorry, Eef.'

'Waarom heb je hem achter mijn rug gecontroleerd en ondervraagd? Weet je zeker dat hij de zoon is van een gigant in landbouwmachines? Heb je dat wel geverifieerd?'

'Eef, die sarcastische toon past helemaal niet bij jou. En ja, ook dat ben ik nagegaan. Iedereen kan wel beweren dat hij de zoon is van welke miljonair dan ook. Als je googelt op Luke Stanford vind je voldoende bewijs dat Luke inderdaad is wie hij zegt te zijn. Je had het overigens al kunnen weten als je hem even had gegoogeld op internet.'

Waarom zou ze dat moeten doen? Ze hoefde de geloofsbrieven van de man van wie ze hield toch niet na te trekken? Ze vertrouwde Luke.

Miljonair? Zei Carolien dat nou? Had ze dat goed verstaan?

'Wacht even. Wie is er miljonair?'

'De vader van Luke. Heeft hij je dat niet verteld?'

'Niet met zoveel woorden. Hij vertelde dat zijn vader een zaak in landbouwmachines heeft – had.'

'Hij is miljonair, Eef. Jouw arme leraar uit Beijing is miljonair. Hij erft het bedrijf én het kapitaal van zijn vader. Die man staat in de Quote-zoveel.'

'Vandaar dat jij hem met zo veel vertrouwen het geld leende voor die vliegreis.'

'Precies. Ik ben niet gek. Wanneer komt hij terug?'

'Geen idee. Hij moet in Engeland eerst heel wat zaken regelen.'

'Gaat hij daarna weer terug naar Beijing?'

'Ik denk het wel.' Eerlijk gezegd hadden ze daar niet echt meer over gesproken. Eva was met Luke, in die korte tijd die ze hadden, naar een kapper geweest om zijn lange haar onder handen te laten nemen. Vervolgens waren ze kleren en een net pak voor hem gaan kopen. Hij kon moeilijk als een halve landloper op de begrafenis van zijn vader verschijnen. De plunjezak was vervangen door een stevige koffer. Het was uiterlijk een heel andere Luke die ze gistermiddag naar de trein had gebracht.

'Ga je me nu serieus vertellen dat jullie die paar uur dat je bij elkaar bent geweest – na drie maanden gescheiden te zijn geweest – hebben doorgebracht bij de kapper en in modezaken?' vroeg Carolien op ongelovige toon na Eva's uitleg wat ze gistermiddag hadden gedaan.

'Hallo! Wat had je dan verwacht? Dat we meteen het bed in waren gedoken? Vergeet je voor het gemak niet dat we drie maanden geleden nog niet meer dan collega's van elkaar waren? Ik ben er net een paar weken achter wat ik voor Luke voel. Bovendien ben ik zwanger.'

'Dat is geen excuus om geen seks te hebben.'

'Caro! Onze tijd komt nog wel. Mogen we elkaar ook nog even *in real life* beter leren kennen? Jemig, zo wanhopig ben ik echt niet, hoor. Als je verder niets meer te vertellen heb, ga ik ophangen.'

'Oké, spreek je later nog wel. Doei.'

Of ze niet met elkaar naar bed waren geweest! Het was niet dat ze daar vraagtekens bij moest zetten omdat het niet gebeurd was.

Luke, en zijzelf ook, had beseft dat ze hun tijd iets anders moesten besteden, die paar uur die ze hadden om samen te zijn.

Het was heerlijk geweest zijn armen om haar heen te voelen, zijn lippen op de hare en hem liefdevol haar naam te horen fluisteren. Maar meer dan dat was er echt niet gebeurd. De rest kwam later nog wel als er meer tijd voor was. Dat was een stuk beter dan wat haastig gerommel.

Voor Eva was het zoals ze tegen haar zus had verteld. Ook al hadden ze al drie maanden via internet contact met elkaar, pas de laatste weken had zij beseft dat ze meer voor hem voelde dan alleen maar vriendschap. Luke mocht dan al veel langer gevoelens voor haar hebben, voor haar was het allemaal nog vrij nieuw.

Nu Carolien had opgehangen, controleerde ze haar mobiel op nieuwe berichten. Luke had beloofd iets van zich te laten horen als de begrafenis van zijn vader achter de rug was. Die zou om elf uur plaatsvinden. Het was nu bijna één uur. Hoelang duurde zoiets? Een uurtje of twee, drie?

Ze had besloten hem niet steeds te sms'en of met andere berichten te bestoken. Als hij er klaar voor was, nam hij wel contact met haar op. Hij moest niet het gevoel krijgen dat zij, iedere minuut dat ze gescheiden waren, wilde weten wat hij deed en waar hij was. Dat wilde ze absoluut voorkomen. Ze was niet zo'n controlfreak.

Carolien beweerde dat ze informatie over Luke op internet had gevonden. Dat wilde ze weleens met eigen ogen zien. Eva pakte haar iPad en tikte zijn naam in op Google. Er kwam inderdaad een indrukwekkende hoeveelheid links tevoorschijn waarin zijn naam voorkwam. Hoe kreeg hij dat voor elkaar? Was Luke zo veel meer dan een simpele schoolmeester?

Nieuwsgierig geworden klikte ze de eerste link aan. Het was een artikel dat in een Engelse krant had gestaan, een paar dagen geleden nog maar. Daarin werd geschreven over het overlijden van Maxwell Stanford. Het artikel bevatte een opsomming van de dingen die de heer Stanford tijdens zijn leven had gedaan. Ook Luke werd in het artikel genoemd als de zoon die zijn vader niet wilde opvolgen, maar naar China vertrokken was om daar les te gaan geven. Hij zou nu de erfgenaam zijn van alles wat zijn vader bezat en zodoende ook aan het hoofd komen te staan van een miljoenenbedrijf.

Eva liet de iPad zakken. Bleef Luke dan in Engeland? Nee, hij zou toch terugkomen? Bij haar. Dat had hij beloofd. Luke had lak aan die miljoenen van zijn vader. Hij zou ervoor zorgen dat er een betrouwbare man aan het hoofd van zijn vaders bedrijf kwam te staan zodat hij daar zelf geen omkijken naar had. Zo had hij het gisteren toch gezegd?

Om er niet te veel over na te hoeven denken, klikte ze nog een paar linkjes open en scande de inhoud. Het waren vooral artikelen over Stanford zelf, waarin Luke steeds genoemd werd als de zoon die zijn vaders bedrijf niet overnam.

Ook vond ze een paar oudere foto's van hem op de website van een school. Lief en onschuldig was hij daar nog, maar onmiskenbaar de Luke die zij kende. Zijn geloofsbrieven waren in orde. Carolien kon tevreden zijn.

Zo kalm mogelijk bleef ze staan wachten tot hij boven was. Eva wilde hem niet direct om de hals vliegen. Eerst maar eens zien of hij haar nog steeds wilde. Luke was dan wel teruggekomen, dat kon ook zijn om te vertellen dat hij zich vergist had en dat hij verderging zonder haar.

Bovendien had ze nog een reden om sceptisch te zijn. De artikelen over Luke, die op internet waren verschenen in de tijd dat hij weg was geweest, logen er niet om. De mooie en rijke Sophia Henderson werd daarin voorgesteld als zijnde de verloofde van Luke Stanford. In het verleden hadden ze al iets met elkaar gehad, schreef de pers. Nu Luke terug in Engeland was, vanwege het overlijden van zijn vader, zag iedereen duidelijk de liefde tussen die twee weer opbloeien.

Toch had hij zowat iedere dag met Eva geskypet. Hij had haar verteld dat hij eerst de zaken in Engeland goed geregeld wilde hebben voordat hij terugkwam. Er kwam nogal wat kijken bij het ontvangen van zo'n enorme erfenis.

Daarnaast wilde hij een fonds oprichten voor de school in Beijing. Hij had nu geld genoeg om iets aan de armoedige omstandigheden te kunnen doen. Ze hadden samen over zijn plannen gepraat en Eva had ook wat ideeën aangedragen die hij enthousiast ontvangen had. En aan het einde van ieder gesprek had hij gezegd dat hij van haar hield.

Toch kon ze de artikelen over Luke en Sophia niet uit haar hoofd zetten: de foto's die gemaakt waren van hem en die vrouw terwijl ze lunchten in een of ander exclusief restaurant. Luke met zijn vlotte korte kapsel, dat hem nog beter stond dan het lange haar, en Sophia, een donkere schone met grote schuinstaande ogen. Ze vormden een knap stel samen.

Ze had hem er niet naar willen vragen als hij er niet zelf over begon, en dat had hij niet gedaan. Eva wilde niet de jaloerse vriendin zijn. Maar wie was dan die man die zo lief en teder tegen haar praatte? Die zei dat hij van haar hield en dat hij haar miste?

Had Bart dat ook niet steeds gezegd?

Ze moest hem zien, in zijn ogen kunnen kijken om te weten of hij echt van haar hield of niet. Daarom bleef ze staan en trachtte ze zijn blik te vangen tot hij bij haar was.

Met twee treden tegelijk rende Luke de trap op. Hij keek haar een moment lang diep in de ogen en nam haar daarna in zijn armen. 'Ik laat je vanaf nu nooit meer alleen. Dit was de langste week ooit,' mompelde hij met zijn mond tegen de hare gedrukt.

Alle twijfel gleed als een te zware jas van haar af. Als hij met die Sophia verder wilde, zou hij toch zo niet reageren? Ze wilde maar al te graag geloven dat hij echt van haar hield en dat hij haar niet bedroog. Eva beantwoordde zijn kussen en liet zich meeslepen in die hartstocht.

Minuten later lieten ze elkaar pas weer los.

'Blijf je altijd bij me?'

Eva begon te lachen terwijl de tranen over haar wangen stroomden.

'Waarom huil je nou? Is er iets mis?'

'Dat komt door die stomme zwangerschapshormonen, denk ik,'

snifte ze en ze veegde haar wangen droog. 'Heb je enig idee hoe ik me voelde, steeds als ik foto's van jou en de mooie Sophia zag?'

'Dacht je echt dat wij iets hadden?' Luke keek ernstig, hij lachte haar zorgen niet weg, maar legde zijn handen om haar gezicht zodat ze hem aan moest blijven kijken. 'Ik zal je nooit bedriegen. Ik houd van je, dat kan ik ontelbare keren per dag tegen je zeggen, maar uiteindelijk zul jij me zelf moeten vertrouwen. Sophia en ik zijn gewoon vrienden. Ze heeft een vriend van wie ze zielsveel houdt, maar voorlopig houden ze dat nog even geheim. Hij is automonteur. Je kunt je wel voorstellen hoe de roddelpers daarvan zal smullen als ze dat te weten komen. Ik houd van jou, lief. Alleen van jou. Jij bent echt de enige vrouw in mijn leven.'

HOOFDSTUK 20

Voor Eva's gevoel kregen ze nu pas echt een relatie met elkaar. Internet was leuk om elkaar te leren kennen en contact te onderhouden, maar een relatie *in real life* was zo veel beter en leuker. Elkaar vast te kunnen houden, te kussen en aan te raken: het fysieke contact, dat had ze echt gemist.

Luke had een kamer geboekt in een hotel in de buurt. Niet omdat Eva niet wilde dat hij bij haar bleef slapen, maar omdat ze het er samen over eens waren dat ze het rustig aan wilden doen.

Overdag brachten ze zo veel mogelijk tijd met elkaar door. Pratend over de toekomst, maar ook over het verleden. Luke vertelde haar over zijn vroegere relaties.

'Er is nooit een vrouw geweest met wie ik echt verder wilde gaan en de rest van mijn leven wilde delen, zelfs niet met Sophia. Misschien lag het ook wel aan mij. Ik was nogal onzeker of een vriendin nu van de jongeman Luke hield of van Luke Stánford, de zoon van een miljonair. Ook al zei ik tegen niemand dat ik zijn zoon was, toch leek het vroeg of laat altijd uit te komen. Op de achtergrond speelde dat altijd mee voor mij. Je kunt je vast voorstellen dat zoiets niet echt bevorderlijk was voor een goede relatie. Er waren ook vrouwen die mij ervan probeerden te overtuigen dat het helemaal niet verkeerd was om op een bepaald moment alsnog in het bedrijf van mijn vader te gaan werken. Het lesgeven was natuurlijk leuk, maar nam ik dat echt serieus? Waarom woonde ik een huurhuis terwijl ik zo een huis kon kopen? Ik mocht er best trots op zijn dat Stanford mijn vader was. Dat soort opmerkingen kreeg ik regelmatig te horen. Ik heb er serieus over nagedacht mijn achternaam te veranderen, maar naar Beijing gaan en daar blijven, was een betere oplossing.'

'Heb je daar nooit een relatie gehad? Ik kan me niet goed voorstellen dat je acht jaar als een monnik hebt geleefd. Je bent veel te knap en te lief om alleen te blijven.' Natuurlijk had hij dat niet gedaan en Eva voelde meteen dat ze jaloers werd op al die vrouwen met wie hij in het verleden iets had gehad.

'Ik heb wel een paar vriendinnen gehad, al duurde dat nooit heel erg lang. De meeste vrijwilligers vertrekken na een poos weer terug naar hun eigen land.'

'Heb je dan nooit een leuke Chinese vrouw ontmoet met wie je wel verder wilde?'

'Nee, niet echt. Al zijn er heel wat aantrekkelijke jongedames voorbijgekomen.' Hij grinnikte om haar verbouwereerde gezicht. 'Hé, zo'n goede partij was ik echt niet, hoor. Een arme leerkracht die bij zijn baas in huis woont.'

Eva keek hem geringschattend aan en besloot dat hij de waarheid sprak.

'Ga je nog wel met me mee naar Beijing? Ook nu ik miljonair blijk te zijn? Of wil jij soms ook dat ik in Engeland de belangrijke directeur ga uithangen?'

'Absoluut niet. Je moet je hart volgen, dat is heel wat belangrijker dan al dat geld bij elkaar. Ik wil niet opscheppen, maar Bart had een behoorlijk salaris. We hadden het financieel heel goed voor elkaar. Jammer alleen dat geld geen verzekering is voor geluk. Ook al had je geen erfenis gehad, dan was ik toch met je meegegaan. En dan hadden we vast ook wel een manier gevonden om bij elkaar te zijn. Ik vind het geweldig dat jij dankzij die erfenis je geld nu goed kunt besteden aan het schooltje. Dáár wil ik samen met jou van gaan genieten. Maar wil jij verder met mij? Wil je wel kinderen? Ik zadel je nu meteen op met het kind van een andere man. Zit je daarop te wachten?'

'Je weet best dat ik dolgraag kinderen wil. Ik ben er nu inmiddels aan gewend dat je een baby verwacht. Dat die baby van een andere man is, doet mij niet zo veel. Met hem ben je immers niet meer samen. Ik zal mijn best doen geen verschil te maken tussen hem of haar, en de andere kinderen die we krijgen. Ik wil er minstens vier, bereid je alvast maar voor.' Hij trok haar met een brede lach op zijn schoot.

'Vier nog wel. Wil je soms je eigen school beginnen?' plaagde ze hem.

'Dan zullen we eerst wat moeten oefenen.' Luke keek haar veelbetekenend aan en omsloot haar met zijn armen. Zijn mond vond de hare en zijn tong speelde een sensueel spel. Vanuit haar buik verspreidde zich een aangename kriebel – die niets met de baby te maken had – door heel haar lichaam. Een warme hand gleed onder haar trui en streelde haar blote rug. Eva kreunde zacht toen die hand haar gevoelige borsten bereikte.

Luke ging iets verzitten zodat Eva op de bank kwam te liggen, half onder hem. Hij keek haar even vragend aan voordat hij zich over haar heen boog en opnieuw begon te kussen.

Luke zou in zijn eentje terug naar Beijing vliegen. Eva volgde later. Dat ging helaas niet anders. Hij was nu drie weken weg uit Beijing, maar hij moest terug om daar het een en ander te regelen voor de school, maar ook voor haar komst.

Eva had haar baan bij De Hoge Luchten opgezegd en moest nog twee weken werken. Ze had Huub niet zonder meer in de steek willen laten. Bovendien moest er nog een hoop papierwerk geregeld worden, wat ook de nodige tijd in beslag nam.

'Ik wil in Beijing allereerst iemand gaan zoeken die het fonds van de school voor mij kan beheren en die de zaken afhandelt die gedaan moeten worden, zoals de verbouwing. Lesgeven is mijn stiel, niet het leiden van bedrijven en het beheren van fondsen.' Luke wilde het schoolgebouw grondig laten verbouwen zodat de kinderen in de toekomst in een verwarmd, veilig en degelijk gebouw les kregen, met leerkrachten die in vaste dienst waren. Nu had hij het geld om dergelijke dromen te verwezenlijken. Dat was het voordeel van een miljonair zijn.

Luke pakte zijn laatste kleren uit de kast. Na een paar dagen was hij verhuisd van het hotel naar haar appartement. Van het rustig aan willen doen was uiteindelijk niet veel terechtgekomen. Iets waarvan Eva absoluut geen spijt had.

'Als jij over twee weken komt, heb ik een woning voor ons gevonden. Heb je nog speciale wensen?'

'Een toilet binnenshuis en niet op straat,' grinnikte ze. Het huis waar Luke nu woonde kende die luxe niet. 'Warm en koud stromend water zou ook prettig zijn, en als het even kan iets groter dan twee kamers, én zonder medebewoners. Of stel ik dan weer te veel eisen?'

'Helemaal niet. Het is me prima bevallen om alleen met jou in een huis te wonen en het niet te hoeven delen met een hoop anderen. Om mee te starten dan, er komen vanzelf meer inwoners bij. Te beginnen over een maandje of vijf met deze jongen.' Hij stopte met inpakken om even zijn hand op haar buik te leggen. Een buik die overigens nog niet veel voorstelde. Je kon nauwelijks zien dat ze bijna vier maanden zwanger was, althans, anderen zagen het niet, Eva vond dat ze al best een leuk buikje had. Ze was er trots op.

'Meisje,' verbeterde ze hem.

'Een meisje? Weet je het zeker? Heb je dat al kunnen zien op de echo?'

'Daar was het nog iets te vroeg voor, maar voor mijn gevoel ben ik in verwachting van een meisje. Jij hebt zeker liever een jongen? Dat willen toch alle mannen?'

'Het maakt mij echt niet uit, zolang het maar gezond is.'

Dat vond ze zo heerlijk aan Luke. Hij reageerde alsof het echt zijn kind was dat ze droeg. Nooit maakte hij een toespeling op het feit dat er nog ergens een vader van de baby rondliep. Een vader die overigens ook in Beijing woonde.

Dat was echter niet de reden dat Eva nu met Luke mee naar Beijing ging. Die stad en haar inwoners had ze in haar hart gesloten. En speciaal het schooltje waar zij straks ook weer aan het werk zou gaan. Dit keer niet om les te geven, maar voor de opvang en begeleiding van de kinderen voor en na de lessen. En om bij te springen in de klassen als dat nodig was.

Daarvoor moest ze haar Chinese lessen flink bijspijkeren. Iets waar ze de komende maanden hard aan ging werken.

Dit alles had Luke al met Wen overlegd, die overigens directeur van de school zou blijven en de uiteindelijke beslissingen goed moest keuren. Luke mocht dan een fonds voor de school in het leven hebben geroepen, hij had niet de ambitie directeur te worden.

Meestal dacht Eva er niet eens aan dat Luke zo ontzettend veel geld van zijn vader had geërfd. Zelf sprak hij er ook nauwelijks over, al had hij wel geregeld telefonisch overleg met degene die zijn zaken in Engeland voor hem waarnam.

Hij sloot zijn koffer en gaf er een klap op. 'Klaar. Heb je vrij gekregen om me weg te kunnen brengen naar het vliegveld?'

Ze knikte. 'Als ik jou heb weggebracht, ga ik door naar het restaurant.'

Luke sloeg zijn armen om haar heen en kuste haar. 'Jammer dat je ouders zo meteen nog komen,' mompelde hij met zijn mond tegen de hare. 'Ik moet je twee weken lang missen.'

'Die zijn snel genoeg voorbij.' Eva maakte zich met enige spijt los uit zijn armen. Twee weken konden tergend lang duren als je naar elkaar verlangde, wist ze.

'Hoelang ben je dan nog in Nederland?' wilde Miranda van haar dochter weten.

Het Engels van haar moeder klonk wat gebrekkig en was doorspekt met Nederlandse woorden, maar omdat ze Luke niet buiten wilden sluiten door uitsluitend Nederlands te praten, was de voertaal tegenwoordig Engels als hij erbij was. Waar de kennis van haar ouders haperde, vulde Eva het aan.

'Over twee weken ga ik ook weer naar Beijing.'

'Je wilt definitief in Beijing gaan wonen? Nog langer dan vier jaar?' Het gezicht van haar moeder kreeg een benauwde uitdrukking.

'Dat denk ik wel. Mam, je weet dat Luke daar een baan heeft. Hij blijft bij de school werken.' Eva begreep best dat haar moeder er moeite mee had. Eerst was haar dochter met Bart daarheen gegaan, voor een periode van vier jaar. Dat was nog te overzien.

Toen Eva terug was gekomen, had haar moeder aangenomen dat ze voorgoed hier zou blijven. En nu ging ze weer weg, vanwege een andere man.

'En hoe moet het straks dan als de baby geboren wordt?'

'Hetzelfde zoals het met Lindy zou zijn gegaan. We komen echt nog weleens naar Nederland, hoor. En jullie zijn altijd welkom bij ons.'

'Maar je weet niet hoelang je wegblijft dit keer?'

'Nee. Houd er maar rekening mee dat we daar blijven wonen. Voor altijd.'

Miranda knikte begrijpend, al wist Eva zeker dat ze het vast nog een paar keer zou aankaarten als Luke weg was.

'Bart zit daar ook nog,' ging Miranda in het Nederlands verder.

Luke keek even vragend naar Eva – hij verstond de naam die haar moeder noemde uiteraard – maar ze schudde haar hoofd. Eerst wilde ze horen wat haar moeder precies te zeggen had.

'Krijgt Bart de baby ook te zien als hij geboren is?'

'Als hij dat wil wel.'

'En als hij over drie jaar weer naar Nederland komt? Hoe gaat het dan?'

'Dat weet ik nu toch nog niet. We zien wel hoe alles gaat lopen.' Ze vertaalde het kort en bondig voor Luke, die zijn schouders ophaalde alsof het hem niet zo heel veel uitmaakte. Luke had haar al een keer gewaarschuwd dat ze er niet van moest opkijken als Bart niets met zijn kind te maken wilde hebben. Iets wat Eva zich overigens niet voor kon stellen.

Rond vier uur kwamen ook Carolien en Olaf afscheid nemen van Luke, evenals Marnix en Gijsje. Het kon wel even duren voordat ze elkaar weer zagen. Dat zou ongetwijfeld rond de tijd zijn dat de baby geboren werd, wat nog ruim vijf maanden kon duren.

Luke had in de weken dat hij hier was iedereen leren kennen, en stuk voor stuk hadden ze Eva laten weten dat ze deze leuke en aardige kerel vast moest zien te houden. Aan haar zou het echt niet liggen, had ze hun verzekerd.

Met een vermoeide zucht liet ze zich op de bank vallen. Het was een lange en drukke avond geweest in het restaurant vanwege een vijfentwintigjarige bruiloft. Het viel Eva tegen dat het appartement nu leeg was als ze 's avonds thuiskwam van haar werk. De afgelopen weken was Luke er steeds geweest. De meeste avonden die zij had moeten werken, had hij haar opgehaald bij het restaurant en waren ze samen naar huis gelopen.

Het duurde nog anderhalve week voordat ze elkaar weer zouden zien. Luke was pas drie dagen geleden naar Beijing vertrokken. Gisteren had ze maar kort contact met hem gehad omdat hij het te druk had, net als vandaag.

Morgen en overmorgen hoefde ze niet te werken. Hoe moest ze die dagen in haar eentje door zien te komen? Ze kon moeilijk een hele dag met Luke skypen. Net of hij daar tijd voor had. Hij moest maandag en dinsdag immers werken, en daarna was hij druk bezig met het realiseren van de verbouwingsplannen voor de school. Na schooltijd moest hij tekeningen bekijken, aannemers spreken en iemand zoeken die deze taken van hem over kon nemen. Daarnaast was hij samen met Wen bezig om nieuwe leerkrachten aan te nemen.

Haar vrije dagen moest Eva benutten voor haar eigen besognes, onder andere de papieren die ze nodig had voor een langer verblijf in China.

Dit keer hoefde ze niet alle meubels en spullen in te pakken, alleen hetgeen ze echt wilde meenemen. In China zouden ze samen op zoek gaan naar passende meubels voor hun nieuwe huis, had Luke gezegd. Hij wilde niet starten met de overblijfselen van haar vorige huwelijk.

Zodoende kon ze een hoop hier achterlaten, maar moest ze evengoed uitzoeken en inpakken wat wel meeging.

Daarnaast moest ze verder met de Chinese lessen. Voorlopig ging ze verder met de lesboeken die ze uit China mee had genomen. Eenmaal in Beijing zou ze weer lessen nemen om ook het schrijven van de karakters onder de knie te krijgen.

Die twee vrije dagen hoefde ze zich niet bepaald te vervelen.

Woensdagavond kreeg ze opnieuw een verrassing te verwerken. Een onaangename verrassing dit keer. Bart kwam opeens in het restaurant. Hij kwam vrij laat en zorgde ervoor dat hij als laatste gast bleef zitten.

De hele tijd dat hij daar aan een tafeltje zat, liep Eva met beurtelings trillende benen en dan weer woedend vanwege zijn verschijnen. Wat deed hij hier? Hij wist natuurlijk van zijn ouders dat zij hier werkte, maar dan nog. Het was stijlloos haar hier zo te overvallen. Zo voelde het voor haar in ieder geval. Ze wist zeker dat hij niet hierheen was gekomen om zomaar een hapje te eten. Daar stak vast meer achter. Wat deed hij eigenlijk in Nederland? Hij zou toch pas in mei hierheen komen?

Toen het restaurant echt helemaal leeg was op hem na, wenkte hij naar Eva. 'Ik zou graag willen afrekenen.'

'Dat kan.'

'En daarna wil ik jou graag spreken.'

'Waarover?'

'Mag ik dat zo meteen vertellen? Moet je nog lang hier blijven of ben je nu klaar met werken?'

Ze moest eigenlijk nog helpen met opruimen, maar voor deze ene keer zou ze Huub wel vragen of ze eerder weg mocht. Iets in Barts blik zei haar dat hij niet weg zou gaan voordat hij haar gesproken had. 'Wacht buiten maar op mij,' zei ze dan ook.

Hij keek haar even weifelend aan, maar kon niet veel meer doen dan afrekenen en naar buiten gaan.

Eva legde het uit aan Huub.

'Je ex? Denk je dat hij problemen gaat veroorzaken? Moet ik een van de jongens vragen op de uitkijk te staan?'

'Nee, dat zal vast niet nodig zijn.'

'Ga dan maar naar hem toe. We redden het hier wel. Kom je morgen wel werken?'

'Natuurlijk. Tot morgen, Huub.' Eva pakte haar tas en liep naar buiten, onderwijl haar jas aantrekkend. Dat gesprek met Bart kon ze maar beter gehad hebben.

Bart glimlachte opgelucht. 'Mooi. Mooi. Zullen we naar jouw

appartement gaan? Dat is hier toch vlakbij? Ik voel er niet veel voor om nu nog naar een of ander café te gaan. Bovendien zullen de meeste zo wel sluiten.'

Zij voelde er ook niet veel voor om hem mee te nemen naar haar appartement, maar een café was net zomin haar idee. Waarom kwam hij ook op zo'n onmogelijk tijdstip hierheen? 'Misschien is het beter om iets voor morgen af te spreken. Ik ben overdag vrij tot vijf uur,' stelde ze dan ook voor.

'Morgen kan ik niet. Ik moest hierheen voor mijn werk. Mijn dagen zitten behoorlijk vol en aangezien jij iedere avond moet werken...'

Het zou eens niet zo zijn, verzuchtte ze geluidloos. Eva draaide zich om zodat hij haar geërgerde blik niet zou zien en begon in de richting van haar appartement te lopen. Het moest dan maar. Bart zou vast niet vervelend gaan doen, dat had hij tot nu toe in ieder geval nog nooit gedaan.

Hij volgde haar en wachtte tot ze de deur naar boven had geopend. 'Zit je hier wel veilig? Wordt er niet vaak ingebroken in die winkels?'

'Niet sinds ik er woon. Bovendien ben ik hier over een week ook weer weg.'

'Is dat zo? Ga je verhuizen? Waarheen dan?'

'Terug naar Beijing.'

'Je komt terug,' mompelde hij. Zijn gezicht lichtte iets op. Het kon ook komen door de automatische lamp die aanging zodra iemand de deur opende. Dat zou het wel geweest zijn, besloot Eva en ze ging hem voor naar boven.

'Koffie?'

'Graag, als het niet te veel moeite is.' Bart bleef in het midden van de kamer staan en keek om zich heen. 'Je hebt het leuk ingericht met die bank. Is dat onze stoel?'

Ze hoefde zich niet om te draaien om te weten over welk meubelstuk het ging. 'Mijn stoel,' zei Eva dan ook.

Zijn koffie was klaar. Voor zichzelf vulde ze een glas met water. Eva ging nadrukkelijk in de bewuste stoel zitten en keek

Bart afwachtend aan.

'Dus je gaat terug. Naar hem, neem ik aan.'

Ze hoefde niet te vragen wie 'hem' was, wel wilde ze weten hoe hij wist over Luke. Dat vroeg ze hem dan ook.

'Ach, je weet hoe dat gaat.' Bart haalde zijn schouders in een nonchalant gebaar op. 'Utrecht mag dan een grote stad zijn, iedereen kent je wel op de een of andere manier. Mijn ouders hebben kennissen die hier in de buurt wonen bij wie ze geregeld komen. Je weet wel, Klaas en Helma Luijcks. Je zag hen toch in De Hoge Luchten samen met mijn ouders?'

Eva kon zich niet herinneren dat ze die mensen daarna nog een keer had gezien. Niet in het restaurant in ieder geval. Kennelijk hadden zij haar wel gezien, met Luke, en dat doorgebriefd aan Barts ouders.

'Ik heb begrepen dat die sjofele leraar inmiddels miljonair is,' ging hij verder.

'Je bent goed op de hoogte.' Had hij dat ook uit laten zoeken?

'Nou ja, dergelijk nieuws dringt zelfs tot in Beijing door. De pers wist immers dat hij daar werkt op een achterstandsschooltje.' Hij keek haar met een minzame blik aan. 'Jij gaat daar vast ook weer werken als je terug bent.'

De neerbuigende toon waarop hij dat zei, gaf Eva het gevoel dat ze iets onbehoorlijks ging doen. Ze gaf echter geen antwoord en wachtte af waar dit gesprek heen zou gaan.

'Het is ruim vier maanden geleden dat je weg bent gegaan, Eefje. In die tijd heb ik na kunnen denken over wat er fout is gegaan tussen ons.' Zijn toon werd bijna deemoedig.

Ze werd boos over zijn insinuatie dat zij ook deelhad aan het mislukken van hun huwelijk. 'Jíj hebt iets fout gedaan, Bart. Niet ik. Nog voordat we getrouwd waren heb je me al bedrogen. Dat ben je hopelijk nog niet vergeten.'

Even flikkerde er iets in zijn ogen, maar dat was net zo snel weer verdwenen. 'Natuurlijk, het was mijn eigen stomme schuld. Ik had zo nooit mogen handelen, dat besef ik nu ook wel. Jij bent het beste wat me ooit is overkomen in mijn leven. Een man weet

pas wat hij mist als het er niet meer is. Een waar ding, dat liedje.'
Weer dat schuldbewuste glimlachje. 'Ik heb er ontzettend veel spijt
van en hoop dat je me kunt vergeven. Alsjeblieft, Eefje. Kun je me
mijn stomme fouten vergeven?'

Ze keek hem nadenkend aan. Vergeven, vroeg hij. Hij wilde
vergiffenis. Nou, die kon hij krijgen. Inmiddels was ze zover dat
ze besefte dat Bart was zoals hij was en waarschijnlijk nooit zou
veranderen. Als ze dat van tevoren had geweten, was ze weliswaar
nooit met hem getrouwd, maar dan had ze Beijing ook nooit leren
kennen zoals ze dat nu had gedaan. Dan had ze Luke ook nooit
ontmoet en zou ze nu niet zo gelukkig zijn. Nu bleek hun mislukte
huwelijk toch nog ergens goed voor te zijn geweest. 'Ik kan het je
vergeven.'

Een opgeluchte glimlach verscheen op zijn gezicht. Hij stond op
van de bank en was met een paar stappen bij haar. 'Ik zal je nooit
meer bedriegen, Eefje, dat beloof ik je. Jij bent de enige vrouw voor
mij. Altijd. Voor de rest van mijn leven, daar kun je op vertrouwen.'

Eva deinsde achteruit en drukte zich tegen de rug van de stoel
om zo ver mogelijk bij hem vandaan te blijven. 'Ho even. Ik heb
niet gezegd dat ik je terugneem.'

'Maar ik houd van je, Eefje. Ik wil je terug. Jij bent mijn vrouw.
Je draagt mijn kind. We kunnen toch weer gelukkig worden
samen?'

'Ik ben je ex-vrouw. We zijn gescheiden. Dit kun je niet menen,
Bart, niet na alles wat je me hebt aangedaan. Wat is er met Malinka gebeurd? Wilde ze je niet meer? Of was jij haar beu?'

Onwillig deed Bart weer een stap naar achteren. 'Malinka is een
afgesloten hoofdstuk. Zij was een vergissing, dat zag ik een poosje
geleden ook in.'

'Vast vanaf het moment dat je te horen kreeg dat ik een kind
verwachtte,' gokte Eva.

'Malinka wil nog geen kinderen. Ze wil zich niet binden. Ik ben
daar wel aan toe, Eefje. Je draagt mijn kind. Dat kun je me niet
onthouden.'

'Dat hoeft ook niet. Ik ga immers in Beijing wonen. We kunnen afspraken maken over een bezoekregeling, als je daar behoefte aan hebt, maar ik kom echt niet bij je terug.'

'Denk je gelukkiger te worden met die miljonair van je? Je kent hem amper. Kerels als hij kunnen vrouwen bij de vleet krijgen, in alle soorten en maten. Helemaal met al die miljoenen die hij nu heeft. Die kijken niet zo nauw als het op trouw aankomt. Alsof jij dan zo bijzonder voor hem bent, met ook nog eens een kind van een ander.'

Eva stikte bijna van verontwaardiging. Waar haalde hij het lef vandaan om de liefde die Luke en zij voor elkaar voelden zo omlaag te halen! Alsof ze niets betekende voor Luke. Wat wist hij bovendien van echte liefde? Dat was iets waar hij altijd met het gemak van een notoire vreemdganger overheen was gelopen. Liefde was voor hem iets wat hij oppakte als het zo uitkwam. 'Niet alle mannen zijn zoals jij. Luke en ik kennen elkaar al veel langer, al van voor de tijd dat hij die erfenis kreeg. Geld dat hij bovendien net zo lief niet had gekregen. Ook zonder al dat geld had ik voor hem gekozen.' Haar stem klonk hoog, bijna op het hysterische af.

'Ha, dat moet ik geloven. Zoiets is gemakkelijk gezegd als het geld er al is. Wat kennen jullie elkaar nou? Van die paar weken dat je op dat schooltje hebt gewerkt.'

Eva besloot daar niet op in te gaan. Dat was vast zijn bedoeling: een discussie uitlokken die ze met woorden niet kon winnen. 'Jij kunt niet tippen aan Luke Stanford. Je bent nog niet half de man die hij is. En dat heeft niets met geld te maken. We houden van elkaar. En ja, hij is wél trouw aan één vrouw. Je kunt nu beter gaan, Bart. Wij hebben elkaar niets meer te zeggen.' Ze stond op en liep naar de deur die ze voor hem openhield.

'Weet waar je aan begint. Die Luke van jou heb ik gezien met een zekere vrouw aan zijn zijde.'

'Dat kan. Er werken meer vrouwen op de school.'

'Deze vrouw werkt daar niet bepaald. Sophia Henderson. Misschien zegt die naam je iets. Zijn vroegere liefje uit Engeland. Ik herkende haar van de foto's die in de krant hebben gestaan. Het zag er allemaal heel lief en aandoenlijk uit, moet ik zeggen.'

Sophia was in Beijing? Wat deed ze daar? Daar had Luke niets over verteld. Er ging een steek door haar hart, maar ze deed haar best dat niet te laten merken. 'Je kunt nu beter gaan.'

Bart leek nog veel meer te willen zeggen, maar besloot kennelijk dat hij genoeg had gezegd. 'Je hoort nog van me.'

'Vast,' mompelde Eva en ze weerstond de neiging om de deur hard achter hem dicht te gooien. Doodmoe opeens liet ze zich in de gang tegen de muur zakken, haar hoofd op haar armen.

Wat was Bart Meeuwissen een ontzettend slechte verliezer. Dacht hij nu echt dat hij haar terug kon krijgen door leugens over Luke te vertellen? Toch kon ze zijn woorden niet vergeten. Sophia was in Beijing. Samen met Luke. Waar had Bart hen eigenlijk gezien? Had hij Luke soms opgezocht en gevolgd?

HOOFDSTUK 21

Liever had ze het bezoek van Bart verzwegen voor Luke, maar hij leek haar inmiddels zo goed te kennen dat hij aan haar gezicht – zelfs op een computerscherm – zag dat er iets was gebeurd.

'Toch niets met de baby?' was het eerste waaraan hij dacht.

Achttien weken was ze nu zwanger. Ze naderde die kritische grens van twintig weken toen Lindy was overleden en geboren. Iets wat nooit helemaal uit haar gedachten was, juist niet omdat ze opnieuw een baby verwachtte. En Luke leefde en voelde met haar mee.

Hij wel. Bart had niet eens naar de baby gevraagd, hoe het met het kindje ging. Hij had Eva er alleen maar aan herinnerd dat het zíjn kind was dat ze droeg.

Op die manier dacht zij juist helemaal niet over de baby. Voor haar gevoel was het háár baby en niet die van hem. Hij had er niets mee te maken. Bart was toevallig bij de conceptie betrokken geweest, maar niet meer dan dat. Een paar dagen later was ze er immers achter gekomen dat hij er nog een vrouw op na hield.

'Nee hoor, met de baby is alles in orde. Ik voel haar steeds vaker bewegen nu. Al zijn het nog altijd vederlichte beweginkjes.'

'Wat is er dan met je aan de hand? Onenigheid met je ouders of met je zus?'

'Niets van dat alles. Bart was hier,' gaf ze onwillig toe.

Lukes gezicht werd direct een stuk strakker. Hij mocht Bart niet, ook al kende hij de man in kwestie niet persoonlijk. 'Wat moest hij van je?'

'Hij is bij zijn vriendin weg. Die zag het kennelijk niet zo zitten om er een kind bij te krijgen.'

'Wat een rotsmoes. Dat wist ze vanaf het begin. Toen was je

immers al in verwachting van Lindy.'

'Dat wel, maar op dat moment liep ze niet het risico dat Bart alleen kwam te staan, zoals nu wel het geval is. Malinka vindt het kennelijk prettiger als ze de zekerheid heeft niet écht een man te krijgen. Zolang een man getrouwd is met een ander, hoeft ze niet bang te zijn dat het meer wordt dan een affaire.' Dat had Eva voor zichzelf als verklaring bedacht. Waarom anders zou Malinka de relatie met Bart verbreken?

En Bart? Was hij ook zo iemand? Wel vriendinnetjes maar niet met het gevaar dat hij met hen verder moest? Vast wel. Waarom was hij anders al die tijd bij haar gebleven? Als hij echt een diepgaande liefde voor een andere vrouw had gekregen, was hij vast al veel eerder bij haar weggegaan. Het was een twijfelachtige eer dat hij op zijn manier kennelijk toch van haar had gehouden. En nog hield, als ze hem moest geloven.

Pech voor hem! Zij was niet het type dat haar man graag deelde met andere vrouwen.

'Heb je hem wel duidelijk gemaakt dat je niets meer met hem te maken wilt hebben?' ging Luke verder.

Nu aarzelde Eva.

'Eva? Dat je in Beijing gaat wonen, wil toch niet zeggen dat je contact met hem moet hebben?'

'Het is ook zijn kind,' mompelde ze.

'We zien wel hoe het gaat lopen. Oké?'

Ze knikte. 'Hoe verlopen de sollicitatiegesprekken? Kun je genoeg leerkrachten vinden voor alle klassen?'

'Jawel, hoor. Het gaat hier als een lopend vuurtje rond dat onze school een geldschieter heeft die de boel wil omgooien.' Luke grinnikte. 'Heb je het stuk gezien dat over mij in de krant heeft gestaan? Het is in het Chinees, maar misschien begrijp je het wel. Er komen in ieder geval voldoende mensen op af. Wen en ik kunnen zelfs kiezen. Er heeft zich al een architect gemeld om tegen een schappelijke prijs mee te denken over de veranderingen aan de school.'

'Fijn, dat loopt dus allemaal voorspoedig.' Zou hij haar uit zichzelf vertellen over Sophia? Misschien moest ze dat zelf maar subtiel aankaarten. 'Ik hoorde dat Sophia in Bei-jing is.'

'Dat klopt. Van wie weet je dat eigenlijk?' vroeg Luke verbaasd.

'Van Bart. Hij had jullie samen gezien.'

'O, waar dan precies?'

'Dat vertelde hij er niet bij.'

'Oké.' Luke zweeg een moment. 'En dat bracht hij natuurlijk op zo'n manier dat jij nu denkt dat ik iets met haar heb. Dat zij speciaal voor mij naar Beijing is gekomen. Heb ik gelijk?'

Eva zou wel door de grond willen zakken van schaamte omdat hij het zo precies raadde.

'Sophia is hier inderdaad voor mij geweest. Dat gedeelte klopt. Ze heeft zelf ook aardig wat geld, dat weet je. Met een deel van dat geld wil ze het schoolproject steunen, maar ze wilde wel met eigen ogen zien waar ze haar geld precies aan geeft. Ze was maar een dag hier in Beijing, daarna is ze doorgereisd met haar vriend. Ze zijn met vakantie. Je weet wel, haar vriend de automonteur. Meeuwissen moet ons dan wel op het juiste moment samen hebben gezien. Wat vertelde hij? Innig zoenend?'

'Dat niet.'

'En jij gelooft hem?'

'Nee. Ik wil hem niet geloven,' riep ze fel.

'Maar je twijfelt,' gokte Luke. Hij schudde zijn hoofd. 'Ik kan niet genoeg tegen je zeggen dat ik van je houd, Eva. Mij vertrouwen zul je echter zelf moeten doen. Ik heb niets met Sophia en ook niet met iedere andere vrouw met wie Meeuwissen mij nog samen zal zien.'

Eva sloot een kort moment haar ogen. 'Ik vertrouw je,' mompelde ze zacht.

'Weet je dat zeker?'

'Heel zeker. Ik hou van je, Luke. Ik wil niet meer zonder jou.'

'Dat mag ik hopen, anders zou mijn volgende nieuwtje niet echt goed getimed zijn.' Hij lachte nu weer naar haar.

Opgelucht dat hij het zo goed opnam glimlachte ze terug. 'En dat is?'

'Ik heb een aardige woning voor ons gevonden. Niet al te ver bij de school vandaan. Vind je het erg om in een normaal huis te wonen?'

Eva moest even nadenken voordat ze antwoord gaf. Ze kende de buurt waar de school stond wel een beetje. Normale huizen varieerden daar van de een- en tweekamerwoningen in de *hutongs*, tot de dure villa's die een paar kilometer van de school vandaan lagen.

'Het is geen woning in een *hutong*,' raadde Luke haar gedachten.

'Een villa?'

'Dat wel. Het zou raar zijn om als miljonair in een armoedig huisje te gaan wonen, toch? Niet dat ik te koop wil lopen met al dat geld, maar een fatsoenlijk huis vind ik wel belangrijk voor mijn gezin. Vind je dat heel erg? Er zijn vier slaapkamers, een badkamer, twee toiletten, een ruime keuken en we hebben een ommuurde tuin. Ik stuur je zo meteen wat foto's door. We kunnen er direct in als we willen. Veel hoeft er niet aan te gebeuren. De vorige bewoners hebben alles pas nog geverfd in een kleur waarvan ik denk dat jij die ook wel mooi zult vinden. Er liggen tegels en laminaat op de vloeren. Die kunnen we een andere look geven met losse vloerkleden als je dat leuk vindt. Dan moeten we alleen nog wat meubels op de kop zien te tikken.'

Wat hield ze veel van deze man, besefte ze opnieuw. Hij keek niet alleen naar zijn eigen behoeften, maar hield rekening met 'zijn gezin'. De foto's kwamen binnen en Eva bekeek ze vluchtig. Het was een schitterend huis met twee woonlagen. Mooie kleuren, een fraaie tuin. Luke had niets te veel gezegd. Hier zou ze best willen wonen.

'Mooi, heel mooi,' moest ze toegeven.

'Zal ik het doen?'

'Kopen?'

'Ja, wat anders?' Luke begon te lachen. 'Voor mij is het ook nog even wennen, hoor. Dat ik nu opeens over zo veel geld beschik dat ik zomaar leerkrachten kan aannemen en betalen. Dat we de kinderen fatsoenlijke maaltijden kunnen voorzetten en dat we over niet al te lange tijd een veilige en mooie school hebben. Dat ik een huis kan nemen zonder dat ik me zorgen hoef te maken of ik de huur wel kan betalen. Haha, huur. Ik hoef niet eens een hypotheek te nemen.'

'Opschepper,' plaagde ze hem. 'Wil je mij wel in die villa hebben?'

Opeens stond zijn gezicht weer serieus. 'Waag het eens om in Nederland te blijven. Dan kom ik je persoonlijk halen. Ik houd van je, Eva. Wij horen bij elkaar. Ik laat je niet meer gaan. Wen daar alvast maar aan.'

Een warm gevoel verspreidde zich door haar lijf. Wat klonk dat lief en goed. 'Ik denk dat dat wel zal lukken.'

'Mooi. Kom dan maar eens snel hierheen. Ik kan haast niet wachten tot ik je weer vast kan houden.'

'Anders ik wel.'

'Nog zeven dagen, lief, dan zijn we weer bij elkaar.'

Zeven dagen. Dat leek nu nog een eeuwigheid te duren.

De vliegreis naar Beijing leek al bijna gewoon nu ze voor de derde keer die afstand ging overbruggen. Ook dit keer vloog ze alleen, maar nu had ze wel een stoel direct naast het gangpad kunnen boeken. Dat was een stuk gemakkelijker omdat ze door de zwangerschap zo vaak naar het toilet moest. Eva had niet gewild dat Luke een businessclassticket voor haar betaalde en had zelf een normaal ticket gekocht.

Eva sloot haar ogen nadat de cabinelichten gedimd werden. Even een moment van rust; een uur of negen, beter gezegd. Het afscheid van haar familie was haast net zo heftig geweest als vorig jaar. Ook nu hadden haar ouders haar naar de luchthaven gebracht. Rond twaalf uur waren haar broer en zus met hun partners nog geweest om afscheid te nemen.

Voor Eva voelde het afscheid dit keer minder zwaar. Ze ging nu niet met gemengde gevoelens weg. Deze keer verheugde ze zich er echt op om naar Beijing te gaan. Een stad die haar hart had gestolen met haar drukte, lieve mensen en de aparte cultuur die er te vinden was. Iets wat ze vorig jaar niet had kunnen denken. Bovendien was Luke daar. De man van wie ze hield. Met hem zou ze overal heen gaan waar hij maar wilde.

Was dit tekenend voor de gevoelens die ze tot een paar maanden geleden nog voor Bart dacht te hebben? Volgens Carolien had hij haar vanaf het begin al bedrogen met andere vrouwen. Had ze dat bedrog dan toch op de een of andere manier aangevoeld? Ze was geen maanden van slag geweest na hun breuk. Al had ze er natuurlijk wel verdriet van gehad en was het niet echt een prettig gevoel te weten dat hij haar al die tijd had bedrogen. Maar daar had ze zich verrassend snel overheen gezet. Ook wel dankzij Luke, met wie ze op dat moment al zo vaak contact had.

Misschien had de liefde voor Bart inderdaad niet meer zo diep gezeten. Zijn keuze om naar Beijing te gaan, was niet haar keuze geweest. Ze herinnerde zich de woorden van haar zus nog dat Bart een egoïstische man was die geen rekening hield met haar.

Echt spijt dat het nu voorbij was tussen hen, had ze niet. Later zou ze wel zien of hij een weekendvader werd voor de baby. Dat zou Eva in ieder geval niet tegenwerken. Een kind had er recht op te weten wie zijn of haar biologische vader was. Ook al kregen Luke en zij later nog meer kinderen, ze wilden de waarheid niet verbloemen voor dit kindje.

Luke. Nog even en ze was weer bij de man naar wie haar hart uitging. Hij had een schitterend huis voor hen gevonden.

Er waren inmiddels voldoende vaste leerkrachten aangesteld om op een goede en verantwoorde wijze les te geven. Een architect was bezig met de tekeningen voor de school en er was een aannemer gevonden die de verbouwing voor zijn rekening ging nemen. Kortom, alles verliep voorspoedig en ging zoals het moest gaan.

Eva legde haar hand tegen haar buik en verbeeldde zich dat het kindje daarheen zwom. Misschien was dat ook wel zo en was die lichte beweging die ze voelde inderdaad van een zwemmende baby.

Haar andere baby, Lindy, was ook bij haar, in de mooie vaas die ze vorig jaar in Beijing nog had gekocht. Lindy ging met haar mee terug naar huis. Eva was eraan toe om de as uit te strooien op een mooie plek ergens in de bergen rondom de stad.

Na wat een eindeloze tijd leek te duren, was Eva eindelijk door de controle en kon ze haar koffers door een bereidwillige medewerkster van de luchthaven op een bagagekar laten zetten.

Zo snel haar voeten het aankonden, duwde ze half rennend de kar naar de uitgang. 'Niet te hard,' mompelde ze en ze bracht haar snelheid terug naar gewone looppas. Zo meteen dacht de douane nog dat ze iets verdachts vervoerde en werd ze alsnog aangehouden.

Luke stond op haar te wachten en zodra ze de doorgang voorbij was, vloog ze hem in de armen en kusten ze elkaar alsof ze jaren van elkaar gescheiden waren geweest. Om hen heen werd deels nieuwsgierig, deels afkeurend gekeken. Daar trok Eva zich niets van aan. Ze werden toch al bezien als westerlingen met de bijbehorende rare gewoonten.

'Ik heb je gemist, lief. Hoe ging de vlucht? Niet ziek geweest?'

'Het viel mee. Wel wat turbulentie met het dalen, maar ik heb mijn eten binnen kunnen houden,' gaf ze toe.

'Voordat we naar ons huis gaan, wil ik je graag voorstellen aan een vriendin van mij. Ze is op doorreis en vond het belangrijk genoeg om even een tussenstop te maken in Beijing zodat ze kennis met jou kan maken. Ze wacht op ons in de vertrekhal.'

Verbaasd keek Eva hem aan.

'Onze taxichauffeur zorgt wel voor je koffers. Loop je mee?' Luke maakte een gebaar met zijn hand en keek haar met een vrolijke grijns op zijn gezicht aan. 'Het duurt niet lang, maar ik wil echt dat je haar leert kennen.'

Eva had wel een vermoeden over welke vriendin het ging. Opnieuw schaamde ze zich omdat ze had getwijfeld over hem. 'Zal ze dat niet raar vinden?'

'Helemaal niet. Sophia wil graag zeker weten dat jij de juiste vrouw bent voor mij. Je bent de eerste die het zo ver heeft gebracht.'

Eva was ook benieuwd naar Sophia.

'Sophia, dit is Eva Jacobs, mijn vriendin,' stelde Luke haar niet veel later aan een knappe donkere vrouw voor. Ze werd vergezeld door een lange, slanke man met roodblond haar en een vriendelijk, maar alledaags gezicht, die zich voorstelde als Gerry Finnigan.

'Eva, wat leuk je eindelijk te leren kennen. Luke is helemaal vol van jou. Hij praat over niets anders dan over zijn vriendin en de baby die jullie krijgen.' Sophia kuste de lucht naast haar wangen. 'Heerlijk dat hij zo gelukkig is met jou. Ik maakte me echt zorgen om die jongen.'

Jongen? Een man van bijna veertig jaar, met het postuur van Luke, kon je nauwelijks een jongen noemen. Maar hoe overdreven Sophia ook deed, Eva kon niet anders dan haar sympathiek vinden.

'Ik wil het beste voor hem, helemaal nu Gerry en ik zijn getrouwd,' ging Sophia verder. 'Jullie gun ik hetzelfde geluk.'

'Getrouwd?' riep Luke verrast. 'Zijn jullie echt getrouwd? Zonder dat ik ervan wist?'

In antwoord op zijn vraag hield Sophia haar hand voor zijn neus waaraan aan prachtige trouwring schitterde. 'Sorry, Luke, maar dit wilden we op onze eigen manier doen. Er komt nog een feestje, dan ben je van harte welkom met Eva.'

Een halfuurtje later liepen Luke en Eva gearmd naar de uitgang van de luchthaven.

'Zullen we eerst naar ons huis gaan?' stelde Luke voor.

Eva wilde niets liever dan dat. Als ze nog twijfels had gehad over zijn trouw, dan waren die nu helemaal verdwenen. Niet alleen omdat hij zo geweldig was en zij van hem hield, maar ook dankzij Sophia.

Luke had niets te veel gezegd over het huis. In het echt was hun nieuwe woning nog mooier dan op de foto's.

'Tevreden?' wilde hij weten nadat hij een rondleiding had gegeven.

'Meer dan tevreden. Het is schitterend.' Ze stonden in een van de slaapkamers waar een matje en een dekbed op de grond lagen. In een hoek van de kamer stond een geopende koffer. 'Ga me nu niet vertellen dat je hier al hebt geslapen?'

'Waarom niet? Er is elektriciteit en stromend water. Het toilet werkt. Ik eet op school. Wat heb ik dan nog meer nodig?' Luke grijnsde. 'Blijf je vannacht ook hier?'

'Op dat smalle matje? Dat lijkt me tamelijk ongemakkelijk liggen.'

Hij sloeg zijn armen om haar heen. 'Als we straks dan als eerste een bed gaan kopen? Ik weet een winkel die direct kan bezorgen en ze hebben er nog leuke meubels ook.'

Eva lachte even. Het klonk verleidelijk. Het alternatief was dat ze naar een hotel gingen tot alle spullen er waren en hun huis ingericht was. 'Ik heb geen beddengoed meegenomen. Dat komt met de container mee.'

'Dan kopen we dat gewoon. Beddengoed heb je nooit genoeg.'

Het was een verleidelijk aanbod. In de tweede koffer had ze handdoeken en toiletartikelen bij zich. 'Moet jij geen les geven vandaag?'

'Zou ik dan op het vliegveld hebben gestaan?' Zijn sterke handen streelden haar rug op een manier waardoor er aangename rillingen door haar hele lijf gingen.

'Misschien is het niet zo'n slecht idee om eerst een bed te gaan kopen,' mompelde ze.

'Weet je zeker dat je niet eerst wat moet rusten? Ben je niet moe van de reis?'

'Ik heb urenlang gezeten. Rusten doe ik straks wel weer. Eerst een bed scoren. Die harde mat lijkt me niet ideaal om op te rusten.' Ze trok Luke aan een hand mee naar de trap voordat hij haar wist te verleiden op het oncomfortabele matje te gaan liggen.

HOOFDSTUK 22

Zes maanden later zag Eva haar familie weer terug. Ze waren over-gekomen om aanwezig te zijn bij hun huwelijk en om de geboorte van hun dochtertje Annika te vieren.

Haar ouders waren niet bij de geboorte aanwezig geweest. Ze was een paar weken te vroeg gekomen.

Eva stond in de babykamer en keek naar het kleine meisje dat tevreden lag te slapen nu ze net gevoed was. Ze was een lief en gezond kindje, dat alles deed wat het moest doen. Zelfs aan de iets te vroege geboorte had ze geen nadelige gevolgen overgehouden.

Er was heel wat gebeurd in de tijd die aan de geboorte van dit kleintje was voorafgegaan.

De zwangerschap was voorspoedig verlopen. Al had Eva na die twintigste week toch angst gehad dat het alsnog fout zou gaan, maar toen ook de zesde maand aanbrak was er nog altijd niets gebeurd. Nadat dokter Lóng haar opnieuw verzekerde dat de baby helemaal gezond was, was ook die angst langzaam afgenomen en had ze durven geloven dat er niets mis was met de baby.

De verbouwing van de school was inmiddels klaar. Mooi op tijd na de zomervakantie. Dat was het streven geweest van Luke en Wen, om het nieuwe schooljaar in het nieuwe gebouw te beginnen.

Luke zat lekker in zijn vel. Dat merkte Eva aan alles. De zaak in Engeland draaide goed. Daar had hij geen omkijken naar, al had hij wel maandelijks contact met de zaakwaarnemer daar. In de wetenschap dat het daar allemaal goed liep, kon hij zich helemaal richten op het lesgeven en op zijn gezin.

Een lievere en betere vader kon Annika zich niet wensen. Als ze eens last had van krampjes, was het Luke die haar weer rustig kreeg. Ook stond hij als eerste naast de wieg als Annika zich meldde voor de nachtelijke voeding. Hij bracht het kleine meisje dan mee naar hun bed waar Eva haar kon voeden, en legde haar ook weer terug als ze gedronken had. Annika was in alles zíjn dochter. Eva moest hem weleens afremmen uit angst dat hij haar te veel zou verwennen.

'Met aandacht verwen je een kind nooit te veel,' was zijn antwoord geweest.

Haar biologische vader daarentegen had na een eerste kort bezoek in het ziekenhuis, net na de geboorte, niets meer van zich laten horen. Of hij dat in de toekomst nog zou doen, wist Eva niet. Misschien als Annika groter werd, maar ook dan zou zij in de gaten houden dat Bart niet alleen maar vader wilde zijn als het hém uitkwam. Het was alles of niets, dat moest hij goed beseffen.

Van Liu hoorde ze dat hij een nieuwe vriendin had die zelfs al bij hem in de flat woonde. Nieuwe ontwikkelingen dus ook voor Bart. Eva was niet zo haatdragend dat ze hem geen geluk toewenste met die vrouw.

'Kunnen jullie niet naar Nederland komen om te trouwen?' wilde Carolien weten nadat ze de uitnodiging ontvangen had. 'Dat is een stuk goedkoper dan voor iedereen een ticket en het hotel te betalen.'

'We willen niet vliegen met een pasgeboren baby.'

'Dan trouw je wat later, als Annika wat groter is.'

'Dat wil Luke niet. We dachten dat jullie het wel leuk zouden vinden om allemaal tegelijk hierheen te komen. Voor Annika én vanwege ons huwelijk. Zo groot is de groep nu ook weer niet.' Zeven mensen maar, Meindert kwam ook mee.

Opa en oma durfden de verre, lange reis niet aan. 'We doen het nog een keer dunnetjes over als jullie weer eens naar Nederland komen,' had oma beloofd.

'Nou ja, dat is aan jullie,' had Carolien haar bezwaren gelaten voor wat die waren. 'Ik vind het geweldig in ieder geval. Olaf ook. En het is gelukkig in de herfstvakantie, zodat Meindert mee kan. Voor alleen een weekendje is zo'n reis te ver.'

Ook daar hadden Luke en zij rekening mee gehouden.

Nu was het dan eindelijk zover.

Luke was de familie gaan ophalen met een taxibusje. Haar ouders sliepen bij hen in huis. Ook Carolien en Olaf verbleven met Meindert in het huis. Marnix en Gijsje gaven de voorkeur aan een hotel in de buurt omdat ze na de bruiloft Beijing nog wilden gaan verkennen. Op die manier hadden ze wat meer vrijheid en hoefden Eva en Luke niet constant rekening met hen te houden.

Het zou een drukke tijd worden, maar Eva verheugde zich er enorm op iedereen weer te zien.

Morgen vond de bruiloft plaats, op zaterdag, in een zaal van de nieuwe school. Op die manier leerde haar familie ook meteen de plaats en de mensen kennen die voor Luke en haar zo belangrijk waren. Waar ze elkaar hadden leren kennen en waar Eva in de toekomst weer zou gaan werken.

Annika sliep en Eva ging buiten op de uitkijk staan. Het busje met daarin haar familie kon nu ieder ogenblik aankomen. Het was nog altijd redelijk warm buiten en Eva hield dan ook een paraplu boven haar hoofd. Die Chinese methode om zich tegen de zon te beschermen, had ze overgenomen. Het was effectief, ook al leverde het soms onveilige situaties op met al die paraplu's in grote menigten.

Eindelijk stopte het busje op de oprit van hun huis. Nog voordat het helemaal stilstond, stapte Carolien al uit en ze rende naar Eva toe. 'Eef. Eindelijk! Wat zie je er goed uit!' Ze omhelsden en kusten elkaar.

'Gekkerd, je hebt me vaak genoeg op Skype gezien,' lachte Eva, dolblij haar zus weer eens vast te kunnen houden.

'Dat beeld is niet altijd even scherp. Je ziet er fantastisch uit!'

'Dank je wel. Jij ook trouwens. Wat heb je veranderd? Een ander kapsel? Nee, dat is het niet. Je bent nog wel lekker bruin van de zon.' Eva deed een stap naar achteren om haar zus wat beter te kunnen bekijken. 'Ik zie iets aan je.'

Carolien kleurde en knikte. 'Dat is goed mogelijk. Al ben je wel de eerste die het ziet.'

Inmiddels waren hun ouders, broer en partners ook uitgestapt.

'Wat zien wij niet?' vroeg Miranda nadat ze Eva had geknuffeld. Ze had die laatste woorden van haar jongste dochter opgevangen.

Olaf sloeg zijn arm om de schouders van Carolien en drukte haar tegen zich aan. 'Nou ja, iedereen is zo druk bezig met het stichten van een gezin en trouwen en dat soort dingen, dan kunnen wij natuurlijk niet achterblijven.'

'Jullie gaan trouwen! Wat leuk, gefeliciteerd. Wanneer is de grote dag?' Eva omhelsde haar zus opnieuw en kuste ook Olaf. Meindert stond er een beetje verlegen bij te kijken.

'Dat ook, maar we hebben nog een nieuwtje,' zei Carolien nadat ze van iedereen de felicitaties in ontvangst had genomen. 'Ik ben zwanger. Acht weken nog maar, maar ik kan het echt niet langer meer voor me houden.'

'Wat leuk!' riep Gijsje. 'Dan zijn we zowat rond dezelfde tijd uitgerekend. Ik ben immers maar vijf weken verder dan jij.'

'Ik wist het wel. Daarom zie je er zo anders uit. Je straalt van geluk.' Eva greep de hand van haar zus en kneep erin. 'Wat een heerlijk nieuws. Kom snel naar binnen, uit die hitte. Ik heb verse icetea en gebak klaarstaan.'

Eva kon terugkijken op een geslaagde bruiloft en een gezellige logeerpartij. Nu stond ze opnieuw op de luchthaven, dit keer om haar familie uit te zwaaien. Het ging vast een hele poos duren voordat ze elkaar opnieuw in levenden lijve zouden zien. Marnix, Gijsje, Carolien en Olaf in ieder geval. Voor hen werd het de komende tijd veel te kostbaar om hierheen te komen. Zij moesten hun tijd en geld aan andere dingen besteden: aan babykamers en alles wat daarmee te maken had.

Luke legde zijn arm om haar schouders. Annika lag in een buggy naast hem. Ze sliep. 'Vond je het leuk?'

'Absoluut, maar het is ook wel een beetje treurig dat ik hen nu zo lang niet meer zie.'

'Met kerst kunnen we toch naar Nederland? Dan is Annika vierenhalve maand oud. Dan is ze wel oud genoeg om te vliegen.'

'Misschien. We zien wel, oké?'

Ze liepen terug naar hun auto en Luke tilde het onderstel van de buggy achter in de auto. Eva zette de buggy zelf op de achterbank vast, zonder dat Annika er wakker door werd.

Ze drukte voorzichtig een kus op het heerlijk ruikende babyhoofdje.

Luke keek haar aan toen ze naast hem ging zitten. 'Geen spijt dat je hier bij mij moet blijven?'

'Luke! Wat is dat nou voor een vraag? We zijn amper een week geleden getrouwd.'

'Omdat je familie nu weer vertrekt.'

'Dat is minder leuk, maar dat hoort er nu eenmaal bij. Ook als we in Nederland woonden, of in Engeland, zouden we elkaar vast niet iedere week zien. Bovendien is het geen moeten. Ik blijf gráág bij jou. Ik houd van je, gekkie.'

'Gelukkig wel. Zonder jou zou het hier een stuk minder leuk zijn.'

'Je woont anders alweer negen jaar in China.'

'Dat wel, maar met mijn eigen Chinagirl is het nog veel leuker wonen hier.'

'Chinagirl? Ik? Nauwelijks, met mijn blonde haren.'

'Absoluut, mijn eigen meisje in China. Meisjes,' verbeterde Luke snel. 'Jij en Annika zijn mijn Chinagirls.'

Haar dochter liet op dat moment horen dat ze wakker was. Een klagend geluidje klonk vanaf de achterbank.

'Volgens mij wil Annika zo meteen iets eten. Rij maar naar huis, papa.'

Thuisgekomen nam ze de baby mee naar boven om haar te verschonen, waarna ze in de schommelstoel ging zitten om haar te voeden. Met een glimlach keek ze naar het drinkende meisje. Ze was gelukkig, volmaakt gelukkig met Luke en Annika. Ze had er geen idee van wat de toekomst nog brengen zou, maar voorlopig had ze hier genoeg aan. Meer dan genoeg.